アルコール依存症の妻と共に生きる

～小学校長奮闘記～

著
鈴木康介

星和書店

本作品は著者の経験を基にしたフィクションです。

目次

第一部

第二部

第一部

一　年度末

卒業式の朝、校長室でモーニングに着替えて、式辞や卒業証書を再確認して、用意万端整えてから、私は静かに外の景色を眺めていた。

窓の近くの白木蓮《はくもくれん》は、今を盛りに乳白色の花房を青空に高く掲げていた。その足元の花壇には、今度二年生になる子どもたちが植えたチューリップが蕾《つぼみ》を膨らませ、色とりどりのビオラが所狭しと咲き誇っている。運動場を囲むように植えられたソメイヨシノは、まだ二分咲き程度だが、今朝出勤する時に校門の坂道から見上げた杏《あんず》の木は、すでに盛りを過ぎて白い花びらを風に散らせていた。花園小《はなぞのしょう》はその名のとおり花いっぱいの美しい学校である。

「杏の花はよ、桜より十日早く咲くから、子どもたちも喜ぶと思って、ワシらがみんなで植えたんじゃよ」

ちょうど一年前、この花園小学校に着任して、周辺地域に挨拶《あいさつ》回りをしたとき、校門のすぐ隣の家のおじいちゃんが、自慢げに話してくれたのが、ついこの間のような気がする。

「今度は自分が、この手で子どもたちに卒業証書を手渡してあげたい」

管理職試験に合格し、校長・教頭と共に仕事をするようになったときから、ずっとそう思ってきた。ずいぶん時が経ってしまったが、

「どうにかたどり着いたな」

静かな満足感が胸を満たしていた。

四十歳で管理職試験に合格し、四十一歳で教頭相当職の指導主事として教育委員会の保健教育課に異動したときは、O市で採用された同期の教員の中ではトップを走っていたはずなのだが、あまりに早すぎて学校現場の教頭の椅子がなかなか空かず、年齢制限で校長試験を受験する資格も得られないまま、中途半端な立場でずるずると待たされてしまった。教頭に就任して、やっと校長試験の受験資格を手にしたときに、今度は市が近隣の市と合併し、人事面で非常に冷遇されてしまった。

結局待たされるだけ待たされて、五十七歳でやっと校長になった。しかし、それを私はあまり不運とは思わなかった。年齢は同じだが、私よりも遅れて管理職試験に合格し、保健教育課の私の後任に着いた友人は、合併のタイミングを上手にすり抜けて、さっさと私を追い越して校長になったはいいが、そのために教育委員会に呼び戻され、重要案件山積みの席に座らされて、胃を壊し、腰を痛め、散々な目にあったらしい。今やっと学校現場に戻り、少し元気を取り戻しつつ

あるようだが、自分もまかり間違うとあの席に座らされたのかもしれないと思うと、出世競争に「敗れてラッキー」と、負け惜しみでなく、そう思った。

私が着任した花園小学校は千人を超す大規模校だった。地域の伝統校で、外見は落ち着いた雰囲気を漂わせていたが、私は着任と同時に、なんとなく居心地の悪い、ぎすぎすとした雰囲気を感じとっていた。そこで着任の挨拶にこんな話をした。

「今年度から校長としてお世話になります。斎藤康介《さいとうこうすけ》です。よろしくお願いします。過大規模校という言葉があって、こういう大きい学校は何かと評判がよくありません。でも、私はそうは思いません。子どもだって教員だって、大勢いればそのぶん人材も豊富だし、少人数ではできないことができますからね。大きいことのよさを生かして、学校を元気にしていきましょう。

そのためには一つだけ、克服しなければいけない課題があります。それは、大きな組織は右手でやっていることが左手で分からないということです。ですから、とにかく風通しをよくすること、思ったことは声に出す、お互いに適度にお節介を焼く、声をあげた人やお節介を焼いてきた人、よかれと思ってやったけどミスっちゃった人、そういう人を非難しない、そうやって、ものを言いやすい環境を作っていけば、人が多いってことは、それだけ大きな力になるから、みんなでそういう学校をつくりましょう」

ミスった人を非難しないと言ったとき、フッと職員の表情が和らぐのを感じた。

あれから一年。最初に感じたとおりこの学校はいささか大変だった。前任の校長はやや人格的に問題があり、教職員とうまくいっていなかったし、ハンディキャップのある児童への対応も適切とは言えなかった。そうした中で生まれた学校や管理職への不信感は決して小さなものではなかった。それを一つ一つ修復していく一年であったが、それは、相対的に私への評価を高めることにもつながり、一年が終わろうとする今は、職員や保護者から確かな信頼を得て、気持ちよく学校運営をさせてもらっている。


ひとしきり運動場を眺めて、これまでの日々に思いを巡らせていたが、いつまでも感傷に浸っているわけにもいかず、卒業式の最後の打ち合わせをしに職員室に行こうとして、校長室のドアを開けると、そこに、見慣れた顔のお母さんが待ち構えていた。

「ああ、酒田《さかた》さん、おはようございます。本日はおめでとうございます」

明るく声をかけた。その声だけで、お母さんはもう目を潤《うる》ませていた。今年卒業するお子さんの和幸《かずゆき》くんに発達障害があったために、何度も学校に相談に見えたから、顔見知りのお母さんだった。

「校長先生。本当にありがとうございました。先生のお蔭で、うちの子は救われました。今日無事、卒業させていただくのは、何もかも校長先生のお蔭です」

「いいえ。一番困っているのは本人、次がお母さんなんだから、私たちは助けるのが当たり前。特別なことは何もしていませんよ。それよりお母さん、これからが大変だからね。とにかく遠慮しないで助けを求めることね。中学の先生は、小学校ほど面倒見はよくないからさ、自分からSOSを発信しなきゃだめだよ」

彼は注意欠如・多動性障害――通称ADHD、一つのことに集中したり、動かずに我慢したりすることが、年齢相当にできない先天的な発達の異常――で、みんなと一緒に席について学習することが苦手だった。しかし、もともと頭のいい子で、適度に気分転換ができれば注意を持続し学習を理解することができた。要はその気分転換を周囲が認めてあげられるかどうかだけなのだ。彼は授業中に突然立ち上がって、授業とは関係のないことを教師に話しかけてきたり、教室を出て廊下を歩き回ったりした。それは、通常発達の子どもを見る目線では、不真面目でわがままな振る舞いに見えるかもしれないが、近視の子がメガネをかけ、難聴の子が補聴器をするのと何ら変わらない、彼にとって必要な行動だったのだ。しかし、お母さんや職員の話を総合すると、前任の校長はどうもそれが許せなかったようだ。きちんと席に着かせろと担任を叱《しか》り、保護者を呼び出して注意した。廊下で本人を見かければ、大声で叱責《しっせき》し、パニックを起こさせ、そうなると手におえないので、保護者を呼んで連れ帰らせたのだという。いきおい学校を休みがちになる。

そうすると、今度はきちんと登校させなさいと言ってまた叱るのだそうだ。その悪循環に担任も保護者もそして当の校長自身も困惑していたようだが、それが、そもそも自分の目指す方向が間違っているとは気づかなかったようだ。

「校長先生が、『出歩いたっていいじゃないですか。困っているのは本人なんだから』っておっしゃったとき、ほっとして、体中の力が抜けたような気がしました。あれで、和幸は学校に通えるようになったんです。本当にありがとうございました」

「いいえ、こちらこそ。お母さんもがんばりましたね。おめでとうございます。じゃ、ちょっと打ち合わせがありますので、失礼します」

そう言って、丁寧にお辞儀をしてその場を離れた。お母さんも深々と頭を下げていた。

花園小には酒田和幸のような発達障害やその疑いのある子がたくさんいた。和幸はまだ、軽いほうである。彼らの行動は、通常発達の児童の基準で考えれば間違いなく問題行動だが、それをやかましく言うことは、足の不自由な子が他の子と同じ速さで移動できないことにいらだっているようなものであって、そもそもの基準を変えるしかない。そこで、私は彼らが他の児童に迷惑をかけない限り、できるだけ行動を容認することを第一に考えるよう職員に繰り返し働きかけてきた。他者の迷惑にならない限りというのは、現実的にはかなり難しい面があって、実際には彼らの行動を抑制したり、叱ったりする場面も当然あるのだが、基本的な発想を、なるべく容認する方向にシフトすることで、悪い方悪い方に回っていた回路を好転させることは可能だった。
教職員は容認するということを言うと必ずと言っていいほど、他の児童に示しがつかないのではないかと言い出す。他の児童が勝手に出歩いてもいいと思ってしまっては困ると言うのだ。しかし、それは杞憂《きゆう》なのだ。子どもは、きちんと授業を受けるのと勝手に出歩くのと、どっちが得かよく知っている。障害のある子が勝手に出歩いても、それに追随しようとは思わないのだ。ただし、それは授業がまともならばの話だ。面白くもない話を我慢して聞いているのなら、勝手に出歩く彼らを羨《うらや》ましく思うのは当然で、結局それは教師の力量にかかっている。そういう意味で、私の職員への要求はそれなりに厳しいものだったが、花園小の職員は十分にそれに応えてくれていた。

卒業式は滞《とどこお》りなく進んでいった。百七十六名の卒業生一人一人に、一言ずつ声をかけながら、卒業証書を手渡していく。これがしたかったのだ。この間およそ三、四十分、卒業生は自分の番以外はじっと座っていなければならない。在校生を代表して式に参列している五年生にいたっては、ただただ座っていることが仕事だった。しかし、和幸も含め、卒業証書を受け取る卒業生もそれを見守る五年生も、身じろぎもせず実に立派だった。その姿はこの学校の教職員が確かな指導力を持っていることの証であったし、この子たちの保護者、ひいてはこの地域の大人たちが、きちんとした生活を営んでいることの証でもあった。

証書の授与が終わると、次は校長の式辞だ。

「校長式辞。卒業生、在校生、職員、起立！」

司会者の号令で、子どもと職員が立ち上がると同時に、静々《しずしず》と登壇して舞台中央に立つ。「座ってください」と小さく手で合図をしてから、おもむろに語り始める。自分が校長になれたら、きっとこの話をしようと、ずっと心に秘めていたものがある。それは、

「夢をもつことをあきらめないでください」

ということだ。よく教育委員会などから来る来賓《らいひん》が、

「夢をあきらめないでください。あきらめないでがんばれば、きっと叶います」

と、歯の浮くような励ましの言葉を述べるのだが、私はこの種のきれいごとがどうしても好きになれなかった。じゃあ、夢が叶わなかった人はあきらめたからなのかと言い返したくなる。

「子どものころの夢が叶う人などそうそういません。だから、それを叶えた人はニュースになるのです。ほとんどの人は途中であきらめています。それでいいのです。これは無理だなあと思ったら、さっさとあきらめて、次の夢をもちましょう。何度もち直してもいいのです。夢をもつこ、、、、とをあきらめないでください。死の瞬間まで、夢をもって前を向いて生きていってください」

壇上でそう呼びかけた式辞は、自分自身が願う生き方そのものであった。

式が終わって、来賓を誘導して式場を出ると、ＰＴＡ会長が駆け寄ってきた。

「校長先生、いい式辞でした。すっきりしました。僕もあの『あきらめなければ夢は叶う』の類が大嫌いで、いつか言ってやろうと思っていましたから、本当に気持ちがよかったです。ちょっとあとから出てきた教育委員会の先生が気の毒でしたけどね」

「なあに、市教委の来賓なんか、指導主事の書いたものを読んでいるだけですから、気にしちゃいませんよ」

二人して、ヒヒヒ……と声を殺して笑った。すぐ側に市教委から派遣された幹部職員がいたからである。

こうして、教育委員会に媚《こび》を売ることもなく、好きなことが言えるのも、出世競争から脱落して、この学校か次の異動先辺りで定年まで校長を務めれば、それで終わり、もうこれ以上昇進することもないという気楽さゆえだった。教育委員会から注文をつけられても、気に入らなければ平気で突っぱねてしまう態度は、職員の目から見れば、現場思いの頼もしい校長に映ったようで、そういう意味でも職員の信頼は厚かった。

卒業式も終わり、校長としての一年間はいたって順調にゴールを迎えた。二年目の準備もあらかた終えて、春休みを迎える私の目下《もっか》の悩みは妻の由紀子《ゆきこ》のことだけだった。

由紀子は、五十三歳。二十四歳で結婚したときは、体が華奢《きゃしゃ》すぎてウェディングドレスの着付がうまくいかないと、結婚式場のスタッフを困らせたくらい細身だったが、三人の子どもを産んで、ずいぶんふっくらとしてきていた。しかし、小柄で、あまり苦労を知らない幼い顔立ちは、今も十分かわいらしかった。その妻が、四十代の終わりから更年期障害を発症し、もうかれこれ五年あまりになる。症状は日によっていろいろだし、強く出たり軽かったりと波もあるのだが、概ね、めまい、悪寒《おかん》、ほてり、強い吐き気——実際に吐くことはないからなお苦しい——、そして病的な食欲不振だった。自分で買い求めてきた幼稚園生が使うような小さなお茶碗に、ほんの一口よそったご飯がなんとしても食べきれないのだった。

「そんな少しじゃ病気を跳ね返す力がつかないだろう」

と言っても、本人いわく、

「飲み込もうと思っても喉《のど》を通らないの」

だそうだ。

彼女は以前から、寝る前にほぼ毎晩お酒を飲んでいた。三五〇ミリリットルの缶酎ハイを一本か多くても二本程度だったから、たいした量ではないと思うのだが、食欲不振のきついときは、それが唯一のエネルギー源ということもあった。

ずっと体調が芳《かんば》しくなく、私が家にいるときは、家事を私に任せて寝室でごろごろする日が続いていたが、昨年、夏休みに入ってすぐのころに、とうとう痙攣《けいれん》発作を起こし、三週間も近くの大学病院に入院してしまった。直接の原因がその毎晩のお酒にあるのかどうか、厳密には分かっていないのだが、肝機能が著しく低下していた。しかし、医師の話では肝機能障害と痙攣発作とは直接に結びつくものではないらしく、結局病気の正体は分からずじまいだった。とにかくお酒はやめましょうという約束をさせられて、八月半ばに退院した。その後九月いっぱいぐらいまでは調子がよかったのだが、十月ごろから再び体調を崩し始め、その後は一進一退ながら、全体としては悪化しているようだった。

十月、十一月、非常に体調が悪かったが、十二月ごろから少し持ち直して、二月の前半まではとてもよかった。ちょうど、長男の隆哉《たかや》の結婚が正式に決まって、十一月の中旬から婚前の同居生活を始め、二月初めの結婚式に向かう時期だった。私の家族は、この隆哉——小学校教員——を筆頭に、次男で料理人をしている悟司《さとし》、長女で末っ子の遥香《はるか》——彼女は都内のブティックで働いている——に、妻の由紀子と、由紀子の母、妙子《たえこ》、それに自分を含めて六人だ。式が終われば親子水入らずの旅行もできなくなるということで、十二月には、次男の悟司が計画してくれて、五人で「はとバス」に乗った。一月は婚約者を交えての盛大な新年会、そして二月挙式とイベント続きで気持ちも高ぶっていたから、更年期障害も忘れていたような感じだった。その分、結婚式が終わってからの落ち込みが激しかった。入院前の諸症状を三倍ぐらい重篤《じゅうとく》にしたような、酷《ひど》い体調不良が続いていた。

退院以来お酒は飲んでいないはずだった。しかし、由紀子の母、妙子は、

「時々台所で隠れて飲んでいて、あたしが行くとしゃがんで隠れちゃうんだよね」

と私によく告げ口をした。しかし、そのことを由紀子に尋ねると、

「おばあちゃんはさあ、あたしのことが嫌いだから、何でもそういうふうに言うのよ。半分ボケてるから相手にしないで」

と言うので、私としては一応由紀子を信用するしかなかった。

私は、斎藤家の入《い》り婿《むこ》である。結婚するときに、当時存命だった由紀子の父親に泣きつかれて、婿養子になることを決断した。由紀子は女ばかりの三人姉妹で、上の二人——長女の貴子《たかこ》と次女の麗子《れいこ》——がさっさと嫁いでしまったために、親元に一人残されてしまっていたのだ。

一方私はと言えば、男ばかりの四人兄弟の四男で、兄たちはみんな旧姓の佐藤を名乗っていたし、実家は跡を継ぐほどの財もなかったから、私一人が斎藤になることを家族は別になんとも思わなかったようだった。口の悪い長兄などは、どうせ変えるなら、サトウがサイトウなんて仮名《かな》一文字の違いじゃつまらんから、もっと珍しい名前にしろと軽口を叩くくらいだった。

結局由紀子は、この家に生まれて五十年あまり、一度も外に出ることなく母親と暮らしてきたのだが、ここ数年は、その母親と反りが合わず、年中喧嘩《けんか》をしていた。

それは、春休みに入ってすぐの肌寒い日だった。夕食もとうに済ませ、みんな思い思いに過ごしているころだった。由紀子が、

「ちょっと気分転換に外を歩いてくるね」

と言って出かけようとした。

「また行くの。今日は寒いよ」

「うん。ちょっとだから」

このところこういうことが多かった。ほとんど終日気分が優れず、時々猛烈な吐き気に襲われるらしい。洗面所で流しに顔を突っ込んで吐こうとするのだが、ゲーッという音ばかりで実際にはよだれしか出ない。酷いときは、そのまま立っていられなくなって、冷たい床に横たわってしまったりもする。口からこぼれたよだれが髪にまとわりついて、その姿は正視に堪《た》えなかった。

「そんなところで寝たら、かえって具合が悪くなるから、こっちへおいで」

と抱き起こそうとするのだが、一向に動こうとしない。そのあまりにもだらしない格好にいらだって、

「いくら具合が悪くたって、瀕死の重態じゃないんだから、這《は》ってくるぐらいできるだろう！」

と怒鳴ってしまうことさえあった。なんとなくだが、そういう酷い発作は週末に多いような気

がしていた。それは、私が休みで家にいることと関係しているような気もして、あまりいい気分ではなかった。

そんな由紀子が三月に入ったころから、しばしば、夜の九時か十時ごろになって、

「ちょっと外を歩いてくる」

と言って、外出するようになった。なにもこんな夜中に散歩に出なくてもと思うのだが、小娘ではないし、散歩から帰ってくると、少し気分がよくなっているようにも見えたので、無理に止めることもしなかった。

由紀子が散歩に出るころは、ちょうど都内のブティックに勤める娘の遥香が帰宅する時刻だったから、私は遥香の夕飯の仕度で家にいてやらなければならなかった。というのも、私は料理が趣味で、以前からしばしば台所には立っていたが、由紀子が更年期障害を訴え始めたころからは、家にいる限り食事の支度は私の仕事になっていたからだった。しかし、その日はたまたま遥香の仕事が休みで、もう食事を終えて自室に引き上げていた。食事の後片付けもすっかり終わっていたし、ちょっと気が引ける気もしたが、めったにない機会だから由紀子の跡をこっそりつけてみようと思い立った。すでに、由紀子が出かけて二、三分経っている。私は急いでサンダルを突っかけて玄関を出た。

私の家——名義はまだ亡父（養父）のままだったが——は静かな住宅街の中ほどにある、梅や

柿、蜜柑《みかん》などの生《な》り物のほかに、松やモチノキ、金木犀《きんもくせい》など、常緑の植木も多い住宅街としては広い庭のある家だった。隣近所も大きな家が多い。その家々が夜の九時を過ぎて、すっかり雨戸を閉ざして、窓に明かりをともしているだけだった。門を出て、前の道を西に一〇〇メートルほど行くと、少し大きな通りがあり、その通りの両側には、コンビニやドラッグストアなどが数軒あったが、その道以外は、お店らしきものは何もない住宅街の路地で、この時間には人通りはまずなかった。

私はまずはそのお店のある通りに出てみた。右左を見渡してみるが、人影は見えず、ただ目の前を、何台かの車が通り過ぎるだけであった。当てずっぽうに、通りを渡って向かいの路地に入り、一〇〇メートルほど行って右に曲がり、また右に曲がってもとの通りに出た。それから、左に曲がって次の路地に入ってみた。すると、少し先の街灯の下に人影があった。街灯の柱に寄りかかり斜めに向こうを向いているので、顔は見えなかったが、体つきや雰囲気で由紀子であることは一目で分かった。

私は真っ直ぐに歩み寄った。別に身を隠すこともなく普通に近づいていった。数メートルの距離に近づいたとき、由紀子はこちらに顔を向けて、幽霊でも見たようなおびえた表情を見せた。一瞬何をそんなに驚いているのか分からなかったが、次の瞬間すべてを理解した。由紀子の手にお酒の缶が握られていたのだ。

氷角というウォッカをベースにしたさわやかなカクテルだった。レモンスカッシュのようなさっぱりとした口当たりのいいお酒だが、ベースがウォッカだから結構なアルコール度数があり、飲めばしっかり酔えるお酒だった。不思議と怒りは湧かなかった。責める気にもなれなかった。ただ、こんな寒空の下で、薄暗い街灯に照らされて、泥棒猫のようにお酒を飲んでいる妻の姿が悲しかった。私は黙って近づいて缶を取り上げた。由紀子の左手が、缶を持った形のまま顔の前で行き場を無くしていた。

「おまえ、何やってるんだ」

私は由紀子を抱きしめた。それ以上言葉が出なかった。

ひとしきりそうしていてから、由紀子のほうでそっと体を離した。左手をくるっとひねって、「捨てて」という動作をする。それに従って、まだ半分近く残っている氷角を道端にこぼした。

「帰ろう」

由紀子の手を取って歩き出した。

「いつも、この時間に散歩に出るときは、こうやって飲んでいたの？」

歩きながら聞いてみた。

「ううん。いつもじゃないけど……」

「初めてでもない？」

「うん」

「飲もうと思って出かけるの？　それとも、出かけてから、飲みたくなるの？」

「……どっちも、かな……」

「ふうん。今日は？」

「飲みたくて出た」

「そうか」

しばらく黙って歩いた。ドラッグストアの前に来たとき、

「あそこに捨てて」

と、由紀子が店の前の空き缶入れを指差した。

「なるほど。いつもここに捨ててたわけだ」

由紀子が頷《うなず》いた。由紀子の手を放して、小走りに店先まで行って空き缶を放り込み、また戻った。

「そんなに飲みたいのならさ、一緒に飲もうよ。一人で飲んでいるとついつい量もいっちゃうし、肝機能の検査を受けながら、無理のない程度に飲めばいいじゃない」

そう提案してみた。由紀子はしばらく思いを巡らせていたが、意を決したように毅然《きぜん》とした態度で言った。

「ありがとう。でもいい。やっぱりきちんとやめる」

　その言葉には、信頼に足る響きがあった。由紀子がそう言うのなら、無理に勧める道理もないわけで、「分かった」と頷くしかなかった。

　やがて、家の門扉が近づいてきた。

「おばあちゃんや、遥香に言わないで」

　由紀子の言葉に黙って頷いた。母親の妙子は、このところ由紀子とはまったくダメであった。由紀子に言わせれば、妙子が由紀子を嫌っているということなのだが、私の見立ては違っていた。妙子は悪い人ではないが、責任感とか洞察力とかいうものが基本的に欠けている人で、刹那《せつな》刹那《せつな》に思いついたことを無責任にしゃべり、ついさっき言ったことと真逆《まぎやく》のことを言ったり、人を傷つけることを平気で言ったりしても、何とも思わない人だった。

　もう二十年あまりも前のことになるが、自宅をリフォームしたことがあった。業者との打ち合わせもあらかた終えて、いよいよ着工というときになって、父が何を思ったのか、方角を気にし始めたのだ。友だちにでも何か言われたのかもしれない。自分で、八卦見《はっけみ》のところに行って見てもらってきた。そうしたところ、よくない卦《け》があって、建物をいじるなら一時転居して、向こう一年は外泊を避けなさいと言われたのだそうだ。こうした信心のない私にしてみれば、ばかばかしい限りであったが、父の真剣さを見ていると、笑い飛ばすわけにもいかず、困惑していた。

「お父さん。引越しはまあ、できないこともありませんけど、一年外泊禁止というのは無理ですよ。私は仕事柄、子どもを連れて修学旅行とか林間学校とかに行かなければなりませんからねえ」

と難色を示した。

「それはそうだなあ」

と父も私の立場は理解してくれた。そこに母が割って入って、

「康介さん、何言ってるの。建替え工事なんかしている家に住んでいられるわけないじゃないの。第一ほこりで病気になっちゃうわよ」

と言うのだ。引越しを拒否しているわけではなかったので、父も私も「？」マークが飛び交って、返す言葉がなかった。

ところが、数日後、父が私の立場を慮《おもんぱか》って、八方よけというおまじないを見つけてきてくれた。それをすれば、引越しなどをしなくても、災いは避けられると言うのだ。

「少しお金がかかるけれど、これならどうだろう」

と父が言うので、それならと同意しようとしたときだ、

「康介さん。よかったじゃないの。大体引越しなんかしたら大変よ。荷物を運ぶだけで、くたびれて病気になっちゃうわよ。家が一番。これでもう納得しなさい」

「はあ」

と言ったきり私はぽかんとしてしまった。これにはさすがの父も唖然《あぜん》として、自分の妻をまじまじと見詰めていた。妙子だけが、

「ああ、よかった、よかった。これで引越ししないで済むわあ」

と、上機嫌だった。母がまだ六十代の半ばのころの話である。つまり、母のいいかげんさは今に始まったことではない。それは、持って生まれた性分なのだ。由紀子はその母親と五十年一緒に暮らしているわけで、そんなことは熟知しているはずだった。その由紀子が最近になって母親を疎《うと》ましく感じるようになったのは、体調を壊している由紀子の側の問題であるというのが、私の見立てであった。


年度末、今年限りで他校に異動する職員が、ぽつりぽつりと校長室を訪れ、別れの挨拶をしていく。希望で胸をいっぱいに膨らませて、潑剌《はつらつ》とした顔をしている者もいれば、不安や寂しさに沈み込んで涙を見せる者もいる。春は出会いと別れの季節だ。そんな中に、およそ一年前私が着任したとき、ことのほか喜んで甲斐甲斐《かいがい》しく世話を焼いてくれた教頭の雨宮麻衣子《あめみやまいこ》もいた。もうすぐ教頭としての二年目が終わる。花園小学校は教頭二人配置校で、毎年一人新人を迎え二年終わった教頭が異動するというシステムをここ数年繰り返してきた。もう一人は斎藤一郎《さいとういちろう》という私

と同じ名字の若い教頭で、今年一緒に着任した。そして雨宮は二年の年季奉公が明けることになる。

昨年度、雨宮がこの学校に新人の教頭として着任したとき、私は前任校の教頭で、市の教頭会の会長を務めていた。そこに新人として加わったのが雨宮で、私は何くれとなく面倒をみていたらしい。私にとっては十数人の新人教頭の一人だから、雨宮個人を意識したことはなかったが、雨宮にしてみれば、初めて教頭になって、右も左も分からない中で、いろいろとアドバイスをくれた会長さんということで、大いに恩義を感じていたのだろう。私がこの花園小に校長として来たことを、心から歓迎してくれたのだった。

トントンとノックがあって、雨宮が校長室に入ってきた。

「ああ、教頭先生、どうぞ」

応接セットの上座を勧めて、私は向かいのソファに腰を下ろした。丸顔に丸っこい体つき、キユーピー人形を連想させる面立ちはお世辞にも美人ではないが、ちょっと受け口の下の歯を見せて笑うと、それはそれで可愛らしかった。その顔が今日は、頰を朱に染めて、すでに涙ぐんでいた。

「校長先生、本当にお世話になりま……」

全部を言い切る前に、うつむいてしまった。

「いいえ。こちらこそ。ありがとうございました。何にも分からずにここに来たとき、ホントに先生が頼りでしたよ。ねえ、一年間よく力を貸してくれました。ありがとう」

お世辞ではなかった。花園小のいろはは雨宮やもう一人、教務の武井《たけい》に教わったのだ。校長が船の艦長なら、教頭は操縦士、教務は機関長のようなものだ。実務担当の部下ががんばってくれているからこそ、学校という船は、艦長が目指す方向に進んでいくのだ。

「お役に立てたかどうか自信はありませんけど、気持ちよくお仕事をさせていただきました。ありがとうございました。校長先生が春に、着任なさってすぐ、日食の観望会でリーダーシップを取ってくださったとき、私は本当に、校長先生が来てくださって、心から幸せだと思いました。きっと、私だけではないと思います」

五月にあった皆既日食の観望会を立ち上げたときの話だった。


着任してすぐの五月、日本全土で皆既日食があった。O市のあたりでは朝、子どもが登校するころが、ちょうど観望のタイミングだった。市内の学校では、どこもいろいろな形で観望会を計画していた。しかし、花園小にはその計画がなかったのだ。

始業式・入学式が終わった二、三日後のことだ。職員室の校長席で、隣の席でパソコンに向かっていた雨宮にそのことを尋ねた。

「そういえば教頭さん。五月の皆既日食のときは、どんなふうにするの？」

「それが……」

雨宮は、手を止めて言いにくそうに口ごもった。雨宮の話を要約すれば、前任の校長は、教育委員会の期待に応えようととても熱心だったのだが、それが高じて職員に口うるさく注文をつけ、ちょっとでもミスをしようものなら、延々とお説教をするようになってしまった。そのせいで最初の一年で職員との関係を完全に壊してしまって、二年目の昨年度、学校の雰囲気は極めて悪かった。日食の件については、雨宮が校長に「どうしましょうか」と尋ねると、「担当の理科主任が何も言ってこないのならやらなくいい」と言い、理科主任は「校長がやれと言わないのならやらない」ということのようだった。

「困ったことだねえ。結局しわ寄せを食うのは子どもだもんなあ」

「はい」

雨宮の返事は、まるで自分が仕事をミスしたみたいにか細い。

「みんなで見るには、太陽メガネが必要だよね。学校にはそんなに数はないだろう」

「はい。一応数えてもらって、一クラス分ぐらいしかないようです」

「さすが雨宮さんだねえ。ちゃんと調べてくれているじゃない。まあそうだよな。授業ならそれで十分だもんね」

「はい」

今度の「はい」は少し元気があった。

「今から市の予算じゃ買えないよな」

「まだ、執行されていませんし、消耗品はそんなに余裕はないですね」

一年間、学校予算を取り仕切ってきた雨宮はこのあたりは明快だ。

「うーん」

しばし思いを巡らせてから、

「分かった。ちょっと検討する」

そう言って校長室に戻り、目を閉じて一分だけ考えた。考えたことは二つ。一つは実施計画案を誰が作るか。もう一つは太陽メガネを買う金をどう調達するかである。しかし、こんなことはすでに分かり切っていて、今更考えることではなかった。要はこの一分は、私が腹をくくるのに要した時間である。「煩《はん》に耐えろ！」初めて指導主事になったとき、ときの教育長からもらった言葉だ。「一番気乗りがしないことから片付けろ。それが一番近道だ」私は一分で腹をくくって受話器を取った。

「もしもし、校長の斎藤です。いつもお世話になります。実はね……」

電話の相手はＰＴＡ会長だ。

「ちょっとばかりミスってしまって、五月の日食観望会の準備が遅れてしまったんです。それでね、太陽メガネをＰＴＡの予算で買っていただけないかと思いまして……」

要するに金の無心である。自分のミスという言い方で話したが、会長さんは、これが昨年度の問題であることを即座に見抜いてくれたらしい。

「どのくらいかかるんですか」

「一つ百五十円前後。千百個ほしいので、十五〜十六万」

「いいですよ。うちのＰＴＡはお金持ちだから。ははは……」

なんとも気持ちのいい回答だった。「よし」と気合を入れて、次は実施計画の作成に取り掛かった。本来なら担当に指示してやらせるべきだろうが、もはや時間的にも切迫していたし、率先垂範という言葉もある。ここはやってしまえとこちらも腹をくくった。

一時間後。

「雨宮さん。一郎さん。ちょっと武井さんと理科の沢井《さわい》さんを呼んでくれる」

主だったスタッフを集めて、自ら立てた計画を披露した。

「子どもを三十分早く登校させて、教室に入れずに、そのまま観望会をやる。あとは日課表を全部三十分繰り上げる。子どもの動きは武井さん、観望会は沢井さんが仕切って。これでどう？」

「いいと思いますけど、校長先生が作られたのですか？」

一番事情を知らない一郎教頭が返事をした。昨年のことを知っている三人はただ唖然としていた。

「そのあと校長先生は、こうおっしゃったのです。『出勤が三十分早まるから、保育園に子どもを預ける先生などには、無理をしないように言ってください。それは、雨宮が一番よく知っているだろう』って。そこまで、職員を思いやってくれる校長先生がいるんだと思うと、もう、胸がいっぱいになっちゃって、思わずポロってしたら、『僕はいじめてないからね』ってあわててみんなに言い訳して。私もう、おかしいやら嬉《うれ》しいやらで、泣きながら笑っていました」

あのあと、武井がこっそり教えてくれた。

「雨宮先生は一番矢面《やおもて》に立っていましたから、嬉しかったんじゃないですか」

少し出しゃばり過ぎたかとも思ったのだが、好意的に受け止めてもらって、その後の学校運営にも結果的に功を奏したようだった。

「そんなこともあったねえ。あれからもうすぐ一年か。早いねえ――」

「ホンーーートに早いです」

雨宮が、真ん中を長く引っ張って答えた。

「元気でね」

立ち上がって握手を求めると、雨宮は両手でその手をつかみ、深々と頭を下げた。その丸っこい肩にそっと左手を添えた。雨宮の肩が小さく震えていた。

二　発病

新年度が明けた。昨年度の一年間は、前任校長が決めた学校の組織編成を受け取っての学校経営だったが、今年度は自分で組織した、これが本当の意味での私の学校だった。学級担任の配置には、特に新四年生に気を配った。というのは、前年度三年生だったこの学年に、非常に重い発達障害があると思われる児童が大勢在籍していたからである。卒業していった酒田和幸などとは、比べものにならない指導困難な子どもたちだった。

彼らの担任を誰にするかは、なかなかの難題だと思われた。誰しも自分のクラスに難しい子がいないことを願う気持ちはもっている。校長は、職務命令でどのクラスでも受け持たせることはできるが、できることなら、「自ら受け持とう」「ここは自分の出番だ」という教員に受け持ってもらうほうが子どもにとっても、当の教師にとっても幸せであることは言うまでもなかった。年度末に次年度の担任の希望を取るとき、新四年でもよいという教員がどのくらいいるか、正直不安だったが、予想に反して「どこでも可」という教員が多く、新四年を苦にしていないこの学校の教員の意識の高さに改めて感動した。実際に新四年の受け持ちを打診したときも、誰も嫌がるそぶりすら見せなかった。おかげで、新年度の担任配置はほとんど自分の構想どおりにまとまった。こうして、私の校長二年目が始まったのである。

二年目のスタートも、困難なのは学校より由紀子であった。三月末の隠れ飲酒発覚以来、夜の散歩はなくなっていたが、飲酒が完全に止まっていたわけではなさそうだった。ときどき妙にテンションの高い日があり、本人は否定していたが、飲んでいるのかなと疑問を抱かざるを得ない様子がみられた。ただ、お酒のにおいは感じられなかった。体調の悪さも相変わらずだった。

そして、春休みも終わり、始業式、入学式を終えた最初の日曜日、それは最悪になった。ゲーゲーと苦しげな嘔吐《おうと》の動作を繰り返し、それでいて何も出ないあの発作が、朝十時ごろ発症し、延々と午後まで続いていた。たまりかねて救急車を呼んだ。近くの救急病院に搬送されたが、医師もその症状を見て首をひねるばかりだった。そして、最後にこう言った。

「ご主人さんねえ、今ご主人から聞いた病歴や、簡易的なものですけど、今採った血液の検査からでは奥様のこの症状は説明がつきません。これは多分、精神的なものですよ。一度心療内科に行ってごらんなさい。一応嘔吐を抑える薬を処方しておきます。これは胃腸の薬ではなく、どちらかというと神経に作用する薬ですから、これで多少は症状は治まると思いますが、病気そのものの治療にはなりません。ただ、今すぐ重篤な状態に陥る可能性は低いと思いますので、これを飲んで安静にして、ぜひ近いうちに心療内科か精神科を受診してみてください。はい。それじゃいいですよ。お大事に」

私より少し若いくらいの落ち着いた感じのドクターは、とても温かみのある言い方で、そう言った。その語り口は「なるほど」と納得のいくものだった。

管理職試験に受かってすぐに行かされた教育委員会の保健教育課で、私が担当していたのは健康教育や健康診断などだったから、市内の医療機関や医師にはたくさんの知り合いがいた。そこで、その中の一人、学校医で児童生徒の精神面を診てくださっている、長谷部《はせべ》メンタルクリニックの長谷部幹夫《みきお》先生に早速連絡を取ってみた。大まかに事情を話すと、先生は

「分かりました。じゃ、必ず奥様の同意をもらってから、予約担当に電話を入れてください」

と言ってくれた。由紀子はすでに同意していたから、早速予約窓口に連絡を入れると、結構混んではいたが、二週間後の四月二十五日に予約を入れてくれた。もしかしたら、仕事の知り合いということで、便宜を図ってくれたのかもしれなかった。

初めて長谷部メンタルクリニック（略称「長谷部クリニック」）を訪ねた日は、初夏を思わせる暑いくらいの日だった。朝、一度学校に顔を出して、それから休みをもらって帰宅し、由起子を連れて歩いて行った。今日の由紀子は快活ではなかったが、それほど具合が悪いというふうでもなかった。外を歩くには気持ちのいい季節で、ちょっと気温は高かったが、風が心地よかった。しかし、由紀子には季節を味わうゆとりもないようだった。

待合室に入ると、診察待ちの患者さんと思われる方たちが十数人いた。総じて、穏やかな顔をしていて、大型テレビを見ていたり、雑誌のページをめくっていたりして、私が定期的に通っている総合病院の外来と雰囲気は変わらなかった。ただ、待っている人の平均年齢はずいぶん低いようだった。予約した時刻を少し過ぎたころ、

「斎藤さん」

と、独特の低い抑揚のない声で、先生自ら診察室から顔を出して名前を呼んでくれた。うつむき加減に黙って診察室に入る由紀子に続いて、「失礼します」と私も入った。ドアのところで、

「一緒にいたほうがいいでしょうか。それとも外で待っていましょうか」

と問いかけると、

「ご一緒にどうぞ。ご主人からも何かお気づきのことがありましたら教えてください」

先生は私に軽く目で挨拶をしながらそう答えた。

様々な文献の乗った事務机の前の肘掛《ひじか》けのついた椅子に先生が座り、カルテを広げた。その横のゆったりとした背もたれの高い椅子に由起子が先生の方を向いて座る。私は由紀子の斜め後方に置かれたパイプ椅子に腰を下ろした。先生が、ポツリポツリと質問して、由起子もポツリポツリと答える。その答えをコチョコチョっとカルテに書いて、また、質問をする。そんなことが七～八分繰り返された。

「お母様のことが、気になっているご様子ですねえ。お母様はどんなご様子なんですか」

「とにかく意地が悪いです。私が寝ていれば、バタン！　バタン！　とわざと大きな音を立ててドアを閉めるし、起きていれば、具合が悪くて話したくないと言っているのに、なんだかんだと話しかけてくるし、ちょっと座って休んでいると、周りでわざと片付けものを始めて、ああ、歳とるとしんどいとか、聞こえよがしに言うし、ホントに気が休まらないんです」

「なるほどねえ。お母様の介護がストレスになっているようですね。今の話ご主人から見たら、どうですか」

と突然質問が回ってきた。

「まあ、当たってないこともないと思いますが、ただ、母はいたって元気で、介護が必要な状況ではありませんから、介護疲れということではないと思います。ドアが大きな音を出すのは構造的なことで、わざとではないのですが、それを静かに閉めてあげようという気配りはありません。それから、とにかくおしゃべりで相手の気持ちに関係なくしゃべってきますし、何かちょっとでも自分が家事をやれば、あたしがやったんだと、露骨にアピールしますしね。そういうのはやはり気に障るのは確かだと思います。ただ、それは今に始まったことではありません。もう、私が同居して、二十五年あまりになりますが、一緒に暮らし始めたころからそうですから。だから、母が原因で体調が悪くなったのではなくて、体調が悪くなったから、母の行動が気に障りだしたのだと思いますけど」

「ああ、そうですか。お母様はお元気なんですか」

「はい。無意味に元気です」

由紀子が割り込むように言った。その言い方には、ひどく棘《とげ》があった。そういうところも先生は見ているのだろうと思った。

「ご主人のご意見は分かりました。それでは、もう少し様子を見ましょう。これからもいろいろ聞かせてください。とりあえず気分の落ち込みを少なくする薬とよく眠れる薬を処方しておきますから、これを飲んでなるべくよく眠るようにして、様子を見てください」

診察を終えて、由紀子が会計をしようとすると、若い事務員が私の方を向いて、

「保険診療でよろしいですか」

と問いかけてきた。何のことかなと思って、

「もちろん。どうして？」

と言うと、

「いえ、保険組合のほうに『精神科』と報告がいくことを気にして、自由診療でとおっしゃる方もいらっしゃるものですから」

と答えた。

「へえ、つまらないことを気にするんですね。一向にかまいませんよ」

そういう意識が病気差別を生むのだと、少し不機嫌になった。

その後も、由紀子の調子に大きな変化はなかった。そんな中、一つ気掛かりなことが起こっていた。それは、台所に置いてある料理用のワインや日本酒の量が、なんとなくおかしいことだった。普段いちいち残量を確認したりはしていないから、正確なことが分からなかったのだが、突然量が減っているように思えたり、もっとおかしいのは、記憶に残っている量より明らかに多くなっていることがあることだった。日本酒は由紀子も煮物などに使っているから、私の知らないところで減っていても不思議はない。しかし、ワインを使った料理など由紀子がするとは思えなかった。妙子はもっとしない。とすれば由紀子が飲んでいることになるが、それにしても増えているいることの説明がつかない。それよりも何よりも、あんなまずい酒をいくらなんでも飲むとは思

えなかった。やっぱり自分の記憶違いなのだろうか。なんとも煮え切らない思いが残ったまま日々は過ぎていった。


二回目の診療予定日を明日に控えた五月の連休最後の日、ちょっと朝寝坊をして、九時すぎに起きて居間にいくと、遥香は珍しく休みのようで、座卓でパソコンをいじっていた。由紀子は座卓から少し離れた廊下に近い陽だまりで、ごろごろしていた。

「おはよう。朝ごはん食べた？」

誰とはなしに声をかけると
「おはよう。まだだよ。おばあちゃんはさっさと一人で食べて、もう四畳半に引っ込んじゃったみたいだけど」

と遥香が返事をした。

「おかんは？」

「知らない。来たときからそこで寝ているよ」

「ふうん。で、また、おとんがやるのかい？」

「よろしく」

休日の朝はいつもこうだから、特に気にもせず台所に入った。この連休中も、ほとんど台所は私がやっていた。長い休みや土日はいつもそうだった。台所に入って「えっ」と思った。コンロの右側、台所の入り口に立つと真正面に位置する出窓の棚に置いてある料理酒が目に入ったのだ。昨夜煮物をしようと思ったところ、ほとんどなくなっていたから、近くのドラッグストアで一リットル入りのペットボトルを買ってきたばかりのものだ。昨夜の煮物で一回使っただけだから、おそらく一〇〇ミリリットルも使っていない。それが半分以下に減っているのだ。ここ数週間の疑念は、一気に確信に変わった。私は酒のペットボトルを持って、居間に走った。

「由紀子。起きろ。おまえ、これ飲んだのか」

突然の大声に、遥香が目を丸くした。

「なによ！」

眠りをじゃまされて由紀子が不愉快そうに顔を上げた。

「なによじゃないよ。おまえこんなもの飲んだのかって聞いているんだよ」

「らりをろんらの（何を飲んだの）？」

「おまえ、全然呂律《ろれつ》が回ってねえじゃねえか！」

へなへなと腰が砕けて、その場に尻餅をついてしまった。遥香が呆然としている。騒ぎを聞きつけて、妙子ものこのこと四畳半から出てきた。

「こんなもの飲むか⁉　料理酒だよ。一本三百円だよ。こんなくそまずいもの、人間の飲み物じゃないだろう」

　声が裏返っていた。

「おまえ、狂ってるよ」

　そう呟《つぶや》いたきり、得体の知れない沈黙が続いた。

　沈黙を破ったのは、妙子だった。

「だから言ったのよ。飲んでいるんじゃないかって。アル中の人は、味醂《みりん》だって飲んじゃうっていうんだから。ハハ。あたしの言うとおりでしょう。こうなると思ってたんだ」

　勝ち誇ったように、大声で、さも嬉しそうに言うのを聞いて、「うるさい！」と怒鳴り飛ばそうとしたとき、一歩先んじて遥香が叫んだ。

「おばあちゃん、自分の娘がおかしくなったのが、そんなに嬉しい⁉」

　今度は妙子が凍りついた。孫娘にたしなめられて、いかに鈍感な年寄りでも堪《こた》えたのだろう。ぼそぼそと何か言いながらすごすごと引き上げていった。「嬉しいわけないじゃないか」とぼやいているように聞こえた。

「遥香。ありがとう。お父さんの言いたいことを言ってくれて、お父さんが言うより効き目があったみたいだ」

「あんなの許せないよ。あったまきちゃう」

「うん。頭きて当然だけど、もうやめな。もういいから、相手にするな」

「うん。それよりお母さんだよね」

「うん。とにかく明日精神科だし、よく相談してみるよ。大丈夫、なんとしてでも治してやる。絶対お父さんが治すから。絶対に見捨てないから」

遥香は黙って頷いた。

由紀子は明らかに酔っぱらっていて、今何を言っても無意味なのは明白だった。遥香もいたたまれなくなったのか、二階に引っ込んでしまった。私も何も手につかなかったので、片腕を枕にして、ゴロンと畳に寝転んでいた。そこへ、妙子が四畳半から顔を出して、手招きをした。どうせ訳の分からんことを聞いてくるのだろうから、めんどくせえなあと思ったが、この際だからはっきり言ってやるのもいいかと思って、手招きに応じて四畳半に入った。案の定、妙子はこう切り出した。

「康介さん。遥香はなんであんなに怒るんだい。このごろあんまり口もきいてくれないし、何か怒っているみたいなんだけれど、あたしゃ遥香が何か気に障るようなことをしたのかねえ」

「ねえ、おばあちゃん。それ、本気で言ってるの？　あれだけ何度も何度も遥香に嫌な思いをさせておいて、本当に何もしていないと思っているの？」

「何度も何度もって、あたしゃ、何をしたの？」

「例えばさ。今年のお正月、みんなが来て、いろんな料理を振る舞ったよね。おばあちゃんも煮物作ったじゃない。その煮物が、ダイニングのテーブルに置いてあって、傷んじゃったことがあったよね。覚えている？」

「ああ、たくさん煮たお芋が饐《す》えちゃったときのことだね」

「そう。そのときおばあちゃんなんて言った？」

「何か言ったかね」

「『毎日遅くまでストーブつけてるからダメなんだよね』って遥香の前で言ったんだよ」

「ああ、ああ、そんなことを言ったかもしれない。夜遅くまでお台所が暖かいからね。暖かいとどうしても早く饐えちゃうんだよ」

「酷い言葉だよねえ。あのときも言ったけどさあ、あのころ遥香はダイニングで、毎晩遅くまで仕事でパソコンを打っていたんだよ。始めたばかりの仕事で必死だったんだよね。それなのに毎日遅くまでストーブをつけているから悪いんだって言われたら、遥香はどういう気持ちになると思う？」

「遥香のことを言ったわけじゃないよ」

母には、自分の言葉で誰かが傷ついている、という想像力がない。

「だって、遅くまでストーブをつけていたのは遥香しかいないんだよ。誰が聞いたってあれは遥香を非難しているでしょう」

「そうなのかい」

「そうなのかいじゃないだろう。この前は夕飯のとき、震災で離れ離れになってしまった母と子のメールの話を遥香がしんみりと話しているときもさ、いきなり『この煮物おいしいね。そう思わない』ってさ、馬鹿みたいな大きな声で言いだして、あのとき遥香がどんなに悲しい顔をしたか見たでしょう」

「そうだったかねえ」

たぶんとぼけているわけではなく、本当に分からないのだから、責めるには値しない。だが、そのときの私は、そこまで寛大にはなれなかった。

「これもそうだったかねえなの？　あのときも、それからもっと前にも何度も何度も同じ話をしているじゃない。四人で食事をしているんだから、自分だけ勝手に話すんじゃなくて、お互いの話を聞きましょうって。どうして人が話をしているときに、違うことを、いきなり大声で話し始めるの？」

「ごめん。遥香が話しているなんて、全然気づかなかった」

「だからさ、気づかなかったじゃなくて、気づきましょう。人の話を聞きましょう。もう少し、ほかの人の気持ちも考えましょうよ。

遥香だけじゃないよ」

話しているうちに後から後からこれまで我慢してきたことが思い出されて、弾けてしまったというか、自分の声に興奮して止まらなくなってしまった。

「隆哉の結婚式のとき、前の日に、隆哉がお母さんに別れを言いにきた日。あなたはずうっと隆哉、隆哉ってへばりついて、お母さんに話もさせなかったでしょう」

「だって、それは、あたしも家族の一員だから、いてもいいと思ったんだよ」

「いてもいいよ。だけど気を遣いなよ。母親と息子っていうのは特別な関係なんだよ。そんなことはいくら自分に息子がいなくても、その歳になれば分かるでしょう。しみじみと話をさせてあげればいいじゃないか。由紀子は、おばあちゃんがちっとも譲ってくれないって、一人で台所で泣いてたんだよ」

「ごめんね。悪かったねえ。気がつかなくてごめんね」

「オレに謝ったってしょうがないだろう」

「でもさ、そうしたら教えておくれよ」

「教えたらどうなるの？　その一週間後に隆哉が来たときも、おんなじだったたから、いいかげんにしてって言ったら、あなたどうした？　『ああ、おばあちゃん邪魔だね。悪かったね』って、大きな声でわめいて、それから三日間四畳半から出てこなかったでしょう。いつだって叱られると四畳半に逃げ込んじゃうんだよ。結婚式の前にそれをやられたら隆哉がかわいそうだから、結局由紀子が我慢するしかなかったんだよ。どれだけ人を傷つけているか、もういいかげん分かろうよ。

おまけに今日でしょう。確かにおばあちゃんは由紀子がお酒を飲んでいるんじゃないかって、心配はしてくれたよね。だけど、オレも聞いてみたけど、飲んでないって由紀子は嘘言ってた。その挙句に、あんなものを飲んで酔っぱらったんだから、そりゃおばあちゃんが正しかったかもしれないよ。だけど、自分の言ったことが当たっていたからって、さも嬉しそうに、大笑いしながら、ざまあ見ろって言うことないじゃないか。自分の娘がとんでもないことになっているんだぜ。由紀子は遥香の母親で、あんたの娘なんだよ。その娘の病気を母親が笑うか？　遥香が怒るのは当たり前でしょう。それを、遥香はなんで怒っているんだろうね。ふざけんじゃないよ」

妙子が答える暇もないくらいにまくし立ててしまった。こう言ったからといって、この人に改善する能力がないことなど百も承知だったが、言わずにいられなかった。その意味では、私も由紀子の異変に動揺していたのかもしれない。この翌日、妙子は麗子のところに泊まりにいくと言って家を後にし、三週間あまり帰らなかった。

「そうですか。料理酒ですか。ちょっと厳しいですねえ」

長谷部先生は少し暗い顔をしてそう呟いた。由紀子はどこか他人事《ひとごと》のような表情をしている。

「どういう病気なのでしょうか」

素人目にも、何やら得体の知れない不気味さを感じながら尋ねた。

「アルコール依存症に陥っている可能性がありますね」

「そんなに飲みたいのなら、いっそのこと一緒に飲もうと言っているのですが、そういうのはどうなのでしょうか。私はほぼ毎日晩酌というか、寝る前に少し飲んでいますから、私と一緒に飲めば、量の管理もできますし」

以前にも由紀子に提案したことのあるこの方法について、ドクターの見解を聞いてみたい気持ちもあって、そう質問してみた。

「それで、他の時間に飲まないでいられるのなら、かまいませんよ」

長谷部先生の見立てでは、今、コントロールできれば大丈夫だが、連続飲酒という状態に入ってしまうようなら、特別な治療が必要かもしれないというものだった。

「とりあえず前回と同じ薬を出しておきますから、お酒についてはご主人とよく話し合って、上手にコントロールしてください。それじゃ、お大事に」

帰り道、改めて由紀子に一緒に飲むことを提案してみた。しかし今回も由紀子の答えは「自分の力でやめる」だった。以前、路上で隠れ飲みしていたとき、同じ提案をして、「自分でやめる」

という返事をもらったときは、その毅然とした態度が信頼に値するように映ったのだが、今回は、ただ管理されることを拒んでいるようにしか思えなかった。しかし、あの時もそうだったが、もともとお酒を止められている由紀子がやめると言っているものを、無理に一緒に飲もうと誘うのもおかしなもので、結局由紀子の意思を尊重するしかなかった。

次の診療まで二週間、結局由紀子は「自分の力でやめる」ことはできなかった。長谷部クリニックに行った翌日の水曜日とその次の日はたぶん飲んでいないと思われる。金曜日は定かではない。週末はほぼ終日一緒にいたから、間違いなく飲んでいないが、翌週は明らかに様子がおかしかった。

私が勤めから帰るのは、いつも由紀子が夕飯の支度をしているころだった。家の西側に車庫があり、その脇にバイク置き場があった。そこにバイクを停めて、庭を通って東側の玄関に回る。この季節は日暮れが遅く外はまだ十分に明るかったが、玄関は東側の陰になっていたし、二メートルを超す大きなドウダンツツジが覆いかぶさるように茂っていたから、もうすっかり暗かった。その玄関のすぐ横が台所の窓になっていて、帰宅するころはいつも窓に明かりがともって、夕飯の支度をしている由紀子の影がゆらゆらと見えるのだった。

「ただいま」

玄関の引き戸をガラガラと開けてから、奥に向かって声をかける。この引き戸は、婿養子としてこの家に入ったとき、ギシギシとても動きが悪かった。聞けば何年も前から調子が悪いのだという。ちょっと戸を外してみると、木がやせて戸車が沈んでいる。そこで木っ端《こぱ》を見つけてきて、ちょっと補強して、戸車の位置を修正した。それだけで、引き戸がガラガラと軽快な音を立てて動くようになった。私にとっては造作もないことだったが、当時健在だった父をはじめ、母も由紀子も目を丸くして驚いた。「なんでそんなことができるの？」と宇宙人でも見るような目で見られて、なんともこそばゆい気がしたものだ。

「ただいま」

の声を聞きつけて、由紀子が

「お帰り」

と、料理の手を止めて、玄関に顔を出す。四半世紀繰り返してきた営みである。クリニックに行った週の金曜日も、由紀子はいつものように出迎えてくれた。だが、この日はいささか元気がよすぎた。

「ウーン、寂しかったー」

と言いながら、いきなり首に両腕を巻きつけて、キスをしてきた。いつもなら「お帰り」「ただいま」と簡単に顔を合わせて、由紀子はすぐに台所に戻るのが当たり前だった。荷物を書斎に置いて、着替えも済ませた私のほうが、台所に戻って由紀子に近づき、後ろから抱きついたり、胸を握ったりすることはしばしばあったが、玄関でいきなり由紀子のほうから抱きついてきたり、キスを求めてきたりすることはまずなかった。そのテンションは明らかに平静ではなかった。

「由紀子、どうしたの？　何かいいことでもあった？」

「別にー。でもいいじゃない。キスしたかったんだもーん！」

飲んじゃったのかなと思った。でも、やたらに疑って気分を害するのもどうかと思って、そのときはそれ以上何も言わなかった。

その日の夜も、土日も穏やかに過ごした。翌月曜日も火曜日も、由紀子は前の週の金曜日と同じように、妙なハイテンションで帰宅を出迎えてくれた。都合三日目になるので、いささか不安になって聞いてみた。

「ねえ、由紀子。先週の金曜日から、なんか様子が変だよ」

「変って、なにが？」

「だって、テンション高すぎでしょう」

「そうかなあ、だって、おとんが帰ってきて嬉しいんだもん」

由紀子はべたべたと抱きついてきた。その体を押し返すようにして、

「ひょっとして、飲んでるんじゃない」

そう聞いた途端に、由紀子の表情ががらりと変わった。

「どうして、そういうこと言うの。いつ飲んだって言うのよ」

憎々しげな目で睨《にら》み返して、由紀子はそう叫んだ。

「いつって、見てないから分からないけど、その態度はやっぱり変だよ」

「どうせそうですよ。あたしは精神病ですから。人が優しくすると、すぐつけあがって人の一番嫌がることを言うのね。そんなにあたしが嫌いなら帰ってこなければいいじゃない。ああ、サービスして損した」

とても冷静に会話ができる状況ではなかった。しかし、まくし立てる由紀子の口からはアルコールのにおいはしなかった。由紀子は更年期障害の諸症状が出るようになってから、調子が悪いときなどかなり強い口臭があったのだが、このときはジュースのような甘い匂いの息をしていて、口臭もお酒のにおいもなかったから、精神疾患の症状で感情が不安定になっているだけなのかもしれないとも思えた。少しすると、気持ちが落ち着いたのか、食事を配膳してくれて、何事もなかったかのように雑談しながらの夕食になった。

翌日、いつものように帰宅すると、玄関横の台所の窓に明かりがともっていなかった。胸騒ぎを覚えて、玄関に駆け上がった。

「ただいまー。由紀子。どうした？」

返事がなかった。バタバタと居間に行くと、部屋の明かりも点《つ》けず、暗い中で由紀子が横たわっていた。

「由紀子。どうしたの？」

揺り起こすと、寝ぼけたような顔で、

「あん？　ああ、お帰り。ああ、寝ちゃった」

「どこか具合が悪いの？」

「ううん。眠かっただけ。あれ、もうこんな時間？　夕飯しなきゃ」

由紀子はのろのろと起き上がった。

「できるの？」

「ん？　なんで？」

どこか目がうつろだったが、かといってまるで酔っているというふうでもない。どんな状態なのかよく分からなかったが、とにかく夕飯の支度はできた。だから、それ以上は何も言わなかった。

そして、木曜日、ついに由紀子の飲酒は明白になった。帰宅すると、台所にも居間にも明かりはなく、由紀子もいなかった。二階に上がると、由紀子は寝室の万年床の上でだらしなく寝そべっていた。枕もとに氷角の空き缶が数本転がっていた。

「由紀子。由紀子」

揺り起こしても、由紀子は「うーん」と呻《うめ》くだけで、目覚めてはくれなかった。あきらめて階下に下りると、台所にスーパーの袋が置いてあって、中に肉や野菜が入っていた。どうやら買い物だけはしてきたらしい。いつ買い物に行ったのだろうか？　飲酒運転はしていないだろうな。まさかそこまで狂ってはいないだろう。希望的なことを思いながら袋の中身を確かめ、やむを得ずその材料を使って夕飯を作った。

食事は作ったものの、一人で食べる気にもなれず、「遥香が帰ってきたら、一緒に食べるか」と思いつつ二階に上がって、一時間ほど由紀子の側で寝顔を眺めていた。

「なんでこんなふうに隠れて飲むんだろうなあ、同じ飲むのなら、提案を受け入れて一緒に飲めばいいのになあ」と、妻の気持ちを理解できないもどかしさに、悶々《もんもん》としていた。

そのうちに、視線を感じたのか、由紀子はぼんやりと目を開けた。

「何してるの」

「ずいぶんな言い草だねえ。酔っぱらって人に心配かけて、何も感じないの？」

「誰が酔っぱらっているの？」

「由紀子さんですよ」

「あたしは飲んでいないわよ。何言っているの？」

「へえ、じゃ、この空き缶は誰が飲んだの？」

枕もとに転がっていた缶を一カ所に集めておいたものを示して言った。由紀子は横になったまま顔だけを巡らせてそれを見た。ちょっと考え込むような表情をして、

「ああ、そうだ。そう言えば、飲んだ。……飲んじゃった」

最後の「飲んじゃった」は、うっかりミスしちゃったというような、軽い自嘲気味の言い方だった。嘘がばれたというよりは、ただ単に失敗を思い出したという感じだ。本当に自分が飲んだことを忘れていたみたいだった。

「それにしても、すごい量だね。いっきにこれだけ飲んだの？」

「今日だけで飲んだわけじゃないよ」

「昨日も、一昨日も飲んだっていうこと？」

その問いに、由紀子は素直に頷いた。

「そうなんだ。でも、昨日も一昨日も『飲んでいない』って言ったよね。どうして嘘をついたの？」

「嘘なんかついてないよ。どうしていつもそういうことを言うの」

「だって、一昨日聞いたときに、飲んでないって言ったじゃない」

「そうだよ。昨日も一昨日も、その前だって飲んでいないよ」

「はあ？　今飲んだって言ったじゃない」

「言ってないよ」

ちょっと由紀子は気色《けしき》ばんだ。こんなときの由紀子の態度が、私は理解できない。妙子と同じ遺伝子を受け継いでいるからなのだろうか。つい一分前に言った言葉と真逆のことを悪びれずに言ってのけるのだった。

「じゃ、これは今日全部飲んだの？」

再び空き缶を示す。由紀子はそれを見て首をひねった。

「そんなに飲んだかなあ。なんだか分かんなくなっちゃった」

どこまでが本当で、どこからがごまかしなのか、由紀子の心の中がまるで理解できなかった。


月曜日、二週間前と同様に、いったん学校に行って朝の用事を済ませてから、休みをもらって由紀子を長谷部クリニックに連れていくために帰ってきた。週末の土日は例によって具合が悪かった由紀子は、その症状から十分に回復していないようで、出かける支度をして待ってはいたが、ダイニングの椅子に腰かけて、青白い顔をしてぐったりしていた。

「車で行くか？」

そう問いかけると、弱々しく笑って、

「ありがとう。助かる」

と答えた。歩いても十分とはかからないところにあるクリニックだが、由紀子を歩かせるのはかわいそうに思えて、つい助け舟を出してしまった。こういうところも、この病気への対応としては、本当はよくないのかもしれなかった。

車をクリニックのビルに程近い有料駐車場に停めて、クリニックに向かった。

「あらあ、ずいぶん顔色が悪いですねえ。少し横になりますか？」

受付を済ませて待合室に入ると、居合わせた看護師からそう声をかけられた。

「いいえ。ここで大丈夫です」

由紀子は小さな声で、囁《ささや》くように答えた。

「つらかったら、遠慮なく言ってくださいね」

看護師は、そう言って、いつもの診察室の隣の面談中という看板の下がったドアの中に入っていった。

「どうでしたか、お酒はうまくコントロールできましたか？」

診察室に入っていつものように腰かけると、さっそく先生はそう尋ねた。由紀子に問いかけたものだから、私はあえて黙っていたのだが、由紀子は答えずに、すがるように私を見た。

「ご主人でも結構ですよ」

先生にそう促されて、この二週間の様子を話した。由紀子が飲んでいないと主張している日についても、「様子を見る限り飲んでしまっていると思います」という言い方で説明した。由紀子も、その言葉を否定しなかった。

「そうですか。やはりアルコール依存症の連続飲酒ですね。分かりました。それでは、お酒を飲めなくするお薬を出しましょう」

そう言って、一度席を立って、子どもの風邪薬や咳止めシロップなどによくついている指先で摘《つま》めるくらいの軽量カップを持って戻ってきた。

「シアナマイドというお薬です。今手元にはないのですが、お近くの薬局でもらってください。これぐらいの瓶《びん》に入った液体の薬です」

片手の親指と人差し指を一〇センチくらいに広げてみせながら言った。そして、今手にしている軽量カップを示しながら、

「そのお薬を一日一回、朝、このくらいの軽量カップがついていますから、七ミリリットル量り取って飲んでください。ご主人さんが出かけられる前に確認してあげるとよいと思います。

この薬は、アルコールを飲むと非常に苦しくなる薬です。これを飲んでお酒を飲むと、本当につらい思いをしますから、それで、お酒を飲めないようにするのがこの薬のねらいです。これを飲んで、まずはお酒をやめて、酔っていないときの快適さを思い出してください。それからまた、

根本的な治療に向けてお話ししましょう。じゃ、いいですよ。お大事に」

　クリニックに来てから帰るまで、一時間半ぐらいかかっただろうか、少し時間が経って、由紀子はずいぶん元気を取り戻したようだった。お酒にブレーキをかける見通しをもてたことで、気持ちの面でも少し明るくなれたのかもしれないと思った。しかし、

「よかったね。すごい薬が世の中にはあるんだね。これで、お酒やめて、体調が戻るといいね」

　と、励ましのつもりで言葉をかけたのだが、

「そうね」

　と同意はしたものの、由紀子の表情は必ずしも嬉しそうではなかった。その表情の意味を量りかねて、かすかな違和感を覚えたが、そこは追及しなかった。

　長谷部クリニックと提携している薬局は、細田《ほそだ》薬局というクリニックと自宅とのちょうど真ん中ぐらいにある町の薬屋だった。しかし、そこに寄るには、車をまた別の有料駐車場に停めなければならなかったから、家の近くのドラッグストアでも、処方箋があれば薬はもらえるだろうと相談もせずいったん家まで帰ってきた。家の前で車をバックさせて、車庫に入れると、由紀子がこう言いだした。

「ねえ、薬をもらいに細田薬局に行かなくていいの？」

「ああ、そこのドラッグストアでいいだろう。細田薬局の近くにはいい駐車場がないんだもん」

「やめてよ。こんな薬、近くのお店でもらうのは嫌だよ」

由紀子がちょっと気色ばんだ声で言った。「へー」と思った。この間の事務員の話といい、由紀子といい、病気に対する偏見というのはあるのだなあと思った。

「そうか。精神科の薬をもらうことって、やっぱり抵抗があるんだ」

「偏見だって言うんでしょう。分かるよ。でも、やっぱりできれば知られたくはないよね」

「なるほどね。この前クリニックの会計の人が、精神科にかかっていることを知られたくないから、保険診療にしない人がいるっていう話をしていたけど、それはかまわないの？」

念のために聞いてみた。嫌だと言ったところで、高いお金を払って自由診療にする気もなかったが。

「別に健康保険の担当者とは会ったこともないからね。第一、自由診療にしたら、お金かかるでしょう。そこまでして秘密にしようと思っているわけじゃないのよ。ただ、いつも買い物にいくお店の人に、わざわざ言う必要はないでしょう。第一、細田薬局がもともと提携しているお店なんだし」

「なるほど。でもさ、風邪薬を買いにいくときには、なんとも思わないわけだろう。ってことは、やっぱりこの病気は恥ずかしいと思うんだよね」

「そうだね。少なくとも世間の人は、風邪と同じには思ってくれないと思うよ」

「ふうん。分かった。じゃ、オレが細田さんまで行ってくるよ。横になって待ってて」

そう言って、処方箋を持って車から降りた。

「歩いていくの？」

「うん」

キーを由紀子に預け、家に入らずにそのまま歩き出した。

保健教育課の指導主事だったとき、たまたまO市がエイズの蔓延《まんえん》防止のための教育について文科省から研究委嘱を受け、その主担当に抜擢《ばってき》された。市内の公立小中高等学校と医師会、歯科医師会、薬剤師会、保健所などを巻き込んだ一大プロジェクトで、それこそ過労死するのではないかと思うくらい、こき使われたわけだが、その間に、各学校の校長や教職員はもちろん、医師やエイズの研究者、患者のケアに当たっているソーシャルワーカーの方々、そして患者・感染者自身というように幅広い方々と交流する機会を得て、ものすごく勉強をさせてもらった。その中で一番心に残っているのが、エイズ差別の問題だった。HIVに感染してもエイズを発症する前に効果的に治療できる薬が徐々に開発され、当時もすでに不治の病ではなくなっていたが、感染を確認する検査や規則正しい服薬のためには、周囲の理解が欠かせなかった。しかし、さまざまな偏見を恐れてカミングアウトできず、十分な治療を受けられないケースが数多く見られた。エイズの蔓延防止のために教育が担うべき最大のポイントは、この差別と偏見の払拭《ふっしょく》であった。

そうした病気差別と闘ってきた私にとっては、精神疾患は恥ずかしいことでもなんでもなく、それを恥ずかしがることこそが恥ずかしいことなのだという思いが強かった。一方で、多くの人間が、そうした差別や偏見を抱いているということもよく分かっていた。だが、その話を何度となくしてきた自分の妻でさえ、そこから抜け出せないでいるという現実を突きつけられ、改めてその感情の根深さに身震いする思いがした。

シアナマイドは劇的に効いた。薬を処方してもらったその日にとりあえず一回飲ませ、翌日からは毎朝出勤する前に軽量カップに七ミリリットルを量り取って由紀子に渡し、由紀子も素直にそれを飲んだ。その日からお酒はぴたっと止まった。同時に吐き気やめまいなどの更年期障害の症状も消えて、体調は見る見る回復してきた。

その週末の日曜日、麗子の夫の天野壮一《あまのそういち》から電話があった。

「康介さん。壮一です。すいません、突然電話して。実はお義母《かあ》さんのことなんだけど」

「ああ、申し訳ありませんね。ご面倒おかけしちゃって」

「うん。まあ、何があったのか知らないけど、とにかく帰りたいらしいんだけどさ、送っていこうかって話しても、康介さんが許してくれないと帰れないって言うんだよね」

「許してくれないとって言われても、私は出ていけなんて一言も言ってないんですよ。ただ、この前あまりにも心無いことを言うもんだから遥香も怒っちゃって、その怒っている理由がおばあちゃんは分かんないらしくてさ。事細かに、あなたはこんなに酷いことをしているんですよって話したわけ。そうしたら、次の日出てっちゃったんですよ。それで壮ちゃんにも迷惑だから、帰ってこいって電話したら、なんだか、壮ちゃんの家で、工事やってるんですか、職人さんが入るのに留守番してほしいって頼まれたんだっていうから、そうなの、じゃあしばらくそっちにいるんだねって話になったんですよ」

「はは、行く先々でなんだか言っていることがめちゃくちゃだな」

「そうなんですよ。今に始まったことじゃないから、怒ってもしょうがないんだけど、あんまり人の嫌がることばかり言うもんだから、ついね」

「うちで、庭の工事を頼んだんだよ。庭だから麗子も僕もいなくてもできるからさ、普段の日もやっていいよって職人さんには言ったわけ。そしたらお義母さんが来たから、ここにいるのなら、お茶でも出してやってって言っただけなんだけどね」

「なるほどね。それが、壮一さんに留守番を頼まれたことになっちゃうんだ」

「まあ、とにかく本人としては、プライドがあるんだかないんだか分からないけど、康介さんに帰ってきなさいと言われて、じゃあしょうがないから帰りますって話にしたいみたいだよ。どうする？」

「いいですよ。迎えにいきますよ。そもそもうちの問題なんだから、壮ちゃんにあんまり迷惑かけるわけにもいかないし、連れて帰ってからきっちり説教しますよ」

「そうしてくれる?」

「じゃあ、明日ちょっと遅いんで、火曜日でいいですか?　夕方迎えにいきます」

「分かった。火曜日ね。じゃ、僕はいないけど麗子によく言っとくから、よろしく」

「はい。いろいろとすみませんでした」

麗子と壮一は、麗子が短大の二年生のときに中退して結婚したそうで、壮一は四年制の大学を出たばかりの二十三歳、麗子にいたっては二十歳になったばかりだから、親は猛反対したらしい。しかし、壮一はしっかりした人で、安定した仕事に就いて、家庭生活もきちんとしていた。少し理屈っぽくて、やたらと兄貴風を吹かせるところがあったが、年も三つ上で、妻の姉の夫なのだから、義兄であることに違いないし、親愛の情あるがゆえということもよく伝わってきたから、決して不愉快には感じていなかった。そんな壮一とはビジネスライクに話ができるから、すんなりと意思の疎通が図れるし、麗子は壮一がいいといえばなんでもいい人だから話は簡単だった。

もう一人、由紀子には貴子という姉がいた。長女の貴子も早くに結婚したが、何があったか知らないが、一年ももたずにさっさと別れてしまったらしい。そして、次にずっと年上の、二人の子持ちの男性を好きになって、これまた親の猛反対を押し切って結婚してしまった。二人目の夫との間に三人の子どもをなし、五人の子の母親として奮闘していたが、この夫がＤＶのある、どうしようもない男で、結局自分が産んだ三人の子どもを連れて、逃げてきてしまった。幼い子どもを連れて、働くこともままならず、生活保護を受けていたが、頼るところは実家しかなかった。その実家も父親の昭《あきら》が亡くなっていたから、成り行き上、由紀子と私がずいぶん面倒をみてあげたのだった。

貴子は若いころ本の虫だったようで、頭でっかちで権利意識が強く、生活保護を受けるに当たっても、お金のある人間がない人間を保護するのは当たり前だと言わんばかりの態度であまりいい気持ちはしなかったが、それでも妻の姉だし、境遇が境遇だけに、何も言わずに世話を焼いていた。その貴子も子どもたちがみんな大人になって、やっと生活保護から抜け出し、自分で働いて暮らせるようになってはいた。しかし、世話になった実家に「恩返しする」という言葉は、彼女の辞書にはないようだった。

由紀子は病気のせいもあって感情の起伏が激しいし、妙子は言っていることには一貫性がないし、どうしたものかなと思いつつ、火曜日の夕方を迎えた。定刻に学校を出て、家に寄って通勤用のバイクから車に乗り換えて、由紀子を乗せて、隣町の壮一と麗子の家に向かった。

「向こう行って面倒くさいことを言うなよ。何を言っても、とにかく帰ろうって、帰ってから話を聞くからっていうことで、連れてきちゃわないと麗ちゃんたちに迷惑でしょうがないからさ」

由紀子を乗せて、薄暮の幹線道路を走りながら、そう釘を刺した。

「分かってる。まったく腹が立つわねえ」

「だけど、今回のことは、君の飲酒の嘘が問題なんだよ」

「なんであたしの問題なの」

「だって、おばあちゃんがオレに、君が飲んでいるんじゃないかってことを言ってきて、オレが君に確かめたときに、おばあちゃんが嘘をついているんだって言ったでしょう。だけど実際には君は隠れて飲んでいたわけだよね。すべてはその嘘から始まっているんだぜ」

「そのときは飲んでいないよ。飲んだのは先々週のことで、その前もその後も飲んでいないでしょう」

確かに、料理酒を飲んだ日以降の明確な飲酒を除けば、確たる証拠はない。しかし、この間の料理用の日本酒やワインの異常な増減や、由紀子の情緒の不安定さを合理的に説明するものは、飲酒以外にありえなかった。この期《ご》に及んでまさかそれを否定するとは夢にも思わなかった。

「由紀子。まだ言うの。それは無理だよ。これだけはっきりとアルコール依存症の診断が下ったら、今までの態度がおかしかったときのことが実はお酒のせいだったんだって言われても、反論の余地はないじゃないか」

「そうだよね。そういうレッテルを貼られてもしょうがないよね」

「レッテルじゃないでしょう。事実でしょう」

「証拠はあるの？」

「物証はない。でも、状況証拠は十分すぎるくらいある。この状況で、ときどき態度がおかしかったときに、それはお酒のせいじゃないんだって言うのなら、逆になんでそういう態度を取ったのか、君が説明しなきゃいけないよ」

「もういい。分かった。結局この病気はそういうふうに言われちゃうんだよ。差別はいけないとか言っておいて、差別の塊じゃない」

「そこまで人を誹謗《ひぼう》するか。分かった。もういい。これまで飲んでいようと飲んでいまいと、それは過去のことだ。そんなものをいくら立証しても何の役にも立たない。もう飲んでいないんだから、たった今からきちんとした人間の態度を取れ。いいな！」

　思わず声を荒らげてしまった。由紀子は、話の内容より声の大きさに対して反論する。いつものパターンだった。

「そうやって、大きな声で威嚇《いかく》すれば、人は言うこと聞くと思っているのね」

「声の大きさは関係ない！　飲んでいないんだから、酔っぱらいではなく、まともな人間の態度を取れと言っているだけだ」

　酔っぱらいと言われて返す言葉を失った由紀子は、口をつぐんで、鬼のような形相で、ひたすら睨みつけてきた。病人に対する言葉として、不適切であることは十分に分かっていた。しかし、ここまで自分の非を認めない妻に対して、怒りが先に立って他の言葉が見つからなかった。病気に対する偏見や差別の払拭に努力してきた自分も、自分や自分の妻のこととなると、愚かな弱い人間そのもので、まったく感情をコントロールできなかった。

車の中の夫婦喧嘩は、妙子のお迎えに関しては功を奏した。由紀子は私への当てつけも手伝って、ことさらに妙子をいたわった。妙子は妙子で、とにかく帰りたかったのだろう、中味などまったくないが「ごめんね。ごめんね」と謝罪の言葉を繰り返した。こうして、表面的には極めて円満に仲直りをして、実質は何も変わらないまま、妙子は家を出てから約三週間ぶりに私の車で自宅に戻ってきた。

三　発達障害

妙子の生活態度は、当然のことながら何も変わらなかった。もともと何か思惑があって人を傷つけるような言動を取っているわけではない。ただ、他者への理解とか、発する言葉への責任とかいうものを、初めからもっていないだけで、相変わらず、一貫性のない軽い言動で、家族をいらだたせてはいたが、それを聞く家族の側が健康で活力をもっていれば、夏の初めに今を盛りとやかましくわめきたてる蛙《かえる》の合唱とさほど変わらなかった。誰もきちんと相手にはしていなかったが、何か話してくれれば当たり障りのない受け答えをしていたので、妙子も特別に寂しい思いをすることもなく、穏やかに暮らしていた。

由紀子も五月の半ばにシアナマイドを飲み始めて以来、お酒は一滴も飲んでいなかった。二週間に一回程度長谷部クリニックに通院して、先生とひとしきり話して、シアナマイドの処方箋をもらう。帰り道に細田薬局に寄ってその薬をもらって帰ってくる。朝、それを私の前できちんと飲む。六月の半ばからは、通院も一人で行けるようになっていた。元気であれば母親のこともさほど気にはならない。基本的には相手にしないというスタンスで接していたし、ときどき愚痴《ぐち》ることはあっても、酷く気に病むことはなくなっていた。

私はこうした医薬品や化学物質には昔から興味があり、シアナマイドとは何かということを暇に飽かして調べてみた。アルコールは体内で分解される過程で有毒なアセトアルデヒド、つまり二日酔いの原因物質になる。これを肝臓が分解し、酢酸にかえるプロセスを阻害するのがこの薬だということのようだ。だから、これを飲んでアルコールを摂取すると、酷い二日酔い状態に陥ることになる。結果として非常に苦しいから、お酒を控えるようになるというのが、アルコール依存症の治療薬としてのこの薬の効能ということのようだ。とすると、この薬の効能は、「おどし」つまり、「これを飲んでお酒を飲むと苦しい目にあうよ」という先生の言葉こそが、薬としての効果を発揮しているといってもよいのかもしれない。

「なーんだ」という、ちょっと拍子抜けしたような思いがしたが、もちろんそんなことは言わなかった。理屈などどうでもいいのである。由紀子がお酒をやめてさえくれれば、いたって元気で、家庭の中も円満なのだから。

世の中はよくしたもので、由紀子の体調が一段落するのを待っていたかのように、学校で事件が発生した。四年生の発達障害と思われる子どもの一人で、知的にもやや遅れのある田中悠斗《たなかゆうと》に関わる保護者からのクレームだった。

六月も最後の週になって、一学期の行事もあらかた終わり、夏休み前の授業参観・懇談会を来週に控えたときだった。梅雨時らしい天気が何日も続いていて、なんとなく気持ちの晴れない昼下がりだった。校長室で七月の学校便りの原稿を書いているところに、一郎教頭とこの年に雨宮の後任で新たに教頭になった石上《いしがみ》が訪ねてきた。

「校長先生、ちょっとよろしいですか」

と一郎が切り出した。

「実は、土田《つちだ》先生のところの悠斗のことなのですが、最近落ち着かなくて、友だちに手を出すことが多いんですね。それで、何人かの保護者から、連絡帳で相談というか、まあ、クレームですよね。ちょっと炎上しちゃってるみたいなんです」

　一郎は、最近はやりの表現をした。

「手を出すって、いわゆる『かまってちょうだい』なの」

「始まりはそうですよね。とにかく悠斗と他の子じゃ、もう精神年齢がぜんぜん違っちゃってますから、悠斗は仲間に入りたくて、ちょっかいを出すんですよ。それしかできないですからね」

　子どもたちは三年生から四年生にかけて、幼児から少年少女へと変貌《へんぼう》する。しかし、発達障害の可能性があり知的にも遅れの見られる悠斗は、まだ、まるっきり幼児だった。気の優しい本校の子どもたちは、悠斗をからかったりはしないし、話しかけてくれば無視したりもしなかった。しかし、三年生の終わりごろからどうにも話のレベルが合わなくなり、今までのように一緒になって戯《たわむ》れることはできなくなっていた。いきおい悠斗はかまってほしくて相手の嫌がるちょっかいを出すのだ。

　一郎の説明を追いかけるように石上が言葉を継いだ。

「わりと大人になっている子は、うまく受け流してくれるのですが、それじゃ悠斗も面白くありません。それで、まだ半分幼い面を残している子を選んでちょっかいを出すんです。そうするとその子たちは本気で嫌がるわけです。悠斗にしてみればそれが面白いからしつこくやって、結局反撃されてしまうんです。ところが、反撃されると、あの子は自分が悪いんだからごめんなさいというふうにはならないから、カーッと逆ギレして殴る蹴るになるんです。でも、周りの子はえらいですよ。悠斗がそうなったときは、絶対にそれ以上戦わないですから」

「まあ、去年まで三年間良太《りょうた》でいっぱい学習したからね」

「そうみたいですね」

「そうか、石上さんはまだ、良太のすさまじいところは、あんまり見ていないもんね」

一郎がちょっと懐かしそうに言った。


前田良太《まえだりょうた》。非常に強いＡＤＨＤ傾向のある児童で、一年生のころから花園小最大級の問題児であり、母親も含めて前任の校長と大バトルを繰り広げた存在である。去年の一学期の良太は、それはすさまじいものだった。ちょうど日食の観望会を実施したころだっただろうか、ドアを開けたままにしておいた校長室にいきなり良太が飛び込んできて、ドアに鍵をかけてしまったことがあった。その前に、良太が誰かを殴って、取り押さえようとした先生の向こう脛《ずね》を蹴っ飛ばして逃げ出したという情報が入っていた。そうやって行く先々で彼は日常的に暴力沙汰を起こしていた。校長室の垣根を下げようと、ドアを開けたままにしていたのだが、なかなか教員も子どもたちも気安く訪ねてきてはくれない――そんな中で、いきなり飛び込んできたのは、手負いの猪《いのしし》ならぬ、脱走児童だった。

「あなたはだあれ？」

ちょっとかまってみたい気もして歌うように聞いてみた。そのとき、校長室のドアをノックする音が聞こえた。「シー」良太は唇に人差し指を当てた。その仕草を見て、おかしくなって、少しこの子に付き合ってみようと思った。

「ちょっと待ってね。今取り込んでいるから、少ししたら来てください」

ドアの向こう側に向かってそう言うと、こちらの意図を察したのか、ぼそぼそと一郎教頭の声と誰かの話す声が聞こえて、ドアの前から人が立ち去る気配がした。誰も来ないことが分かると、良太は何事もなかったかのように話しかけてきた。

「校長先生、何してんの？」

「校長先生はね。今、今度のお話朝会のときに話すことを考えていたんだよ。ところで、あなたはだあれ？」

「これ何？」

良太は、近所のお年寄りがわざわざ届けてくれた千代紙で作った兜《かぶと》を手に取って言った。こちらの質問はおろか、さっき自分が質問したことへの答えにも、もう関心がなかった。

「それは、兜っていうんだよ。君の家では五月人形は飾ってないかな？　もちろん飾らない家もたくさんあるけど」

「知らねえ」

ちょっと気分を害したようだった。そのときは知らなかったが、良太は母子家庭で、母親は生活に追われ、五月人形どころではなかったようだ。一応飾らない家もあると予防線は張ってあったが、子ども心には寂しさを覚えたのだろう。言葉とは難しいものだ。

しばらく話しているところで、また、ノックがあった。今度は「どうぞ」と鍵を開けると、担任の小山由美《こやまゆみ》先生が訪ねてきた。良太の姿を認めると、

「良太くん。こんなところに勝手に入ったらいけないでしょう。すみません校長先生、今、連れて帰りますので」

そう言って、良太の手を引いて出ていこうとするが、

「やーだね」

と、良太はまるで小ばかにしたような言い方で、その手を振り解《ほど》いた。その態度に、小山先生は良太を叱るというより、自分が叱られることにおびえるような、困り果てた表情をした。まだ、前任の校長のスタンスが抜けきっていない時期のことだった。

「由美先生、ごめんね。突然飛び込んできて『シー』って言うもんだから、付き合っちゃったんだよ。先生が心配して探しているのに、申し訳なかったねえ。ごめんごめん。付き合いついでにさ、私がもう少ししたら送り届けるから、先生は、クラスの子どものほうをしっかり見てあげて。

今、自習しているんだろう」

もう一人年配の男性で小山という先生がいたので、由美先生のほうはファーストネームで呼んでいた。

「でも……」

「まあ、いいからいいから」

前任の校長なら、こんなときはしっかり指導しろと叱責したのだろう。しかし、私はその考えには反対だった。良太をしっかりさせようとすればするほど、良太はいらだち、パニックを起こすのだ。当時の良太は、そうやって毎日誰かと喧嘩して、暴れまくって、由美先生の手には負えず、屈強な男の先生に取り押さえられて職員室に連行されていた。由美先生を説得し、気ままな徘徊《はいかい》を大目に見て、そのぶん学級経営をがんばらせた。ちょうどそのころは六年の酒田和幸を大目に見ることを指導していたときで、学校全体で同じ対応を取るよう働きかけていた。

良太はこうして、気ままな徘徊を許されて、適度にクールダウンできるようになってからは、暴れる回数が次第に減っていった。さらに二学期の半ばからは、職員からの提案で、定期的に個別に学習を見てあげる時間を設け、それによって、ストレスを溜《た》める前にガス抜きをさせるシステムを作ったことで、二学期が終わるころには、ときどきアクシデントでパニックを起こす以外は、ほとんど大きなトラブルがないくらいに落ち着いていた。

「去年が良太なら、今年は悠斗でしょうか？」

「うん。しかし、悠斗のほうが難しいなあ。良太はもともと頭がいいから、イライラしたら教室を抜け出すことさえ許容すれば、自分でクールダウンできるんだよな。それに、個別指導で勉強が分かれば、教室での活躍の場面も増えるしな」

「悠斗は、一人じゃ何もできないですからね」

「そうなんだよなあ。あいつはバカだからなあ」

誰も聞いていないことをいいことに、私は少々辛辣《しんらつ》な言い方をした。もちろんその言葉は、悠斗を疎んじているのではなく、むしろかわいいという気持ちから発した言葉であることは言うまでもない。

「で、連絡帳では、どうしろと言っているの？」

「具体的にああしろこうしろとは言っていません。ただ『なんとかしてください』ということです」

「まあ、そうだろうな」

「ただ、一つ気になるのは、『土田先生じゃ無理だったんじゃないですか』っていう雰囲気は言葉の端々にありますね」

「それもありそうな話だね」

悠斗がいずれ難しくなるのは、ある程度想定内だったし、そのとき新人の土田が苦労することも予測できていた。しかし、その年は土田を含めて三人の新人がいて、四年生にも一人はどうしても新人の先生を入れなければならない状況だった。その新人に受け持たせるとすれば、あの学年では悠斗のいるクラスしかなかったのだ。

「まあ、こういうときは校長の出番なんだろうね。さて、どこからやっつけるかな？」

私は少し考えてから、続けた。

「土田さんの担任の件はオレが説明する以外にないけど、悠斗の問題は、一番手っ取り早いのは、親御さんに今度の懇談会で、一言謝ってもらうことだよね。『うちの子がご迷惑おかけしますが、よろしくお願いします』ってさ。それでもがたがた言うようだったら、それは言うほうが悪いからね」

「謝ってくれますかね」

「親御さんは悠斗の学校での実態は知っているの？」

「いろいろやらかしているっていうことは伝わっています。ただ、その数は半分、三分の一かな。そんなもんです。結局全部伝えたら親御さんが参っちゃいますから」

うん、うん、と言葉にはせず頷いた。

「とにかくさ、『いろいろあるのはご存知だと思いますので、校長がお話ししたいと言っています』ということだけ、連絡してくれる」

「分かりました」

　そこまで言って、二人の教頭は引き上げていった。


　翌々日の夕刻、悠斗のお父さんが仕事帰りに寄ってくれた。とび職をしているということで、ニッカポッカ姿でやってきた。結構遠くの工事現場まで行くので、こんなに早く帰れるのは珍しいということだった。服装から一見すると荒っぽい感じに見えるが、私の前に座る姿は、肩をすぼめて、弱々しい目をした人のよさそうなお父さんだった。私は、やんわりとではあるが、このところの悠斗の事実を伝えた。

「だから、悠斗くんが悪いとか、おうちの人の躾《しつけ》がどうだとかいうことではなくて、彼の個性として、迷惑をかけてしまう面があるということをご理解いただいて、申し訳ないけれどよろしくお願いしますと、率直にお話しするのがいいのではないかと思うのですが、いかがでしょう」

「校長先生のおっしゃることは分かります。悠斗がご迷惑をおかけしているっていうことも分かっているんです。でも、申し訳ないんですが、今度の授業参観の日も、私は栃木の現場ですし、母親も仕事を休めないと思うんです」

「授業参観・懇談会に出席することが難しいということですね」

「そうですね」

「失礼ですけど、お母さんはどんなお仕事をなさっていらっしゃるのですか」

「はい。給食センターのパートなんです。ああ、学校じゃありません。老人ホームなんかに弁当を出してる」

「少しお休みを取るのは難しいですか」

「人手不足だし、それに収入の問題も……」

言いにくそうにする様子で、事情は理解できた。教育相談についても水を向けてみたが、やはり行っている余裕がないというのが回答だった。良太の家と同様、生活に追われている印象が強かった。遠くの工事現場まで行っているようだったが、それというのも重労働の割に収入が低い、今どきのブルーカラーの現実を反映しているように思えて、いささか切なかった。お父さんの態度からは、少なくとも子どもへの誠実な思いは感じられた。むしろお母さんのほうが、小さいころから苦労しているぶん、やや逃げの姿勢に入っているのかなと思えた。

「では、お父さん。他の保護者の皆さんがいろいろとご心配されていますので、私としては何か話をしないわけにはいきませんから、ご両親はお仕事の都合で懇談会には出られないけれど、前もってお父さんが校長室に来てよろしくお願いしますと頼んでいったという形で、お話をさせていただいてよろしいですか」

「それは、悠斗に障害があるから面倒をみてくれと説明するということですか」

「障害とかいう言葉は、医療機関できちんと調べていただかないと使えない言葉ですから、そういう言い方はもちろんしません。第一、悠斗くんが本当にそういうことなのかどうかは私にも分かりません。ただ、現実の問題として、友だちに迷惑をかけてしまう面があるのは事実です。それを、私は悠斗くんが悪い子だという言い方で言うことはできないと思うのです。そう言ってしまったら、じゃあ悠斗が直せばいいじゃないかということになってしまいます。それで直るくらいなら、親御さんも私たちも苦労はしないわけです。やっぱり本人の努力だけではどうにもうまくいかないみたいなんですということは、お話ししないといけないと思います。だから、みんなで見守ってあげなければならないんだということを、周りの子どもやその保護者の方に理解していただかないと」

「でも、もう少し担任の先生がなんとかしてくれないんですか」

「確かに担任が工夫するべきところもあると思います。あるいは学校として担任以外の補助員をつけてあげるということも必要でしょう。でもね。担任は三十五人の子どもたちの担任であって、悠斗くん一人を見ているわけじゃない。土田は学級経営はがんばっていると思いますよ。補助員さんだって、数に限りがあっていつも悠斗くんだけに付いているわけにはいきません。他のクラスにも難しい子はいますしね。何か起きないように、起きる前からずっと誰かが張り付いていることはできないんですよ。学校も努力します。でも、悠斗くん自身も、そして周りの子どもたちも、みんなが努力しないとうまくはいかない問題なんですよ。その震源地が悠斗くんである以上、お父さんお母さんも皆さんに頭を下げなきゃ。そこはご理解ください」

「でも、仕事を休むのは無理です」

「それは、了解しました。ですから、私からお話しします。でもそのときに、おうちの人もすみませんって言ってましたよっていう話にしなきゃ、他の保護者の方々も納得いかないでしょう」

「校長先生がお話ししてくださるとおっしゃるのなら、僕はかまいませんけど……」

「僕はかまいませんじゃねえんだよ！　おまえの子だろ」と思ったが、言わなかった。

「そうですか。ありがとうございます。じゃあ、そういう形で今度の懇談会でお話をさせていただきます」

「よろしくお願いします」

一応、しおらしく頭を下げて帰ったが、納得はしていないようだった。こちらとすればそれでもよかったのだ。一度で理解してもらえるなどとは、端《はな》から思っていない。ただ、校長が勝手に言ったと後でいちゃもんをつけられないように、とりあえず了解を取り付けたかっただけなのだから。あとはこちらの話術の問題だった。

クレームを書いてきた保護者の連絡帳に、懇談会で校長が説明するという旨の返事を書かせて周知を図り、当日懇談会の終了十分くらい前に私は土田の教室を訪ねた。土田からも、今日校長が説明に来るということは話してあったのだろう、校長の訪問にも、参会の保護者に驚いた様子はなかった。

「障害があるという言い方はできませんけれど……」

といささか姑息《こそく》だが、たぶん障害があるのだということを匂わせつつ、保護者から障害者扱いされたというクレームを受けないための常套《じょうとう》手段を用いながら、悠斗の生活態度を本人の努力だけで改めさせるのは難しいということを知らせた。

一方、土田を担任に充てたことについては、学校全体の事情であることを隠さず知らせるとともに、土田が学級経営をがんばっていることをきちんと説明した。だから、他の子どもが寛大な気持ちで、協力するというか、我慢することが必要なのだということを訴えて、私は頭を下げてお願いした。この、校長が頭を下げるということで、大抵の問題はとりあえず沈静化するのだ。今回のこともそうだった。問題そのものは何も解決していないのだが、とにかく校長に頭を下げさせれば一旦は気が治まるのだろう。誰かを責めるのではなく、みんなでなんとかしていきましょうという、こちらの願いを受け入れてもらう雰囲気は醸成できた。こうして一学期がどうやら無事に終わった。

毎学期の終わりには、納め会という全職員参加の宴会がある。花園小の場合は人数も多いので、ホテルの宴会場を借り切って行うことが多かった。いいことも悪いこともあったわけだが、明日からは夏休みということで、この日ばかりはみんな陽気に飲んでしゃべって疲れを癒すのである。私も開会の挨拶を終えれば、あとは楽しく飲むだけである。次から次とお酌に来てくれる職員と楽しくしゃべり大いに飲んでいた。

「校長先生。聞きました。ありがとうございました」

三年生の学年主任が、なぜかお礼を言いに来た。

「えっ？　先生からお礼を言われるようなこと、何かありましたっけ？」

「悠斗のこと。学年は違うけど、みんな喜んでいますよ」

「ええ？　どうして？」

「一昨年ですけど、おんなじことがあったんですよ。あの学年が二年生のとき。そのときは良太でしたけどね。私が主任をしていたんです。良太も今はずいぶん成長したけど、けっこう手が出る子だったでしょう。それで、やっぱり懇談会が揉《も》めちゃって、校長先生が呼ばれたんです。そしたら、前の校長先生は、担任の配慮が足りないって言って、担任に謝れって、親の前でですよ」

「へえー。それで事は収まったの？」

「収まりっこないですよ。保護者も謝ってくれって言ってるわけじゃないって怒っちゃうし、良太の家は、もう学校には出しませんって言いだすし、担任は担任で、ショックでそのあと一週間お休みしちゃうし、もう、ぐちゃぐちゃですよ」

学年主任は、身ぶり手ぶりを交えて熱弁を振るった。私も苦笑いを浮かべながら、

「まあ、前の校長さんの悪口は、そのくらいにしましょう。それにしてもさ、校長なんて、謝るのだけが仕事みたいなものなのにね」

「そんなことはないでしょうけど」

「いや、そうですよ。普段仕事しているのは先生方だもの。校長は何もしないで給料もらっているんだから、先生方には思い切りやってもらって、何かあったときに謝るのは、校長の仕事ですよ」

「そう言ってくれる校長先生って、ステキー！」

横で話を聞いていた女の先生が突然割り込んできた。今年転任してきた先生だった。

「前の学校の校長先生も、全部職員のせいにしていました。本当に嫌でした。もう、校長先生、大好き」

かなり酔っぱらっているようで、抱きつかんばかりの勢いだった。珍客の乱入で、学年主任と

の話はうやむやになってしまったが、教職員が気持ちよく働いてくれるのなら、経営者冥利に尽きるというものだった。自分も若いころは、良かれと思うことはかなり好き勝手にやらせてもらってきた。そのころ世話になった校長たちも、それを許し、何かあったときは責任を取ってくれた。そのおかげで自分も力をつけ、実績を積み上げてきたのだ。そうやって、部下の力を存分に発揮させてこその管理職だと思う。自分もそうありたいと決意を新たにしていた。

四　再発

数年前、我が家の子どもたちが大人になったころから、毎年八月には妻と二人で温泉旅行を楽しむのが習慣になっていた。昨年は、由紀子の入院で近場で間に合わせたが、今年は体調もよくなったので、いつもの年と同じように計画した。八月の初めだった。姫路まで新幹線で行って、そこでレンタカーを借りて、淡路島を経由して鳴門《なると》に入る。鳴門の渦潮《うずしお》を見て、讃岐《さぬき》でうどんを食べて、その夜は屋島《やしま》、翌日四国を縦断して高知に入り、桂浜《かつらはま》、室戸岬《むろとみさき》と巡って、三日目は淡路島で震災の遺構を見て帰ってくる計画である。

屋島と言えば、言わずと知れた屋島の合戦の舞台である。遠く岡山を望む海に飛び石のように並ぶ大小さまざまな島影は、遠い昔、源《みなもとの》義経《よしつね》が島伝いに平家を追い落とした合戦のイメージを彷彿《ほうふつ》させた。

由紀子の体調はシアナマイドのおかげですこぶるよかった。食欲もあり、こんなに快調に旅行ができたのは、夫婦二人の旅行をするようになって初めてかもしれない。今思えば、それが油断だった。旅の習慣で私は夕食や寝る前に、ご機嫌でビールを飲んだ。妻はノンアルコールビールで付き合ってくれた。由紀子は不平不満を一言も言わなかったが、心の中では、飲みたい気持ちと、飲んだら恐ろしいことが起こるという医者の戒めとの間でゆれながら、悶々としたときを送っていたのだろう。私はあまりにも無知だった。そういう由紀子の気持ちを少しも慮ってあげることができなかった。

翌日行った桂浜は、巨大な坂本龍馬《さかもとりょうま》の銅像や龍馬記念館など、どこに行っても由紀子の大好きな龍馬だらけだった。記念館の入り口にある等身大の龍馬像と握手して、由紀子はご機嫌だった。そういえば、以前函館《はこだて》に行ったときは、五稜郭《ごりょうかく》で土方歳三《ひじかたとしぞう》の像と並んで記念写真を撮って、そのときもご満悦だった。幕末の敵同士の両方と仲良くしようというのだから、ずいぶんと節操のない話である。

その夜は車を飛ばして室戸岬で宿を取った。私は自称端っこ愛好家である。日本全国ずいぶん旅行をして、土地土地の海に突き出た岬に立つことが大好きだった。若いころ車で一人旅をして、北海道の南端より北に位置する本州最北端の大間崎《おおまざき》に立ったことが、一つの自慢だった。今回も台風のメッカ室戸岬の先っぽに立って、大いに満足だった。それぞれに願いを果たして、その夜もビールとノンアルコールビールで乾杯した。ここでも由紀子の気持ちには気づけるはずもなかった。

久しぶりに思いきり旅を楽しんで、私たちは帰宅した。すこぶる元気で旅行ができたことで、由紀子も体調に自信をもってきたようだった。旅行の後の最初の通院日に、クリニックから帰った由紀子はこんなことを言いだした。

「今日ね。ずっとお酒もやめられているから、もうシアナマイドはいいんじゃないですかって、言ってみたの」

「へえー、それで先生はなんて？」

「うん。二カ月半全然飲まなかったのだから、大丈夫かもしれないねって」

「じゃ、今日は薬はなし？」

「うん。シアナマイドはね。でも、眠剤はいつものとおりもらってきたよ」

「そうなんだ。大丈夫なの？」

「うん。全然飲みたいと思わないもん」

「ふうん。まあ、君が飲まずにいられるのなら、なにも高い薬買わなくて済むから、そのほうがいいに決まっているけどね」

このとき由紀子がシアナマイドをいらないと言ったのは、本当に飲む気がなくなったからだったのか、それとも、そろそろ飲んでもいいかなと思って、そのためにはシアナマイドがじゃまになったからなのか、その理由は今もって分からない。しかし、ドクターと相談して決めたことなら、私が口を挟むことではないなと思っていた。この判断が、恐るべき結果をもたらすことなど気づくよしもなかった。

お盆が来て、義姉たちが里帰りをしてきた。こういうときに手作り料理で接待するのも私の担当だ。私が作る料理には、結婚した当初、義姉たちも相当に驚き、また喜んでくれたのだが、今はもうそれが当たり前になっていて、ことさらに感想も言わなくなっていた。何でもできる人というラベルはここでもすっかり定着していた。こんな私の器用さも、由紀子の病気の一因だったらしいのだが、そのようなことをこの時点では、誰も知らなかった。お盆が終わり、夏休みも残り数日となって、二学期に向けていろいろなことが動き出すころ、由紀子の心と体にも異変が生じ始めていた。

二学期の初日、まだ夏の熱気が十分に残る中で、始業式のために子どもたちがクラスごとに並んで体育館に集まってきた。九月がこんなに暑くなったのは、いつのころからだろうと思う。私が子どものころは、二学期が始まるとともに秋も始まったような気がする。

「武井さん。なるべく手短にやろうね。この暑さじゃ、気持ち悪くなる子が続出するよ」

全校児童の集まりを仕切っている教務主任の武井にそう声をかけた。

「そうですね。生徒指導主任にも言っておきます。細かいことは各担任から教室で話してもらえばいいですよね」

「そうそう、それがいい。全員に話すことなんて、本当にポイントだけでいいんだから」

私自身も話をできるだけ手短にして、それでいて、二学期に向けて、子どものやる気に火をつけるような、そんな話がしたいものだと考えていた。

全校の児童が集合し終わり、一郎教頭の開式の言葉で始業式が始まった。

「校長先生のお話です」

司会の武井の言葉に、元気よく「はい」と答えてステージに上がる。演壇から全体を見渡すと、子どもたちはちょっと緊張したなかなかいい顔つきをしている。後ろの方に二人、クラスの列から離れて、体育館の壁にもたれている子がいる。良太と悠斗だ。良太は一年生のときから、こうした集まりでは並んだことはおろか、参加したことさえほとんどない。いられないのだ。何の仕切りもない床の上に、周囲の人間との位置関係だけで、自分の場所というものを想定して、そこに収まるなんていうことが彼にできるはずがない。おまけにそこからはみ出せば叱られるのだから、そんなことなら初めから入らないほうがよっぽどましである。それに周囲はうるさい。彼には音を適度に遮断する機能がないから、周囲の子どもたちの息遣いまで全部ノイズとして耳に入ってくる。「あんな中にいたら頭がおかしくなる」たぶんそんな気持ちなのだろう。壁際ではあっても、体育館の中にいるというだけで、彼には上出来なのだ。

悠斗は去年までは一応並ぶことができていた。列の中で前後の友だちとじゃれ合っていることが彼にはよかったのだが、前後の友だちが遊んでくれなくなってしまって、今はいられなくなってしまった。類は友を呼ぶ。そんな二人がなんとなくくっついて、壁際にいるのは、自然なことだったのかもしれない。

「二学期はとても長く感じるのですが、実は一学期と一週間しか違いません。では、なぜそんなに長く感じるのでしょうか？　それはね。季節が大きく動くからなのです。今、暑いですよね。みんなもTシャツ一枚という人が多いですね。これが二学期の終業式、例年その日はクリスマス・イブです。ね。もう雪が降ってもおかしくない季節ですよ。だから二学期は長く感じるのです。そして、それはね、みんなが大きく成長するときでもあるのです。季節が変わる中で、皆さんも変わっていきます。しっかりいい方向に変わっていきましょう。がんばろうね。お話を終わりにします」

武井との約束どおり一分で校長の話を片付けた。自分でもいい話ができたと思った。

「さて、二学期の課題は」と改めて考えた。良太は今年は戦略が当たってどうやら落ち着いている。本人の成長のためには、次の一手が欲しいところではあるが、焦らずにとりあえずこの調子でやっていければいいだろう。問題は悠斗だなと思った。悠斗は一学期の終わりに一応クラスの騒ぎは沈静化させたが、現実には何も変わっていなかった。早晩騒ぎが再燃することは目に見えている。やはり、悠斗の両親を説得して、教育相談なり医療機関なりにつないで、本人の行動改善にも取り組んでいますという姿を見せてもらわなければ、ただ我慢させられている周囲の子どもたちはたまったものではない。経済的な問題もあり、そこはなかなかにハードルが高いなと思っていた。そのほかにも、気になる子は何人かいたが、学校全体は特に指導のうまくいかない学級もなく、概ね順調に動いていたから、困難な問題はそこだけだなと感じていた。

学校よりも難しい局面に入っているのが、由紀子だった。八月の後半、お盆の親戚の集まりが終わったころから、例の吐き気やめまい、ほてりなどの症状が再発してきた。そう言えばこの症状の原因は、結局今もきちんと解決してはいなかった。由紀子を精神科に診せるきっかけになったのは、救急医から由紀子の強い嘔吐感は精神的なものではないかという指摘を受けたからだった。しかし、精神科で診療を進めるうちに、話は飲酒の問題になっていってしまった。料理酒を飲んでしまったり、酔いが醒《さ》めても思考が正常に戻らなかったり、異常な飲酒が続いたことですっかり飲酒の問題に気を取られてしまって、それをコントロールすることにばかり取り組んでいた。異常な飲酒が止まるのと並行して、他の症状も見られなくなってはいたのだが、よく考えてみれば、飲酒と他の症状と関係があるのかないのか、診断してもらっているわけではなかった。めまいや吐き気が再発してからも、由紀子がひどく酔っぱらっている様子は見ていない。ということは、この症状は飲酒とは別の問題だということになる。しかし、一昨年の痙攣発作のときも、今回も、お酒をきちんとやめているときは、この症状も出ないということは確かだった。だとすれば、また隠れ飲みが始まっているということだろうか。なかなか確証が得られないまま、時は過ぎていった。

九月十一日、嘔吐などの症状が再発してから最初の通院日だった。六月から由紀子は一人で通院していたが、この日は私も同行することにした。通院を始めたころのように、朝、一度学校に顔を出してから休みをもらって一緒に診察に行った。家から長谷部クリニックまで、徒歩で十分とはかからない道のりだが、まだ、真夏に近い暑さを残しているこの時期、アスファルトの照り返しで、クリニックに着くころにはじっとりと体が汗ばんできた。一息ついたらビールの一杯もひっかけたくなるのは、それはそれで正常な感覚だと思えた。

「斎藤さん」

独特の抑揚のない声で先生に名前を呼ばれて診察室に入る。

「調子はどうですか」

と、いつもの質問から話が始まった。由紀子が最近の症状について、とつとつと話す。口下手なのか、どこかごまかしたい気持ちがあるのか、歯切れの悪い説明でイライラしてくるが、私はじっと我慢していた。

「ご主人は、何か付け足すことがありますか」

「いえ、だいたい妻の言ったとおりです。初めてここに来たころの症状とよく似ていますね」

「お母さんとは、いかがですか」

「母は相変わらず人の気持ちをいらだたせるような言動をしていますが、ずっと由紀子が調子がよかったですから、受け流していました。このところ体調はあまりよくありませんが、それほど険悪なムードにはなっていません」

「そうですか。お酒はどうですか」

「私は飲んでいる姿を見たことはありません。でも、昼間、私がいない時間については、分かりません」

「奥様は、どうですか」

由紀子は答えなかった。答えないということが答えだったと言っていいかもしれない。長谷部先生は、「ん?」と目で言った。そして、少し間をおいてこう言った。

「今出ている嘔吐やめまいの症状は、どうも離脱症状のようですね」

「えっ、離脱……、何ですかそれは？」

「アルコールを飲み続けると体はアルコールが入っている状態に順応してきます。そうすると、アルコールが抜けてきたときに、むしろ体調が悪くなるのです。吐き気やめまい、悪寒、ほてりといった体の症状のほかに、場合によっては強い不安感や妄想、幻覚などの精神的症状も出ます。この症状を離脱症状と言います。よく禁断症状なんていう言葉を聞くことがあると思いますが、離脱症状というのが正確な言い方です。かなりアルコール依存症が進行していると見ていいでしょうね」

「でも、酔っぱらっている姿は見ていませんよ」

「だとすれば、ご主人がいない留守に、上手に酔わない程度に飲むか、酔ってもご主人が帰ることろにはある程度醒める程度に飲んでいるのでしょうね。そのくらいのコントロールができるのですから、まだ、間に合いますよ。もう一度シアナマイドを始めましょう」

おそらく、こうした症状の患者を何人も見ているのだろう。強い確信のある言い方だった。先生は由紀子の方に向き直って言った。

「奥様、いったん奥様の希望で薬を止めてみましたが、やはり再度シアナマイドを出しますので、ご主人と一緒に朝きちんと飲んでくださいね」

由紀子は小さく「はい」と言って頷いた。先生の言葉に異議をとなえる気持ちはないらしかった。

私は、ことここに至っても、酒と病気ということがうまく結びついていなかった。お酒の飲み過ぎで胃や肝臓を壊すということは、容易に理解できる。自分も主治医から説教されたことがあるが、アルコールを肝臓が完全に分解するのに概ね二十四時間かかるという。だから、毎晩決まった時間にお酒を飲むと、ちょうど分解し終わったところに新たなアルコールが入ってくることになり、肝臓は休む暇がないのだそうだ。その結果肝臓が疲れ果てて、脂肪肝や肝硬変といった病気になっていくということだった。だからお酒を飲まない日を週に一〜二日作る必要があるのだと言われ、大いに納得したことがあった。

そういう意味で飲み過ぎに注意が必要であることは分かる。しかし、もともと合法的な飲み物であると同時に、飲めば酔うに決まっているわけだから、飲んでいいとき悪いときがあるのも当たり前で、闇雲に飲んだり、人目をはばかって飲んだりする心境は理解できなかった。由紀子の中で何が起きているのか、本当の意味では理解できないまま、私は言われるままに、とにかくシアナマイドを、また、毎朝飲ませればいいのだと考えていた。

前回劇的に効いたシアナマイドが今回は効かなかった。いや、正確に言えば、五月にシアナマイドが劇的に効いたと思ったときも、由紀子の体調が目覚ましくよくなったから、そう思っただけで、本当に薬が効いたのかどうかは分かっていなかった。

私は由紀子が実際にお酒を飲んでいる姿を、あの三月の路上での隠れ飲み以来一度も見ていない。さらに遡《さかのぼ》っても、昨夏の痙攣発作以来、由紀子がお酒を口にしている姿を直《じか》に見たのはあの三月の路上飲酒だけなのだ。ただ、妙にテンションが高かったり、反対に起き上がることもできないくらいぐったりしていたりする姿を見て飲酒を疑ったり、飲酒の証拠となる空き缶や空き瓶を見つけて確信をもったりしているにすぎなかった。だから、長谷部先生が言った「離脱症状」が、本当にお酒と関わっていると確信する事実に私は出合っていないし、夏の間その症状が見られなかったことが、禁酒による成果だという確証もなかった。ましてや、それがシアナマイドの効果だと言いきる証拠はなかったのだ。しかし、今、頼るべきものはシアナマイドしかなかった。

翌朝、きちんとシアナマイドを飲ませて、出がけにいつものように玄関まで見送りに出てきた由紀子にこう言った。

「シアナマイド飲んでるんだから、お酒飲んだら大変なことになるよ。ね、飲んじゃダメだよ」

「分かってる」

由紀子が十分に理解している顔でそう返事するのを確かめてから、バイクにまたがった。

夕方帰宅したとき、玄関横の台所の窓の明かりがともっていた。ほっと胸をなでおろして玄関の引き戸を開けた。

「ただいま」

「お帰り」

元気そうな返事があった。ダイニングに入って、

「今日は飲まずにがんばれたかな」

「うん。大丈夫だよ」

短い会話をして、二階の寝室へ行き、着替えて戻ってくると、

「ちょっと気持ちが悪い。続き頼んでいい？」

と青白い顔で訴えてきた。なんだか急に具合が悪くなったようだ。よく分からないまま
「あ、ああ、うん。分かった。やるよ」

そんなふうに返事をして、台所を代わると、由紀子は口を押さえるようにして洗面所に行った。ゲーという音が聞こえた。また、いつもの吐き気かなと思ったが、一応側に行ってみると、今日は本当に吐いていた。

「あれ、本当に出たんだ」

変な反応だが、空嘔吐《からおうと》とでも言うべき症状をいやというほど見てきた私にとっては、極めて率直な反応だった。

「全部出た？」

と聞くと、由紀子が苦しそうに頷く。

「じゃ、畳に行こうか？　それとも二階で横になる？」

「二階に行く」

か細い声でそう答えるので、腰を支えるようにしながら、階段を上らせた。これまでにない症状だったから、何が起きているのか分からなかった。とにかく布団に寝かせて、夕飯の支度を再開した。

翌日も、同じような状態だった。そして、週末が来た。土曜日は普通に過ごした。そして、日曜日の午後、以前と同じように、長谷部先生から「離脱症状」と言われた症状が出た。それが本当に離脱症状だとするなら、木曜日と金曜日は飲んでいたのだろうか。あの本当に吐くという症状が、シアナマイドを飲んで酒を飲んだときに出る症状だとすれば、確かに辻褄《つじつま》は合うことになる。でも、もとより確証などなかったし、由紀子は飲まずに過ごせたと言っているのだから、結局本当のことは霧の中だった。

月曜日は離脱症状が続いていると見られる状態で、朝から起きられなかった。仕方がないので、自分の朝食と遥香の簡単なお弁当を作って出かけることにして、ちょうど家を出ようとするところに、遥香が起きてきた。

「おかん、どうしたの？」

「うん。また体調が悪くなっちゃったからさ、五月ごろ飲んでいた薬をまた始めたんだよ。でも効いているんだかいないんだか、いまいち良くならないんだよなあ」

「お酒、飲んでいるの？」

「そこが、分かんないんだよ」

「ふうん」

遥香は何か考えているような顔をした。

「とにかく出かける。遥香も仕事だろ。気をつけてな」

「うん」

その日、帰宅したときは台所に明かりが点いていた。「ただいま」と言って、玄関を上がると、いたって元気に「お帰り」と出迎えてくれた。何も問題がないようだった。「やっぱりただの体調不良だったのかな」とちょっと希望的な判断をした。ところが、その翌日、同じように帰宅したとき、今度は台所の明かりは点いていなかった。「あれっ」と思った。玄関を上がって居間に行ってみると、由紀子は畳に寝そべっていびきをかいていた。その姿を見ただけでは、酔って寝ているのか、単に眠くて寝ているのか、判別がつかなかった。

「由紀子、由紀子、風邪引くぞ。寝るんならちゃんと寝な」

揺り起こしても「うーん」と呻くだけで、起きる気配はなかった。例によって柑橘《かんきつ》系のジュースのような匂いがして、酒くさいとは感じなかった。あきらめて着替えのために寝室に行った。明かりを点けて「ああ」と思った。またしても、枕もとに氷角の缶が三本転がっていたのだ。二本は空で、一本は残った中身がこぼれて畳を濡らしていた。つい今しがたまで飲んでいたような気配だった。

ここで、どんな格好で、どんな気持ちで、どんな表情で由紀子は酒を飲んでいるのだろう。その姿をイメージすることができなかった。ただ、無性に悲しかった。そのとき初めて、「ああ、これが病気なのだ」と、胸にすとんと落ちた。これまで頭の中でうまく形作れなかったアルコール依存症という病気の輪郭が、うっすらと見えたような気がした。私はもう一度由紀子の側に行った。先ほどと変わらずいびきをかいて寝ている。そっと傍《かたわ》らに座って、肩から二の腕のあたりをさすってみた。病なのだ。そう理解したとたんに、優しい気持ちが湧き上がってきた。病なら受け入れるしかない。発達障害の子どもを受け入れるのと同じように、受け入れたところから出発して、少しでも生きやすくなる方法を見つけ出していくしかないのだ。そんな気持ちで、私はそっと由紀子の背中に添い寝した。しばらく添い寝してから、「そう言えば、夕飯はどうなっているのかな」と気づいて、起き上がって台所に行った。ダイニングテーブルにスーパーの袋があって、アジの干物とさつま揚げといくつかの野菜が入っていた。レシートがあった。

「9月17日　16時21分　No.＊＊＊＊　アジの干物　単198　4個　まとめ割引-12　780
さつま揚げ　138　……………　氷角　単118　3個　354　小計……」

とあった。「ああ、なるほど」と思った。そのレシートを見たとき、あくまで想像にすぎないが、頭の中に由紀子の一日のストーリーが浮かんできた。

「由紀子は、自分なりに飲酒欲求と闘っているんだ。朝、オレに飲むなよって言われて、自分でも飲んじゃいけないと思っている。夕方まで、なんとか頑張っているんだけれど、夕飯の買い物をしにスーパーに行くと、そこには『飲んでください』とばかりにお酒が並んでいるんだ。そこで、力尽きるんだなあ。もう自制が利かなくなって、お酒を買って、家に帰って飲むんだけれど、シアナマイドが効いている。だから三本目の途中で飲みきれなくなって……。

でも、なんで下で寝ているんだい？　そのまま寝室で寝たほうが楽だろうにねえ……。

ああそうか！　夕飯を作らなきゃいけないっていう、思いだけはあるんだ。だから先週は、台所をやっている途中で気持ちが悪くなったんだ。ね。そういうことなんだよ」

私はいつもの癖で途中から、誰かに語りかけるように、身ぶり手ぶりを交えながら一人声に出してしゃべっていた。何かを真剣に考えるときの癖だった。

「分かった。なんとしてでも治してやる」

そう宣言して、私は夕飯の支度に取りかかった。——

夕飯の支度を終えて、二階の氷角の缶を片付けて、居間の座卓に三人分の夕飯を並べてから、できるだけ優しい声で、由紀子に声をかけた。

「由紀子。起きな。さあ、ご飯食べよう。もうそろそろ酔いも少し醒めてきただろう」

「うーん」

と由紀子はまぶしそうな顔で目を開けた。

「さあ、おばあちゃん呼んでくるから、ちょっとだけしゃきっとしよう」

「なあに？」

「ご飯だよ。ご飯。夕飯だよ。さっ、目を覚まして」

肩を抱くように起こしてあげると、やっと事情が飲み込めたように
「ああ、あっ、ごめん。寝ちゃった」

「いいから、いいから。ご飯食べよう」

由紀子の背中をぽんぽんと叩いて、それから四畳半の妙子に声をかけた。

「ありがと」

と言って妙子が席について、食事が始まった。

「この煮物は、康介さんが煮たのかい」

「そうだよ」

「上手だねえ。本当に手早いというか、よくやるよね。由紀子が寝ちゃっているから、どうしたものかと思っていたんだけどね。いいお婿さんもらって幸せだねえ」

由紀子は答えなかった。そればかりか妙子を見ようともしなかった。そんな由紀子の反応にはお構いなく、

「朝九時にその病院に行ったら、帰ってきたのは一時すぎだよ。すごいねえ盛《さか》ってて」

妙子は勝手にしゃべっている。仕方がないので私が、

「あっそう」

と相槌《あいづち》だけは打っておいた。由紀子は子どものようにポロポロとご飯やおかずをこぼしながらだったが、食欲はあるらしく、ご飯一膳とアジの干物半分ぐらいをしっかり食べた。朦朧《もうろう》としている由紀子を見て、また妙子が口を開いた。

「由紀子。あんた、どうしたんだい」

すかさず割って入った。

「ちょっと、今度もらった薬が効き過ぎて、眠くてしょうがないんだよな。いいよ、いいよ。よ

く食べたね」

「何の薬なんだい？」

「ストレスを和らげる薬だよ。一日家にいるとけっこうストレスが溜《た》まるんだよ」

精一杯のイヤミのつもりで言ったのだが、妙子にはまったく通じなかった。

「おや、そうかい。大変なんだね」

「由紀子、もうご馳走様？」

由紀子が頷く。

「どうする？　二階行くか？」

また、頷く。

「よし」

私は由紀子の手を取って立たせると、

「じゃ、口だけゆすいで行こう。むし歯になっちゃうから」

そう言って、洗面所に連れていって口をゆすがせてから、一緒に二階に行った。由紀子を布団に寝かせて、

「少し酔いが醒めたら話《はなし》しような」

そう言って、しばらくの間、添い寝をして、まるで幼子にするように肩のあたりを優しく叩い

ていた。

五　崩壊

その日、由紀子は十二時近くなって目を覚まして、二階から下りてきた。階段を下りる足音を聞きつけて、書斎から顔を出すと、お風呂に入りたいと言いだした。まだ、足元がふらついているようだったので、まるで老人介護をするみたいに、服を脱がせて入れてあげた。パジャマを濡らすと面倒なので、私も裸になって一緒に入った。夫婦なのだから別に不思議はないといえばないが、由紀子は胸も股間も私に洗ってもらって、少しも嫌がったり恥ずかしがったりしなかった。それればかりか、入浴の途中でトイレに行きたいと言いだした。

「この格好でトイレに行くのは無理だよ。ここでしちゃいなよ。シャワーで流しながらすれば大丈夫だよ」

由紀子は少し嫌がったが、そう言っている間に出てしまった。出すそばから背中にシャワーをかけてあげた。シャワーの音と大量のお湯に紛《まぎ》れて、おしっこの音も色もにおいも分からなかった。

入浴を終えて、パジャマに着替えさせて、二階の寝室に連れていってから、おもむろに切り出した。

「何時ごろ飲んだの？」

「何を？」

「お酒だよ。飲んだんでしょう」

「飲んでないよ。なんでそんなことを言うの？」

どうしてここまで嘘をつきたいのか、本当に不思議だった。

「由紀子。もういいじゃないか。バレバレなんだからさあ」

「何のことを言っているの？　お酒なんか飲んでないよ。やめてよ、へんな言いがかりつけるの」

「分かった。じゃ、ちょっと待っててね」

私は階下に下りると、台所のごみ置き場に片付けた氷角の空き缶を持って、再び寝室に戻った。

「これだよ。枕もとにあったよ。この家でこれを飲む人はあなたしかいないでしょう。もう認めちゃいなよ。別に怒らないからさあ」

ビニール袋に入れた氷角の缶を、ガチャガチャと振ってみせた。由紀子はいかにも嫌そうに眉間にしわを寄せて、しばらく黙り込んでから、

「……飲んだ」

　とぶっきらぼうに答えた。

「うん。そんじゃ、最初の質問ね。何時ごろ飲んだの？」

　努めて明るく聞いてみた。

「夕方。五時ごろじゃないかな」

「どこで飲んだの？」

「ここ」

「スーパーで氷角買って、帰ってきてここで飲んだの？」

　うん、と小さく頷いた。

「飲まない約束は覚えている？」

「うん」

「でも、飲むんだ。どうして飲んじゃうんだろうね」

「なんでだろう。よく分かんないんだよね」

「もう、かれこれ七時間ぐらい経っているから、もうそろそろ酔いが醒めてもいいころだよね。なんとか、そのときの気持ちを思い出せないかな。そこを回避すれば飲まなくて済むわけだろう」

「よく分からないけど、いっつも気持ちが悪いから、飲むと少しすっきりすると思うのかなあ」

「ふうん。ところでさ、シアナマイド飲んでいるわけでしょう。お酒飲んだら気持ち悪くならないの？」

「ああ、だから途中で飲めなくなっちゃったのかな。なんだか飲んでるときから気持ち悪かったんだよね」

「気持ち悪かったら、飲まなきゃいいじゃん」

「ううん？」

「でも、飲みたいのか？」

由紀子は答えなかった。なぜそうまでして飲みたいのか、本人にも分からないのだろう。それが病気なのだと思った。理屈で解決できるのなら、誰も病気になどなりはしない。理に適っていないからこそ病気なのだ。

「それにしてもさ、なんとかして、飲まない工夫をしないとまずいよね。ちょっと真剣に考えようよ」

由紀子の目がとろんとしてきてしまった。これ以上の会話は難しいみたいだった。

「はあ、まあいいや、明日も仕事だし、寝よう」

翌朝、由紀子はきちんと起きることができた。家族の朝食も遥香のお弁当も作った。

「昨夜はよく眠れた？」

「うん。昨日はごめんね」

今朝は思考もしっかりしているようだ。

「うん。まあ、謝ることじゃないんだけどさ。今日は飲まずに頑張ろう」

家を出るときもいつものように玄関まで来て見送ってくれた。

「じゃ、行ってきます。夕方帰ったときも、こうやってお迎えしてくれると嬉しいな」

「うん。分かった」

「じゃあね」

でも、その期待は簡単に裏切られた。その日の夕方も、その次の日の夕方も、帰ったとき台所の明かりは点いていなかった。「またやっちゃったか」と思った。ダイニングテーブルに買い物袋があって、いくつかの食材や雑貨が入っていて、レシートには氷角の文字がプリントされている。その氷角の空き缶が枕もとにあって、中身は寝室で寝そべっている由紀子の体内に吸収されているのだろう。一昨日、三本買った氷角が昨日と今日は二本だった。ほんのわずかだが、自制心が働いているのかと思った。

由紀子の買ってきたものを使って夕飯を作った。それから、由紀子を起こし、妙子を呼んで夕

食にした。夕食を食べさせて、二階に寝かせて居間に下りると、

「康介さん。由紀子、また飲んじゃってるの？」

　妙子が聞いてきた。

「うん。また、始まっちゃったみたいだねえ」

「困ったねえ。お医者には行っているんでしょう」

「うん。薬ももらって、ちゃんと飲んでいるんだけどね。どうしたもんだろうねえ。とにかく、オレも働いているから、年中見張っているわけにはいかないしね」

「あたしは家にいるけど、あの子すぐ二階に行っちゃうからさ。あたしゃこの階段上れないんだよ。膝《ひざ》が痛くなきゃねえ。追いかけていくんだけど」

　妙子は困りきった顔でそう言った。日ごろ無責任な発言ばかりしている人だが、娘を心配する気持ちはあるんだなあと思った。

「それは仕方がないよね。なかなか阻止できないよ。お酒なんてどこでも買えるんだもん。とにかくさ、来週の水曜日には精神科の予約が入っているから、また、相談してみるよ。おばあちゃんも、お酒を持っているところを見つけたら、ダメだよって取り上げてあげてよ。あんまりきつい言葉で言うとかえって反発しちゃうから、優しくやめなって言ってあげて」

「はい。分かりました」

翌日、私は年休を取って、三時半ごろ家に帰ってきた。由紀子は居間でごろごろしていたが、私に気づくとすぐに起きてきた。どうやら飲んではいないようだった。

「どうしたの？」

由紀子が驚いたように言った。

「夕方の買い物が曲者《くせもの》みたいだから、試しに買い物にいく前に帰ってきた。やっぱりこの時間だと飲んでないんだね」

「やだ。大丈夫だよ。もう、飲まないから」

あっけらかんとそう言われて拍子抜けしてしまった。昨日までの自分の行動を、どう認識しているのだろうか。よく分からないが、由紀子は自分が病気であるという自覚がないようだった。精神疾患の人は、自分の行動が異常であることに気づかないとよく言われる。しかし、学校で精神疾患のある保護者と教育相談をした経験によれば、必ずしもそうではないようだ。自分の状態をかなり正確に認識している人のほうがむしろ多かったと思う。だが、由紀子は一般的に言われるほうの傾向が強いようだった。「ちょっと油断して飲んでしまったけど、真面目にやれば飲まずにいられる」というのが由紀子の言い分で、病気であり自分の意思では飲酒をコントロールできないという理解は得られていないようであった。

金、土、日曜日は確かに飲まなかった。そのせいか、土曜日の午後には離脱症状が表れ始めた。例によって強い吐き気を覚えて、しばらく居間でゲーゲーやっていたのだが、もう、家族も本人も、その吐き気が内臓の病気ではないことを知っていたし、時間が経って症状が治まるまで、どうすることもできないことも理解していたから、ことさら心配もしなかった。日曜日にはそれも概ね治まって、落ち着いて過ごすことができた。

「由紀子。お酒飲まないほうが気持ちいいだろう」

日曜日の夕方一緒に台所をやりながら言ってみた。どうしたらそれを継続できるだろうという話にもっていきたかったのだが、

「そうだね。だから、もうやめたよ。全然飲んでいないでしょう」

あっさりそう言われてしまった。

「だって、それは土日でオレが一緒にいるからでしょう」

「それはそうかもしれないけど、でも、もう飲まないよ。全然飲みたくないもん」

「それだけ自信もって言うのなら、なんで火、水、木と飲んだの?」

「なあに。あたしに飲ませたいの?」

「そうじゃなくてさ。君は病気だから、何かをきっかけにして、自分でも止めることができないまま、飲んでしまうわけでしょう。そのきっかけが何か分からないけどさ、それが分かれば、そ

れを回避する手段もあるかもしれないじゃないか」

「もういいじゃない。飲まないって言ってるんだから。しつこいなあ」

冷静に科学的な話はできそうになかった。

「分かった。じゃあ、信じるからね。もう飲まないでね」

「ああ、うるさい！」

どうしてこういうふうに感情的になってしまうのか、由紀子が自分から生活を改善する気になるような、うまいアプローチがつかめなかった。由紀子は、夕飯の支度を放棄して、二階に上がってしまった。私はあえて後を追わなかった。確信はなかったが、これも病気の一部なのだという気がして、だとすれば追及しても良い結果は得られないような気がしたからだった。

「困った奴《やつ》だなあ」

そう呟《つぶや》くと、由紀子がやりかけていた夕飯の支度を引き継いで、ひととおり家族の食事を整えてから、おもむろに由紀子のご機嫌を取りに二階に上がっていった。

月曜日、昨夜《ゆうべ》の会話などいとも簡単に反故《ほご》にされていた。朝はいつものようにシアナマイドを飲ませて、今日一日絶対飲まないことを約束させて家を出たのだが、夕方帰宅したときは、明らかに酔っぱらって居間の畳に転がっていた。どうやら今日は夕飯の買い物もしていない。

「お酒だけを買いにいったということなのかなあ。いよいよ重症だなあ」

今、起こさないほうがよさそうだと思い、そのままにして、夕飯の買い物に出かけた。買い物から帰ると、ちょうど由紀子は起きてトイレに行くところだった。

「ああ、起きたんだ。大丈夫か」

そう言って由紀子に歩み寄ったときだ。びしゃっと靴下が水を踏んだ。

「なんだこりゃ。なんでこんなところに水がこぼれてるんだ」

そう叫んでから「ハッ」と気がついた。由紀子の歩いたとおりに水が垂れているのだ。

「おまえ、これ、お漏《も》らしか」

由紀子の背中に声をかけた。由紀子は自分が失禁していることにさえ気づいていなかったらしく、何食わぬ様子でトイレに入って、そこで驚きの声をあげた。

「やだ。間に合わなかったみたい」

とにかくこのままではどうしようもないから、洗面所から雑巾《ぞうきん》を持ってきて、廊下の由紀子の歩いた道程を拭きながらトイレに向かった。かまわずトイレのドアを開けて中に入ると、由紀子は動揺した声で、

「やだ、あたしどうしちゃったの？　やだ、……」

と繰り返していた。まだ、ちょろちょろとおしっこが便器の中にこぼれ落ちていた。

濡れたショーツやストッキング、スカート、ソックスを全部脱がせて受け取って、壁にかけてある手拭タオルで汚れた脚を拭いてあげて、それから汚れたものを洗濯機に放り込んで、今度はお湯でゆすいだ温かいタオルで、もう一度きれいに拭いてあげた。

「さあ、全部出たかな。誰も見てないから、そのまま二階に行こう。君の下着はオレにはよく分からないから、自分で着替えて」

そう言って、由紀子の手を取って二階に連れていった。アルコールがいよいよ由紀子を壊し始めていた。


九月二十五日、長谷部クリニックの予約の日、例によって朝学校に行って、休みをもらって、九時半ごろ家に帰ってきた。早めに出たので、予定時刻には一時間ほど余裕があった。

「由紀子、お待たせ、少し早いけど行っちゃうかい？」

そう声をかけながら玄関を上がってダイニングに行くと、由紀子はダイニングの椅子に腰かけ、テーブルに両肘をついてうつむいていた。

「由紀子。どうした？」

反応がない。覗《のぞ》き込むと、由紀子はテーブルにもたれて眠っているようだった。「まさか」と思って、あたりを見回した。台所の仕分けしたごみを置いてある片隅に、まだ少し冷たい氷角の缶が置かれていた。それは、由紀子が今しがた飲んだものに違いなかった。

「おまえ、ふざけんじゃないよ」

病気なのだから受け入れるしかないと心に決めたばかりだったが、さすがに冷静ではいられなかった。

「起きろ。由紀子！　どういうつもりなんだ」

由紀子の頭を両手でつかんで顔を起こした。

「痛い」

由紀子が寝ぼけた声で呻いた。

「痛いじゃないだろう。さっき行ってきますって言って出て、まだ二時間しか経ってないんだぞ。たった二時間我慢できないのか。いくら病気だっていったって、きさまオレのことなめてんのか！」

思わずテーブルをこぶしで叩いた。テーブルの上の調味料がガチャンと鳴った。その音で少し冷静さを取り戻した。あとからあとから怒りは湧き上がってきたが、少なくとも、今怒鳴り飛ばしたところで、由紀子の心にまったく響かないことに気づくだけの冷静さは戻ってきていた。

「とにかく、キャンセルはさせないからな。あと三十分したら行くから、それまでに目を覚ませよ」

そう言って由紀子の向かいの椅子にどかっと腰を下ろした。腰を下ろして、改めて見ると、由紀子はちゃんと出かける気になって、着ているものもそれなりに整った外出着になっていた。これからクリニックに通院するためにきちんと着替えたのだろう。その行動と飲酒という行為が、なぜ並行してしまうのだろう。結局それが病気ということなのだろうか。


「調子はどうですか？」

いつもの問いかけで診察は始まったが、ほとんど会話らしい会話もしないまま、

「やはり、お酒のコントロールが難しいみたいですので、アルコールの問題を専門に扱っているクリニックを紹介しますので、そちらにかかってみてはどうですか」

と言ってくれた。しかし、由紀子はここでいいと言って聞かなかった。

「でも、奥さん、このまま飲みつづけたら、体にも相当なダメージが出てきますよ。ご主人の仕事にも障りが出るでしょうし、専門の病院で診てもらったほうがいいと思いますよ」

「大丈夫です。もう、飲みませんから」

「それは、難しいんじゃないですか」

「いいえ。今度こそちゃんとやめます」

「由紀子。もう、何度もそう言って、できなかったじゃない」

「できる。大丈夫。もう飲みたくないから」

まるで駄々っ子だった。

「そうですか。それでは、こうしましょう。シアナマイドはまだありますね」

「はい。前回二本出してもらいましたから」

「今日もう一本処方しますから、一日一〇ミリリットルにして毎日飲んでください。それでもう二週間様子を見ましょう。奥さん。今度ここに来るまでに、飲んでしまうようだったら、もう、ここでは無理ですよ。それだけ約束してくださいね」

「分かりました。もう、飲みませんから」

そう約束をしてクリニックを出た。車まで帰る足取りは、幾分しっかりしていた。

家に帰り着いて、私はまた仕事に戻らなければならなかった。そこで、一つ提案をした。

「ねえ、由紀子。いつまたお酒が飲みたくなっちゃうか分からないからさ、お財布を預かってあげるよ。そうすれば、お酒が買いたくなっても買えないから、飲まずに済むでしょう」

「夕飯の買い物はどうするの？」

「オレが、帰り道に買ってくるよ。夕飯も作ってあげるから。ね。そうしよう」

「分かった」

由紀子は、そのときは納得して財布を預けてくれた。こうして私は後ろ髪引かれる思いもあったが、職場に戻った。職場に戻れば、悠斗が相変わらずチョコチョコと問題を起こしていたが、教頭を始め職員全員で協力して対応してくれていたので、校長が直々《じきじき》に何かしなければならないようなこともなく、学校は円滑に運営されていた。私は次回のクリニックでの診察で、正確な状況を報告できるように、また、頻繁に職場を離れることについても、正直に状況を話してはいたが、より正確な情報に基づいて事情を理解してもらえるように、由紀子の飲酒に関する日記をつけてみようと思った。アルコール依存症の回復トレーニングで、お酒を我慢することを「断酒」と言うのだそうで、その成否とその日の由紀子の様子を記録していくことにした。

九月二十五日（水）×　午前中に長谷部クリニック受診。受診前に飲酒。専門医を紹介されるが、由紀子が拒否。念のため財布を預かる。

九月二十六日（木）×　昨日の午後は断酒できたので財布は返却。午後、書斎の書架にあった焼酎を見つけて飲んでしまう。その後氷角を二本買って飲酒。

九月二十七日（金）×　夕方帰って居間で泥酔している由紀子を発見。失禁して、そのまま寝てしまったらしい。畳ぐっしょり。付近で氷角の空き缶五本発見。

九月二十八日（土）△　再び財布を預かった。午後氷角を一本買って寝室に戻ったところで娘にとがめられ没収。ハンドバッグの中にあった小銭を偶然見つけたとのこと。

記録の中の、○、×、△は、断酒ができたら○、飲んでしまったら×、飲まないまでもお酒を買ってしまったり、飲んだか飲まなかったかを私が判断できなかったりしたときは△にしていた。

遥香は、先日由紀子が飲んでいるかどうかよく分からないんだという話をしたときから、家にいるときはなるべく注意深く見ているようにしてくれていたのだそうだ。

「今日さ、あたしが六畳にいたら、突然二階から下りてきて、ダイニングで何かこそこそやってるなあと思ったら、すうと黙って外へ出てっちゃって、しばらくしたら、帰ってきてそのまま何も言わずに二階に行っちゃったのね。これは怪しいなあと思って、すぐ二階へ行ってみたの、そうしたら、こいつ持ってぼおっとしていたんだよね。だからすぐ取り上げたんだけどさ」

遥香は、氷角の缶を示しながら、そう話してくれた。

「ありがとう。よかったあ。とにかく自分じゃコントロールできないんだからさ。ねえ、お母さんも感謝しなよ」

由紀子は、やや不満そうな表情で頷きながら、それでも、「ありがとう」とは言った。遥香が自室に戻ったあとで、由紀子は、

「だけどさ、飲まなかったんだよ。飲んじゃダメだなあと思って我慢してたんだよ。ただ、ぼおっとしてたわけじゃないよ」

「さっきの不満そうな表情はそのこと？」

「そうだよ。あんな言い方しなくてもいいじゃない」

「だけどさ、買っちゃった時点で、九割アウトでしょ。それを助けてくれたんだから、少し厳しい言われ方してもしょうがないじゃん」

「それはそうだけど」

由紀子の表情には、少なくとも反省という印象は見られなかった。


九月二十九日（日）〜十月二日（水）　◯　四日間とも財布を預かった。日曜日は終日一緒にいたので断酒成功。結果的に二日間飲んでいないため、離脱症状。月曜日も離脱で何もできず。火曜日と水曜日は回復、断酒もでき快適に生活。

十月三日（木）　△　午後三時ごろ財布を返せと電話あり。かなり感情的で飲んでいる印象。もしかして、どこかでお酒か小銭を見つけたか？　必要ないことを説諭。夜、財布を返せと包丁を自分の喉に突き付けノックもなく書斎に入ってきた。恐怖を覚えたが表には出さず平然と近づいて、静かに包丁を取り上げ抱きしめた。暴れたり抵抗したりはしなかった。しかし、これ以上財布を預かることには危険を感じた。

十月四日（金）　×　財布を返した。朝は機嫌よく見送り。直後に氷角と瓶の焼酎（アルコール分二〇%、七二〇ミリリットル）を購入。悟司と遥香に見つかって没収・飲めず。午後、氷角数本、泥酔、失禁。夜になっても意識が戻らないので救急車を要請。近くの大学病院に一泊入院。

救急隊員が由紀子の様子を見て、首をひねっていた。専門用語はよく理解できないが、血圧とか呼吸とかを見る限り、特に異常はないが、意識がはっきりしない理由がよく分からないということのようだった。しきりに口のあたりのにおいを嗅いでいるが、

「お酒かなあ。ジュースのような気もするし、よく分からないなあ」

と、二人で首をかしげていた。とにかく搬送しようということになり、近くの大学病院に行くことになった。以前の痙攣発作のときと同じ病院だった。しばらく救急の待合室で待たされた。この待合室にはずいぶんお世話になっている。すでに他界した母に生前連れ添ったり、今は老人ホームにいる父とも何度か一緒に来たりしたことがある。斎藤の家を継ぐことになって、実家の両親の世話は兄たちに任せたのだが、同居を嫌いずっと二人で暮らしていたから、緊急のときなどは、結局一番住まいの近い私がもっぱら対応していたのだ。昔母が「三十三の子は親をしょって立つ」とよく言っていたが、父も母もおまけに由紀子の父まで、私が生まれたときに三十三歳だった。実家の母も、由紀子の父も看取った。実家の父を老人ホームに入れたのも私だ。その

父もそう長くはないだろう。このままいけば、その父も看取ることになりそうだ。生活の知恵というか、昔の人の経験則というのはたいしたものだと改めて思うのだった。

そんなことをぼんやりと考えていると、名前を呼ばれた。看護師に連れられて病室まで行くと、由紀子はすでに診察も終えて、救急病棟のベッドに寝かされ、両側に医師と思われる男性が二人立っていた。

「ご主人ですね。血液検査では、少し肝機能が下がっている傾向はありますが、重篤な症状が出るような異常は見られませんでした。意識がはっきりしなかったそうですが、何か心当たりはありますか」

と、二人のうちの若いほうの男性に聞かれた。

「精神科の医師からアルコール依存症という診断をもらって、アルコールの専門医にかかるように勧められているのですが、本人が自分で治せると言って拒否している状態です。ですから、私は見ていないのですが、たぶんお酒を飲んでいるのではないかと思います」

「なるほど。そういうことですか。そうすると状況から判断する限り、飲酒による泥酔ということになりますね」

「ええ。たぶん。血液検査とかで、飲んでいるかどうか分からないのですか？」

そう尋ねると、若い医師はちょっと困ったように苦笑いして言った。

「はい。そういう検査項目がないんです。検査というのは病気の診断のために必要だからやるものです。通常血中アルコール濃度は病気の診断には不要ですから。特殊な場合、例えばアルコールを含む薬剤を誤って飲んでしまった可能性があるような場合ですね。そういうときに検査をする方法はもちろんあるのですが、そういう特別な場合でない限り、その検査を実施することはできないんです」

「なるほど」

あっさり納得した。と言うよりかなり興味本位で質問したことに丁寧に答えてもらってかえって恐縮してしまった。

「では、特に入院は必要ないようですので、朝になったら退院していただいて結構ですよ」

「家に帰ると、どうせまた飲んでしまうので、しばらく泊めてもらえませんか」

冗談半分に言ってみた。医師も笑いながら、

「それも、無理ですね。ご主人も大変ですね」

と言ってくれた。由紀子はたぶん起きていて、この会話を聞いていたとは思うが、何も言わなかった。

十月五日（土）△　退院。午後、書斎にいる間に廊下からこっそり抜け出して氷角と焼酎を

購入（翌日発覚）。飲酒は不明。酔っている様子はなかったが、居間で尿失禁二回。

十月六日（日）　×　午前中に昨日買ったお酒を飲んで酩酊《めいてい》・失禁。夜、家族会議。悟司がアルコール依存症についてよく勉強していてびっくり。本人の自覚以外に回復なしとのこと。家族と離れて酒と生きるか、酒をやめて家族と生きるか選択させ、家族と生きるを取って断酒を約束。財布を取り上げられたり、終日監視されたりするのは苦痛だから、自分でやめる努力を尊重してほしい。そのかわり、飲んでしまったときは正直に言うことを約束。家族も失敗は怒らないことを約束。


そのような約束をしたからといって、由紀子の飲酒欲求が簡単に制御できるはずもなかった。その日から四日間、由紀子はこれまでと同じように酒を購入し、運良く誰かに見つけてもらえば止めてもらえたが、そうでなければ飲んでしまって、泥酔し、失禁し惨《みじ》めな姿を晒《さら》しつづけた。もう、家族も叱ってどうにかなるものではないことを理解して、何も言わなかった。というより、あまりの醜態《しゅうたい》に怒る気力もなくしていたと言ったほうがいいかもしれない。

「今日も飲んでいるの？」

入浴を終えて居間で一息ついていた夜十時すぎ、悟司が珍しく仕事から早く帰ってきて言った。

「うん。我慢できないねえ。さっき、少し酔いが醒めてきたから、夕飯だけ食べさせたんだけど、食べたらまた寝ちゃった」

「ふうん。このままじゃ無理だよね」

「うん。昨日精神科に行ってさ、ここじゃ無理だからアルコール専門の精神科にかかりなさいって言われてきたんだ。早速連絡して、三十日に行ってくるよ。そこでどう言われるかな」

「入院しなさいって言われるんじゃないかなあ。いろいろ調べても、この状況は入院みたいだよ」

「そうなんだ」

そんな話をしているときだった。由紀子がギシギシと階段をきしませて、下りてきた。介助に立ち上がろうとすると、悟司に止められた。

「親父が助ければ助けるほど、おかんは安心して飲んじゃうよ。飲むことのデメリットを自分で感じないと」

「そうか。なるほどな。おまえ、よく勉強しているな」

「うん。それほどでもないけどね。暇に飽かして、三冊ばかり本を読んだだけだけど、だいたい同じようなことが書いてあるよね」

「なるほどなあ。そうか、おとんも少し本気で勉強しなきゃダメだなあ」

話している間に、由紀子は階下に下りて、トイレの方に歩いていくようだった。私は「見るだけ」と悟司に言って、居間を出た。歩くのもままならない由紀子は、トイレにたどり着く前に廊下でシャーッとお漏らししてしまった。私は心を鬼にして黙って見ていた。いつの間にか、悟司もそばに来ていた。由紀子は、その場で汚れたものを脱いで、洗濯機に入れた。しかし、着替えがない。そのまま下半身を露出して、こぼれたものを雑巾で拭き始めた。きちんと拭けたとは言いがたいが、本人としてはきれいにしたつもりなのだろう。その雑巾も洗濯機に入れて、階段を上り始めた。夫と子どもが見ていることには気づいていないようだった。下半身に何も着けずに階段を這って上るのだから、当然階下から見上げる私たちの目には、むき出しの局部が晒されることになる。そんな姿を目の当《ま》たりにしたら、もう苦笑いするしかなかった。

話が少し前後するが、すさまじい醜態を晒した四日間のうちの三日目（十月九日）、長谷部クリニックへの通院の日があった。この日までに飲んだら専門医にかかわりましょうと約束した日だ。その日は珍しく、私が迎えに戻るまで、由紀子は飲まずに我慢していた。

「歩けるかい？」

由紀子は素直に頷いた。二人で、町を歩いたのはちょうど一カ月ぶりだった。前回の通院から二週間、由紀子の奇行を追いかけてばかりいて、季節がめぐることを感じる余裕もなかった。その間に、いつのまにか季節はすっかり秋になって、通りの欅《けやき》もだいぶ色づいてきていた。

クリニックでは、もう言い訳のしようもなかった。先生から、精神科でアルコール依存症を専門的に扱っている中央クリニックを紹介してもらった。場所はO市の隣街で、電車の駅で二つ目のところにあった。駅まで歩いて電車で行くと四十分近くかかったが、市境に近い場所にあって、車で行けば十分ほどで行けるところだった。

「中央クリニックで診察を受けたら、こちらにもご報告にあがったほうがいいですか」

「いいえ、それには及びません。アルコールの問題は中央クリニックさんが専門ですから、お任せしますので、よく相談して、健康を取り戻してください。

アルコール専門のクリニックは近くに一つしかないので結構混んでいます。私からも連絡を入れておきますが、なるべく早く連絡して、予約を取ってください。それじゃ、お大事に」

「分かりました。いろいろありがとうございました」

私がお礼を言うと、由紀子も今日ばかりは少し寂しそうに、

「ありがとうございました」

と頭を下げた。診察室から由紀子を先に送り出して、もう一度お礼の気持ちで振り向くと、長谷部先生が一言、こう言ってくれた。

「校長先生。辛抱《しんぼう》ですよ」

その言葉は、主治医ではなく友人の言葉として胸に響いた。

自宅に戻り、せっかく半日我慢したのだから、今日一日断酒してみようと言い含めて、学校に戻った。しかし、私が帰宅する夕方まで、飲酒を我慢することは、もはや由紀子には至難の業《わざ》のようだった。

一方、学校に戻ると悠斗の問題が一つ新しい段階に入っていた。悠斗のために申請していた教育相談専門指導員の派遣が決定し、翌週十月十五日から派遣されるという連絡が入っていたのである。特別支援教育に造詣《ぞうけい》の深いある教員からの提案で、九月に申請していたものが、決定したとのことであった。この制度は、私も二人の教頭も年度始めに説明は受けていたはずだが、思いつかなかったものを、その教員が指摘してくれたのであった。悠斗の指導に関して、何らかの対策を講じなければ、保護者の不満が爆発するであろうと、教職員にも伝えてあった。それを受けて、教員が意識的に情報を集め提案をしてくれたことが嬉しかった。この一年半、風通しのよい誰もが意見を言える学校づくりを目指してきたことが、また一つ実を結んだ気がした。

その週末は、月曜日が体育の日で三連休だった。悠斗の指導に一つ光明が見えたおかげで、この三日間はいつも以上に気持ちを落ち着けて由紀子に関わることができた。その由紀子も、このところの連続飲酒で疲れたのか、この連休は飲まずに過ごし、月曜日の体育の日には、離脱症状からも抜けて、久しぶりに朝からさわやかな表情をしていた。

天気もよかったので、近くの公園に昼食を兼ねて散歩に出た。食事を終え、しばらく公園を散歩してから家に帰った。こんなにいい気持ちで二人で歩いたのも久しぶりだった。連れだって門から玄関へと来たはずだったのに、「ただいま」と言って、玄関からダイニングに入ったところで振り返ったときに、由紀子の姿がなかった。「あれっ」と思って外に出たが姿が見えない。「あれえ、またやっちゃったかな？」と思った。私は素知らぬ顔をして居間で待っていることにした。やがて、そっと玄関が開いて、由紀子の気配がした。耳を澄ませて由紀子がどうするか窺《うかが》っていた。由紀子はこっそりとダイニングを抜けて、階段を上がろうとした。階段のきしむ音を確認してから、私は廊下に出て由紀子を呼び止めた。

「由紀子」

遊びに誘うような明るい調子で呼びかけた。階段の中腹で由紀子が振り向いた。

「下りておいで」

と手招きすると、由紀子は薄手のセーターのお腹に何かを隠して、手で押さえて下りてきた。あまりにも見え見えで、笑いをこらえるのが苦しかった。

「ちょうだい」

「何を？」

「そのお腹に入っているもの」

にこやかに、優しくそう言うと、ちょっと口を尖《とが》らせて、由紀子がお腹から氷角を出した。

「やめようね」

「ちょっとだけ」

「ダーメ。ソフトドリンクにしよう」

幼子を諭すように言って、由紀子を居間に導いた。

「由紀子。コーヒーでも入れようか。それともジンジャーエール？　冷たいお茶もあるよ」

「ジンジャーエールがいいな」

「わかった。入れてあげるよ。おやつでも食べよう」

自分のコーヒーと由紀子のジンジャーエールを用意して、クッキーとポテトチップスをお皿に出して居間に戻った。

「どうぞ、召し上がれ」

由紀子は一口ジンジャーエールをすすった。

「ここんとこ、調子よかったのに、飲みたくなっちゃったの？」

由紀子は小さく頷いた。

「何か、きっかけみたいなものがあるの？」

由紀子は首をひねってから、二、三度横に振った。

「不思議だねえ。何かのはずみで飲みたいって思うと、もう止まらないんだね」

このころになると、私も家族も、由紀子の飲酒に右往左往しなくなっていた。悟司の言葉を借りれば、

「おかんの酒を止めるのは、当面不可能だから、酔っぱらっているときは、とりあえず危なくないようにして、その辺に転がしておけばいいよ。そのうち自分でやめる気になるのを待つしかないよ」

という状況だった。悟司の言うとおり、酔っぱらって重篤な事故を起こさないように、見守ることだけが、私たち家族にできることだった。


由紀子の人格の破壊は、とどまるところを知らなかった。毎朝今日こそは飲まずにがんばろうと噛《か》んで含めるように話してから家を出る。そして、夕方バイクに乗って帰るとき、家が近づくにつれて、今日は大丈夫だろうかと、胸が高鳴り、まるで高校受験の発表前夜のような息苦しさを覚えるのだった。バイクを停めて、玄関に回り、台所に明かりが点いていればセーフ、点いていなければアウトだった。しかし、ほとんどの場合明かりは点いていなかった。だが、人間というのは面白いもので、徐々に壊れていくものをずっと見ていると、一緒に感覚の麻痺《まひ》も進んでいって、私たち家族は、由紀子の行動をそれほど驚愕《きょうがく》の思いで見てはいなかった。いきなりこのこ

ろの由紀子の姿を見たら、驚くというより不気味さを感じるのでないかと思うが、私たちはむしろ、こんなことまでするのかという、ある種の興味やときには微笑《ほほえ》ましさまで感じるようになっていった。

十月十七日（木）　×　明け方から飲酒。確認できているだけで、焼酎（七二〇ミリリットル）一本半、氷角三本。廊下、階段で失禁数回。下着をつけずに廊下を徘徊したり、汚れた下着のまま近所のドラッグストアに酒を買いにいったりするなど、奇行著しい（母　談）

十月十九日（土）　△　午前中は家事ができる程度に回復。昼ごろ日用品を買いに近所のドラッグストアへ。氷角二本購入。待ち構えていて没収。五分後「手ぶらだから」と両手を見せて外出。ポケットの小銭で買った氷角をズボンの腹に隠して帰宅。あまりに丸見えで、直ちに没収。「全然飲めないと怒り」「チョットだけでいいから飲ませてとねだり」「終日監視されていて囚人のようだと泣く」が取り合わないでいると、少し落ち着いて、「さっきはおかしかった」と謝ってきた。なんとかかんとか飲まずに過ごした。

何日か続けて飲むと疲れるのか、二〜三日休み、休むと離脱症状が出て、それが少しよくなるとまた飲む、という生活が続いていた。しかし、耐性ができてくるせいか、飲み方、酔い方は確実に過激になっていった。

十月三十一日（木）×　午前中にウィスキーを飲酒。夕飯を作っている途中で、突然飲みたくなったらしく、氷角を買ってくる。それを持って台所に戻ろうとして転倒。唇を切る。ちょうどそのとき帰宅。傷が大きく出血も酷いので救急車を要請。救急車に乗る直前に失禁。救急病院で処置（四針縫合）してもらい、薬を待っているときに失禁。予想して準備していた下着を看護師に着せてもらう。待合室で傷口のガーゼが気になるらしく、いじって剥《は》がしてしまい、何度も看護師に直してもらう。帰り道、路上で失禁。抱きかかえている私の靴の中まで洪水。

この後三日間は、唇の腫れが酷くさすがにお酒は飲めなかったようだった。しかし、どうも様子がおかしく、一日中うつらうつらしていた。

十一月四日（月）×　十一月三日の振替休日。中央クリニックで処方された睡眠導入剤を間違って朝飲んでいたことが発覚。この日から服用を正した結果、昼間は眠らなくなった。唇の腫れもだいぶよくなった。そのとたん、午後ちょっとだけ外出した隙《すき》に飲まれてしまった。さらに、夜一緒にＤＶＤを見ている最中に、ちょっと用事を思い出したと言って二階に行ったので、そっとついていったら隠してあったウィスキー（七二〇ミリリットル）のラッパ飲み。あわてて止めたので少量の飲酒で済んだ。


この日の夜、妙子がこんなことを言いだした。

「康介さん、ちょっといい？　実はね、麗子が前から今度の週末、金曜日から家族で温泉旅行に行くから一緒に行かないかって言ってきているのよ。もう、何カ月も前に、由起子がこんなじゃないときから予定していたことなんだけどね。でもさあ、由起子がこんなんじゃ、無理だよね。やっぱり断ろう、そのほうがいいね。うん、そうする。麗子に断ってくるね」

質問しているようで質問ではなかったから、答えようがなくて、ふうんと言っていた。しかし、次の日になって、

「ねえ、康介さん。急に断るのも悪いかねえ。でも無理だよね。大体行ったって、心配で楽しめないもんね」

さらに、次の日。

「今から断ったら、キャンセル料っていうの？　それをとられちゃうのかなあ。それも悪いよねえ」

もう、めんどくさくなってこちらから言ってあげた。

「行きたいんでしょう。行っていいかしらって素直に言えばいいじゃない。何をめんどくさいこと言ってるの？　いいよ。金曜日と土曜日は悟司が休みだって言うし、日曜日はオレがいるんだから。普段の日はさ、みんな仕事でいないから、由起子にもしものことがあったときに、おばあちゃんにいてもらえれば、救急車呼ぶとか、オレに電話くれるとかすれば、助けてあげられるから、是非いてほしいけど、オレたちのいるときは大丈夫だよ。ちょっと骨休めしてくればいいじゃない」

「そうかい。いいのかい。じゃ、行ってくるね。分かった。ありがとう」

手のひらを返したように明るくなった。はじめから「行きたいんだ」って言えばそれで済む話を、「自分は行かないつもりだったんだけど、康介さんが勧めるから行くことにしたんだ」という流れにどうしてもしたいらしい。そのために、回りくどいことをする妙子の気持ちは分かるようで分からなかった。妙子は膝が悪く、我が家の急な階段はもう上れなくなって久しかった。だから、私や子どもたちのいないときは、由紀子はお酒を買って二階にさえ逃げ込めば、悠々と飲めるのだ。私も由紀子の飲酒を妙子に止めてほしいとは思っていなかった。というより、それは誰にも止められないことだと分かっていた。だから、妙子に期待していたことは、さっきも言ったとおり、万が一、命に関わるような事態――例えば酔って階段から転落するとか――が起きたときに、誰かに助けを求める役を担ってほしかっただけだ。妙子も由紀子のことは心配だし、自分も何かの役には立ちたいと願っていることはよく理解できた。だからこそ、この旅行には気持ちよく送り出したつもりだったのだが……。

十一月八日（金）×　朝は元気にしていた。昼間麗ちゃんたちがばあさんを迎えにきたらしい。午後三時ごろ電話。その時点では飲んでいなかった。しかし、帰宅時、寝室の入口で血を流して、泥酔状態で横たわっていた。飲酒量は不明。最初の購入時点では悟司が取り上げてくれたらしい。その後寝室に隠してあった焼酎（七二〇ミリリットル）一本をラッパ飲みしたようだ。酔っぱらって寝室を出たところで転倒。唇の傷を床にぶつけて出血。そのまま泥酔ということらしい。出血量はたいしたことはなかった。悟司は部屋で寝てしまっていたようだ。階段までたどり着かなかったことが不幸中の幸いか？

十一月九日（土）×　午前中、学校公開、夕方から中央クリニックの予約が入っているから、がんばって飲まないで行こうと約束して家を出る。しかし、十分後忘れ物をして取りに戻るともう近くの自販機で氷角を買っていた。取り上げて再度念押しして出勤。当然無理。昼までには泥酔。階段を上るときに転んで脛をしたたかに打ったらしい。悟司に介抱されて炬燵《こたつ》で就寝。三時半ごろ帰宅。起きて通院の支度をして待っていた。中央クリニックの駐車場で転倒。診察後、入院を勧められる。本人拒否。次回、十三日の診察までに改善が見られなければ入院と宣告されて帰宅。六時すぎ、学校でトラブル発生。子どもの万引き。善後策を指示して八時ごろ帰宅。夕飯を作って待っているはずが、台所で氷角を持ったまま泥酔。毛布をかけて放置。夜十時ごろ起きだして、玄関の外にある物置をトイレと間違えて、しゃがみ込んで排便。そのまま転倒。お尻を洗ってあげて、炬燵まで連れてきて、下半身露出のまま就寝。いささか疲れた。

十一月十日（日）　×　夕方まで飲まずに過ごす。午後三時ごろ妙子帰宅。そのまま、麗子のところにしばらく泊まると言いだす。平日は誰もいなくなるから、由紀子のために家にいてやってほしいと頼むが、やっぱり行くと言ってそのまま出ていってしまった。四時半、夕飯の買い物に十五分ほど外出。由紀子は家にいて、いつ買ったものか分からないが、隠し持っていた焼酎を飲酒。少量だったため、夕飯は由紀子が作ってくれた。

「おばあちゃんに見捨てられちゃったね。これからどうしようか。今のままじゃ、オレが仕事に行っている間に下手すりゃ死んじゃうよ」
「大丈夫よ。もう、飲まないから」
「おまえ、何言ってんだよ。昨日なんか、オレが出勤すると同時に酒買いに行ってるんだぜ。飲まないでいられるわけないじゃないか」

「…………」

「ねえ、由紀子。今、そんなに酔っていないはずだから、真剣に考えて。今の自分のこと、この暮らしぶりを君はどう思っているの？」

「…………」

「ねえ、由紀子。ちょっと真面目に答えてよ。この三日間、あまりにもひどいよ。この写真見てごらん。これが君の姿だよ」

台所の赤いマットの上で、氷角を片手にひっくり返っている由紀子の写真を見せた。昨日携帯電話で撮影したものだ。あまりの醜態に、愚痴を言うようなつもりで、「もう、参ったよ」と呟いて、その写真を妙子や子どもたちにも送付していた。隆哉や悟司から「親父がつぶれないでくれ」と励ましのメールが届いた。もしかしたらこの写真が、妙子を打ちのめしてしまったのかもしれないと思った。我が娘の醜態を見ていることに耐えられなくなってしまったのかもしれない。

「でも、母親なら、ここで逃げるなよ」と思った。やっぱり、妙子のこの行動は許せなかった。

「あたしね。お酒って、自分を元気づけてくれるものだと思っていたの。いつからこんなにお酒に負けるようになっちゃったのかなあ。ちゃんと飲める体に戻りたいなあ」

自分の写真をぼんやりと眺めていた由紀子が、先ほどの質問に、ずいぶん間をおいて答えた。

「おまえ、本気でそんなこと言っているの？」

二の句が継げなかった。由起子はもう思考力自体が崩壊していた。由紀子の醜態を苦に母が逃避。これでは由起子だけでなく、家族の崩壊である。私は、まだ入院しなくてもなんとかなるのではないかと、心のどこかで希望的観測をしていたことを恥じた。これ以上の崩壊を防ぐためにも、一日も早く由起子を入院させるしかないと心に決めた。

六　東都アルコールセンター

十一月十三日、前回の診察で、この日までに改善が見られなかったら入院ですよと言われた日だ。由紀子は改善どころではなかった。

「今日は二時から中央クリニックだよ。お昼に帰ってくるから、絶対飲まないで待っててね」

「分かった」

「いい？　約束だよ」

「分かったってば」

と言っても、その時刻から約五時間、由紀子がもつとは、到底思えなかった。そして帰宅したとき、当然のことながら由紀子は酩酊状態だった。

「やっぱ、ダメですか。ま、しょうがないやね。もはや自分の意思でどうにかできる段階じゃないもんね」

「入院以外に処置なし」

と中央クリニックの鈴木《すずき》先生に言い切られ、ひとしきりいやいやをしたが、もはや言い訳のしようもなく、しぶしぶ承諾した。二時間ほど点滴を受けて、その日の診療は終わった。点滴の最中に、カウンセラーの先生が入院先を見つけてくれて、東都アルコールセンターという病院と連絡をとってくれた。

「十一月十八日に診察を受けて、正式に入院日を決めてください」

地図で見る限り車で一時間まではかからない場所にあった。

「でもね。斎藤さん、一つ問題があるの。ここの病院は、診察日や入院の初日は、絶対飲酒禁止なの。うちのミーティングもそうだけど、みんなその問題を抱える患者さんだから、お酒のにおいをさせて入るわけにはいかないのよ。奥さん、飲まずにいられるかなあ」

カウンセラーさんは心配そうにそう言った。

「まあ、その日の受診するまでなら、前の晩から張り付いて飲ませないようにしますよ。一日中だと、どこかで隙を見て飲まれちゃうんですよね。そういうときだけは知恵が回るんですねえ」

「この病気はそうなのよ。もう頭の中はお酒しかないんだから。でもご主人、偉いわあ。よく付き合ってますよ。投げ出しちゃう人も多いんですよ」

「その気持ち分かりますよ。ほんとに嫌になりますよ。でも病気だと思うと意外と許せるんですよね。第一なんといっても家族ですからね」

「そういうご家族ばかりだと、本当にありがたいんですけど。実態を見ていると、家族のほうが難しい面もあるから」

　我が家も母親が逃げ出していますということは、あえて言わなかった。妙子の無責任さは今に始まったことではないし、家族のほうが難しいということの本当の意味を、このとき私はまだ理解していなかった。それよりも、目下《もっか》の問題は、仕事をしながら由紀子を入院の日まで無事保護することだった。酔っぱらえば何をしでかすかは分からない。それでなくても家の中で何度となく転んでいる。もし、自分のいない間に転んで頭を打ったり、階段から転落したりしたら、命に関わる問題である。妙子が家を出てから、ずっとそのことを心配していた。しかし、それを解決する有効な手段もなかった。ただただ大事に至らないことを祈る以外に今できることはなかったのである。

　そう思っている矢先に妙子から電話があった。

「もしもし、康介さん。由紀子どうしていますか。ちゃんと病院に行かせていますか」

まるで、管理責任を問うような攻撃的な言い方だった。

「ちゃんと行っていますよ。今度十八日に別の病院を受診して、たぶんそこへ入院します」

「入院するんですか。どこの病院ですか」

「何ですか、その高飛車な物言いは。あなたがそれを聞いても何にもならないでしょう」

本来なら、物言いはどうあれここで妙子を懐柔《かいじゅう》して、家に連れ戻し、見守りを頼むのが得策だったろう。しかし、あまりにも自分の行動を棚に上げた口の利き方に、私は頭に来てしまって、とても冷静な戦略など考える余裕がなかった。相手も私の言葉にむっとしたらしい、語気を荒らげて言った。

「何を言っているんですか。私は母親ですよ。どこの病院に入院するんですか、教えてください。私も世話をしに行きますから」

「何が母親ですか。娘を見捨てて逃げていったのはどこの誰です。そっちがよければそっちにいればいいでしょう。もう、こちらには関わらないでください」

しばらく反応を待ったが、何の言葉もなかった。当然のことだが返す言葉もないのだろう。

「ほかに用事がなければ切りますよ」

やはり返事がないので電話を切った。言ってしまった。言い過ぎかなとも思った。しかし、とてもじゃないが病院を教えて面倒をみてやってくださいなどとは言えなかった。

由紀子は、十八日にしらふで診察を受けに行かなければならないということが程よい緊張感になっているのか、ここ数日はあまり酷い飲酒はしていなかった。といって飲まずにいられたわけではない。酒が切れてくると、ほとんど無意識に買いにいってしまうらしい。そして、少し飲むと落ち着いて、罪の意識が目覚め、そこで酒をやめるのだ。そういう節度ある飲み方ができるのなら、初めからそうすればいいのにと思うが、彼女の心にブレーキをかけたりアクセルを踏んだりするものが何なのか、それが分からなかった。たぶん本人にも分からない、それが病気というものなのであろう。

中央クリニックにかかるようになって、医師からアルコール依存症について学ぶことの大切さを説諭され、悟司を見習って勉強を始めていた。まだ二冊ほど本を読んだだけだから、十分な学習をしたとは到底言える状況ではなかったが、悟司も言っていたとおり、少なくともこの病気は、周りがいくら騒いだところで、本人に治りたいという自覚が生まれない限り回復の道筋は見えないということだけはだいぶ理解が深まった。だから、唯一の有効な治療方法は、本人に対する教育ということになるらしい。しかし、この病気の患者は毎日のように酔っているか、酔いが醒めてきてもアルコールの影響が強く残っていて、思考が定まらない状態にある。そして、アルコールの影響が薄れてくると、今度は離脱症状で会話などできなかった。だから、治療を施すには、一旦なんとかしてアルコールから切り離す必要があった。入院というのは、とどのつまり、お酒のない世界に隔離するということにほかならなかったのである。

初めて東都アルコールセンターに行って、入院のための診察を受けるという前日、その日は日曜日で、由紀子は終日私と一緒にいたから、お酒を飲む機会はなかった。だから、夕飯も自分でがんばって作ると言って台所に立った。由紀子の心の中では、家事などをきちんとやれば入院を免れるのではないかという思いもあったようだ。入院は回避できないまでも、しっかりやろうという態度は大歓迎だから、「じゃあ、美味しいの作ってね」と言って、あえて距離をおいて居間でテレビを見ていた。ところが、少し間を取ってから

「何か手伝おうか」

と声をかけたとき、

「ううん。大丈夫」

という由紀子の返事は、なんとなく滑舌《かつぜつ》が悪かった。おやっと思って近づいてみると、ウィスキーの小瓶が空になっていた。油断というか、浅はかさというか、食器戸棚の奥に古いウィスキーのミニボトルが置いてあったのだ。由紀子は偶然それを見つけてしまったのだ。目の前にお酒を見せられて、飲むなと言うほうが無理である。由紀子はほんのりいい具合になっていた。

「あーあ、変なもの見つけちゃったねえ」

「変なものじゃないよお。いいものだよー」

「台所、代わろうか？」

「ううん。大丈夫」

まあ、ほんの少しだし、ちょっと気分がよくなっている程度で済んだようだから、危なくない限り見守ることにした。やっぱり入院だよなあと思った。

前夜から絶対に由紀子が飲む隙を与えないように、睡眠もままならないくらいに緊張して初診日を迎えた。すでに学校は事情を話して休みを取ってある。妻の介護でしばしば休みを取ることがあるということを職員に説明したとき、職員は妻の症状について特別な関心は示さなかった。ただ、総じて寛大に受け止めてくれているのは、雰囲気で分かった。先週の金曜日、月曜日は終日休みをもらうことを告げて退勤するときも、教頭を始め、居合わせた数人の教職員から「奥様、お大事に」と言葉をかけてもらった。日ごろから、子育てや親の介護で休みを取る教職員に、「お互い様なんだからさ、あんまり気を遣わないで、苦しいときは助けてもらおうよ。次は自分が助ける番になるときがきっとあるからさ」

そう言って励ましてきたことが、今、自分を救ってくれていると思った。巷《ちまた》でいじめや自殺、学級崩壊など難しい問題が起きていたり、教職員が心の病で休むケースが増えていたりする背景には、困ったことを誰にも言えず一人で抱え込んでしまうという問題がある。職場にＳＯＳの出しにくい雰囲気があるのだろう。私がこの学校に来て、最初に感じた問題も突き詰めればそのことにたどり着くのだと思う。だからこそ、私は風通しのいい学校、何でも言える学校を目指してきた。その努力が、はからずも自分に返ってきていることに、苦しい中にも一筋の光明を見るような気がした。

「すみません、ちょっと休ませてください」

と言ったときに

「大丈夫ですよ。みんなでフォローしますから」

お互いに快くそう言い合える職場。そうやって一人一人の教職員が安心して働ける職場環境が、結果として、子どもたちを健やかに育てるのだと、私は改めて思っていた。

無事、由紀子は飲酒をせずに東都アルコールセンターで診察を受けることができた。医師の診察の後は、カウンセラーさんとの面談だった。カウンセラーは陸奥《むつ》千代子《ちよこ》先生、背の高いいかにも快活そうな女性で、この病院で患者全員から慕われ、ムッチーの愛称で呼ばれている先生だった。面談の開始に当たって、私はこれまでつけてきた由紀子の飲酒に関する日記を手渡した。何かの参考にと今朝プリントアウトしてきたものだった。

「へえー」と言って、ムッチーは手にとってしばらく眺めていた。

「これはすごい。よく記録しましたねえ。すばらしいですよ。ふうん。失禁しちゃっているんだ。由起子さん、世話焼かせちゃったねえ。いいご主人であんた幸せだよ。――

中央クリニックからの申し送りで、血糖値も高いし、肝臓もガタきちゃっているし、とにかく入院してお酒抜こう。話はそれからだよ」

見た目の雰囲気ぴったりの口のきき方だった。

「どれくらいの入院になるんですか」

由起子が心配そうに聞いた。

「三カ月。これは最長なんだけど、斎藤さんの場合、これぐらいないとダメだね」

「そんなに」

「うん。まず初めの一カ月でしっかりアルコールを抜いて、本格的な治療はそれからだからね。二カ月ぐらいしたら、その先のことを相談して、早ければ二カ月半ぐらいで退院ってことになるかもしれないけど。まあ、それが最短だね」

「やっぱり入院しないとダメですか」

「したくないの?」

「できれば」

これを恐れていたのだ。アルコール依存症の入院は「任意入院」といって、アルコールが原因で人を傷つけたり、今入院させないと本人の生死に関わったりするような緊急性がない限りは、本人の意思が尊重されるということを中央クリニックで聞かされていた。ここでごねて、結局入院は見送りなんてことになったら、正直支え続ける自信はないなあと思っていた。

「お酒は合法的な飲み物だから、やめるやめないはご本人の自由だし、入院もお気持ちしだいですよ。だけど、今の斎藤さんは入院しなかったら回復はないよ。だって自分じゃお酒やめられないでしょう。ご主人だってお仕事があるから、ずっと側にいてくれるわけじゃないし、それとも、ご主人に仕事辞めてもらう？　私は入院嫌だから、あんた仕事辞めてって、そんなこと頼めるの？」

「自分でやめます」

「由起子さん。それができないってことぐらい、もう、分かるでしょう」

ムッチーは、優しい微笑を浮かべながら言った。

「ねえ、由起子さん。もう、いっぱい迷惑かけてきたんでしょう。このまま、迷惑かけ続ける？　ご主人だって、治す気のない奥さんにいつまでも付き合ってはくれないよ。みんな離れていっちゃうよ。そんなの嫌でしょう」

由紀子は頷いた。

「ね。ここらでご恩返ししようよ。しっかり治せば、治るよ。まあ、この病気は治るとは言わないんだけどさ。でも、回復するよ。ご主人のためにも、お子さん何人いるんだっけ？　ええと」

ムッチーは資料を捲《めく》りながら続けた。

「三人いるんだ。その子たちのためにもさ、入院して元気になろう」

さすがは、その道のベテランカウンセラーだった。硬軟取り混ぜて上手に由起子を説得してくれた。

「由起子。お世話になろう。元気になって帰っておいでよ。そうしたらみんなで楽しく暮らせるようになるよ」

由紀子は、黙って頷いた。

入院は十一月二十六日と決まった。入院が決まると次はソーシャルワーカーさんの出番だった。

「それでは、まず諸経費のことからご説明します。たぶん結構かかると思いますので、高額医療制度の活用をお勧めします。ええとご主人のご職業は、小学校、ああ、校長先生でいらっしゃいますか」

校長というのは本当にネームバリューがあるらしい。どこへ行っても、肩書を見ると必ずと言っていいほど、「ああ、校長先生ですか」と言われる。教頭のときと、本人の中身はほとんど変わっていないのだが、世の中というのは面白いものだと思う。

「学校の先生ですと、月々二万円を超えると、高額医療制度の適応になります。ただ、これを使うには、保険組合に提出する書類に病名を書かなくてはいけません。ですからアルコール依存症という病名が、学校の事務の方の目に留まることになりますが、それでもよろしいですか」

「一向にかまいません。職員には全部話してありますから。そうしないと校長がしばしば有休をもらうのに、説明がつきませんからね」

「そうですかあ。それはすばらしい。なかなかできないことですよ」

「そうですか？　やっぱり皆さん隠したがるのでしょうか」

「ええ、なるべくなら分からないようにしてほしいとおっしゃる方が多いですね」

「ふうん。まあ、そういう方が多いということは経験的に分かりますよ。でも、それって絶対損ですよ。正直にカミングアウトしたほうが、絶対楽だし、それで不利益を被ることって、現実にはあまりないですよ。うちの職員も温かく受け止めてくれていますしね」

「おっしゃるとおりだと思います。でも、それができなくて苦労されている患者さんは多いです。由起子さん。賢明なご主人で、由起子さんは幸せですよ」

「はい」

　由紀子は、話の内容が分かっているのかいないのか、いとも簡単に返事をした。「おまえ、少しは遠慮しろよ」と私のほうが赤面してしまった。それから、院内の自治会のことや、外出、外泊、サークルのことなどざっくりと説明があった。

「それでは説明は以上です。明後日、今度は入院に当たっての詳しい検査をして、入院は一週間後になりますのでね、それまで、お大事になさってください」

「あと一週間。一週間で、由紀子を安全な場所に入れてあげることができる」――

しかし、この一週間は長かった。ムッチーの話を聞いて、十分に納得したはずなのだが、その日の夜から由紀子は再び、入院したくないと言いだした。

「入院しないでどうするの?」と問えば、「自分でお酒をやめる」と答える。でも「やめられるの?」と言えば、「やめられない」と答える。そこは分かってきたらしい。「じゃあ、入院しかないね」と言えば、「うん」と納得する。でも、また「入院したくない」と泣く。「じゃあ、どうするの?」「自分でやめる」「やめられるの?」「やめられない」「じゃあ入院するね」「うん。……でも入院したくない」無限の堂々巡りをしながら、一週間飲酒・泥酔を繰り返した。

当然のことながら仕事を休むわけにはいかなかった。学校というところは、順風満帆に走っていても、小さなトラブルはあるもので、ときには勤務時間外でも、学校にいなければならないこともあった。そうした中で背筋が凍るような事件が起きた。

入院の三日前だった。以前から呼びかけていた悠斗の保護者との面談が、父親の都合で急遽《きゅうきょ》できることになった。夜の七時からだった。すぐに由紀子に電話して、遅くなることを伝えたが、その時点で、もう由紀子は飲んでしまっていた。酔っぱらって寝ているだけなら仕方がない。面談のほうを優先した。ところが由紀子は、私が遅いということだけで動揺したらしく、酷く飲んで、それでも足らずにお酒を買いに出て、あろうことか庭先で眠ってしまったのだ。そんなとき、悠斗の父親からドタキャンの連絡が入り、結局私はいつもと同じくらいの時刻に帰宅して、庭で寝ている由紀子を見つけて保護したのだ。もし、悠斗の父親が約束を守っていたら、十一月末の寒空の下で、九時、十時まで庭に放置され、由紀子はどのようなことになったのか。おかしな話だが、悠斗の父親のドタキャンのおかげで、命拾いした格好であった。

入院に関して、もう一つ難題があった。入院日として指定された十一月二十六日は、月に一度校長が全校児童に話すことのできる貴重な「お話朝会」の日だったのだ。中にはこの会を億劫《おっくう》がる校長もいないわけではないが、私はこの時間を学校運営上非常に重要に捉えていたし、同時に子どもに話すことを楽しみにもしていたので、朝から学校を休んでしまうのは避けたかった。しかし、いったん出勤して、朝会を終えてから迎えに帰ったのでは、今の由紀子は九分九厘酒を飲んでしまう。入院の初日はしらふであることが絶対条件である。どうしたものかと悩んだ挙句、私は朝由紀子を連れて出勤し、朝会の間、校長室で待たせておくという苦肉の策に打って出ることにした。いささか公私混同だが、前もって職員には詳しく事情を話して、大目に見てもらったのだ。

いよいよ入院というその前日の朝、出勤前に入院に必要なものを準備しておくように言い聞かせて出かけたのだが、昼すぎに電話をしたときは、入院が嫌でぐずぐずしていたのだろう、準備はほとんど進んでいない様子だった。

午後の三時ごろ、今度は由紀子から電話があった。どうしても入院しなければダメかと言うのだった。命には代えられないでしょうと答えて、「とにかくこれから職員会議だから」と言って話を遮ってしまった。それがきっかけかどうか分からないが、直後に氷角を数本買ってきて、一人で我が家への送別会を始めてしまったらしい。

五時すぎに帰宅したとき、炬燵の下の畳がぐっしょりと濡れて、本人はいつもと違う場所で寝ていた。炬燵がけを捲《まく》ってみると、下半身はむき出しだった。お漏らしをして、そこにいるのが嫌だから、場所を移動して濡れたものを脱ぐだけ脱いで、着替えもせずに寝てしまったということなのだろう。この信じがたい無責任さに閉口するのも今日までだと思えば、もはや腹も立たなかった。

とりあえず下着をつけてやって、十時ごろまで炬燵で寝かせ、それから遅い夕食を食べさせて、嫌がる由紀子をなだめたり励ましたりしながら、二人で入院の準備をした。三カ月我慢して治療に専念すれば、今よりもずっといい状態で家族と暮らせるようになるのだからということを、言って聞かせれば、そのことは納得がいくらしい。しかし、頭でいくら納得しても、家を離れて一人で病院で暮らす寂しさが消えるわけではない。入院するしかない、でも入院したくない、そのジレンマが酔っぱらった頭ではどうにも解決できないまま、由紀子は炬燵に座り込んで動かなくなってしまった。「一緒にお風呂に入ろう」と誘っても、「もうあきらめて寝よう」と促しても、由紀子は動こうとしなかった。由紀子が動かなければ、私も動けない。このまま放置して一人で寝室で寝れば、由紀子は朝まで飲み続けてしまうかもしれない。そうなれば、苦肉の策も水の泡だ。結局私も付き合って一晩中炬燵に座って、ほんの少しうとうとしただけだった。「でも、あと一日がんばれば、由紀子は病院で守ってもらえる。そうなれば自分も一息つける」そう思って私は最後の気力を振り絞っていた。

「どうもありがとう。お世話になりましたね。じゃ、これから病院に行ってきます。入院手続きにどれぐらいかかるか分からないけど、終わったら学校に戻るようにするから、よろしくね」

朝会を終えて、校長室に戻ると、居合わせた若い女性の事務職員にそう言って、私は玄関に向かった。

「はい。お気をつけて。校長先生、少し目が赤いですよ。大丈夫ですか？」

「うん。昨夜あまり寝てないんだよ。でも、大丈夫、結構気が張ってるから」

そこへ、パタパタとサンダルを鳴らして教頭が駆け寄ってきて言った。

「校長先生。悠斗の父親から、たった今電話があって、今週中になんとか学校に来たいと言っています。また、帰ってこられたらご相談させていただきます」

「この間の埋め合わせかな。一応義理堅いところはあるんだね。今日、女房を入院させてしまえば、私も時間的にはだいぶ楽になるから、話進めちゃってかまわないよ。どうせ面談は夜でしょう」

「分かりました。できるだけ話を詰めておきます。じゃ、お気をつけて」

二人に見送られて玄関を出た。由紀子も一応校長夫人らしく、丁寧にお辞儀をしていた。


事務的な入院手続きが済むと、ロビーに通された。壁際に自動販売機や書架が並んでいて、フロアには六人掛けのテーブルが四脚ほど並んでいる。そこで、ムッチーが待っていてくれた。

「はい。いらっしゃい。ちゃんと飲まないで来られたようですね。まずは合格」

「よろしくお願いします」

軽く会釈して言った。

「はい。こちらこそ。初めに言っておきますね。斎藤さんのお部屋は後で案内しますが、この奥の女性専用の病棟です。今いる場所が男性と女性の病棟の境目になっていて、男性はここから先は立ち入り禁止です。診察室とかミーティンググルームなどは、こちら側男性の病棟のほうにすべてあります。だから、女性の病棟は部屋を使っている患者さんとスタッフ以外は誰も入れません。ご主人は間違って入らないでね。

　お見舞いに来たときは、スタッフに声をかけて奥様を呼んでもらって、この休憩室でお話しください。面会時間は特に設定されていないのですが、午前と午後と夜間とそれぞれ二時間ぐらいずつミーティングや学習会があります。午前中は診察がありますし、夜は院外の断酒会やＡＡ*に参加することが多いので、いないことも多いです。だから、お話をするなら、昼食が終わった午後の早い時間がお勧めです」

　断酒会やＡＡというのは、この病の患者たちが集まって、自分の経験を話したりしながら、互いに励まし合って、お酒から離れる努力をする自助グループのことだ。内実はよく理解してはいなかったが、中央クリニックの鈴木先生に言われて読んだ本にあったので、言葉としては知っていた。

「それから、毎週金曜日の午後三時から、家族会があります。入院中の人や入院経験があって今は退院している人の家族が集まって、近況を報告し合ったり経験談を語り合ったりするとともに、

＊注：ＡＡ…アルコホーリクス・アノニマス（Alcoholics Anonymous）の略称。

こちらのスタッフの講演などで、アルコール依存症への理解を深めていただく会です。これから先、退院しても長い期間付き合っていかなければならない病気ですから、ぜひ参加して、理解を深めていただくことをお勧めします。費用はかかりません。一回目の参加のときに、こういう出席カードをもらってください。二回目以降はこれに出席の印をつけていきます」

Ａ５判の黄色い紙に日付と出席印を押す欄が印刷されていて、出席した日の日付を入れて受付の人のハンコを押してもらうようになっているカードを示しながら、説明してくれた。たくさん出席したからといって、別に特典か何かがあるわけではなかった。

「でも、ここにハンコがたまっていくことが、患者さんと付き合っていく自信になると、たいていのご家族の方はおっしゃいます。回復のためには、非常に重要なファクターになると思います。どうですか、都合がつきますか？」

ムッチーの言い方に、非常に強い彼女の気持ちを感じた。

「分かりました。毎週というのは難しいかもしれませんが、なるべく都合をつけて、参加するようにします」

「ぜひ、そうしてあげてください。これは本当にご家族にとって役に立ちますから」

ムッチーが、彼女にしては珍しく、しつこく念を押した。それだけ、この病気の回復には必要なことなのだと理解した。

「では、ご主人への説明はこれで終了です。あとは、治療の進め方など、ご本人様との話になります。その前に部屋のほうをご案内したいと思いますので、ご主人は今日はお引き取りいただいて結構ですよ」

「分かりました。では、私はこれで学校に戻ります。あとはよろしくお願いします。じゃあね。由紀子。しっかりね。必要なものがあったら電話して。今度の金曜日の家族会になんとかして来るようにするから、そのとき持ってきてあげるよ」

「うん。分かった。じゃあね」

由紀子は、やはり寂しそうだったが、さすがにもう泣き言は言わなかった。

学校から病院までは思ったより近くて、混み合う市街地を避けてオートバイを飛ばすと三十分で行けた。

十一月最後の金曜日は、もう欅《けやき》の枯れ葉がかさかさと路上を舞い、季節は冬に入ろうとしていた。入院から四日目、早速休みをもらって、午後三時からの家族会に参加するため、二時すぎに学校を出てきた。

病院には三時開会の十五分以上前に着いたが、駐輪場にバイクを停めて改めて見ると、東都アルコールセンターは全部で五つほどの大きな建物が変則的に並び、その隣に公園のような広い庭をもった巨大な病院だった。駐輪場から外来病棟の塀に沿って歩き、管理棟の立派な玄関の前も素通りして、入院病棟の玄関まで歩くのに五分以上かかり、面会者の受付をして、家族会の会場に着くころには三時ぎりぎりになっていた。

「火曜日に入院した斎藤由紀子の夫ですが……」

「初めてのご参加ですか」

会場のドアの前に出された長机にいた女性に声をかけると、そう聞かれた。服装を見る限り病院の職員ではなさそうだった。

「はい」

「じゃ、これを持ってお入りください。はい、飴《あめ》もどうぞ」

黄色の出席カードともう一枚今日の家族会の内容を示したレジメ、それにリボンの形に包まれた飴を三つ渡してくれた。中に入ると、パイプ椅子が五十ほど並んで、そのほとんどにすでに参加者が腰かけていた。女性が多く、その中に数人私と同年配の男性が混じっていた。どこの会場でもそうであるように、席は後ろから埋まり、演者が座ると思われるこちら向きの椅子に近い数席が空いているだけだった。こういうときはなるべく前の方の席に座ることをポリシーのようにしている私は、思い切って一番前の席に座った。人の陰に隠れるような行動は、意識的にしないようにする。それは小さいころ自分の意見を言うことが苦手だった私が、自らを鼓舞するために、自分に課した生活態度だった。

席に着いて一息つくとほどなく、マスクを顎《あご》にかけた白衣の老人が前の椅子に座った。

「どうも、左近司です。今日はようこそ。それでは、はじめに三十分ぐらいお話をさせていただいて、それからミーティングにしましょう」

名前が聞きとれなかった。レジメを見ると、コーディネーターという肩書で、左近司元《さこんじはじめ》、左近精神科クリニック主任看護師とあった。ああサコンジとおっしゃったんだとやっと分かった。初めて聞く苗字だった。それにしても左近精神科クリニックということは、看護師さんが経営者で分かりやすく「左近」だけにしているのだろうか。それも相当に珍しいなと思った。その左近精神科の看護師さんがなぜこの東都アルコールセンターに来ているのだろうか。初めて参加した私には、いろいろと分からないことばかりだった。

左近司看護師のことを家族会の参加者は先生と呼んでいた。医療関係で先生と言えば、一般的にはドクターの敬称だが、先生という言葉はいろいろな使われ方をする言葉で、事実自分も先生だったわけだが、学校の先生の場合は、それは職業の名前に近かった。弁護士も政治家もみんな先生だ。そういう意味では、左近司さんは風貌《ふうぼう》も家族会での立ち位置も先生で十分納得だった。その左近司先生の話は、この病気の一般的な症状とそれに対する対応の仕方だったが、その話は実によく由紀子の行動に当てはまった。

お酒のことしか考えられなくなる。酔っぱらっていても「飲んでない」と平気で嘘をつく。なぜ飲んでしまうのか自分でも分からない。自分は病気ではないと言う。お酒は自分でやめられると主張する。いずれも由紀子の毎日を見ているように言い当てられて、由紀子が間違いなくアルコール依存症という病気であることを改めて納得させられた思いがした。

「ここの患者さんでも、外出して明らかに酔っぱらって帰ってくることがあるんですよ。でも、ほら否認の病でしょう。だから、そんなときにね、『あんた飲んでいるでしょう』っていきなり言うと『飲んでないよ！』って怒ったりするわけですよ。明らかにお酒のにおいをさせて、呂律が回っていなくてもですよ。だからそういうときは、いきなり『飲んでいるんでしょう』って言うのじゃなくて、『もし勘違いだったらごめんね。ちょっとお酒のにおいがするかなあって思うんだけど』なんていう言い方でね、やんわりと聞いてあげると『へへ、ばれちゃった？』なんて案外素直に認めてくれたりするんですね。その辺の呼吸を、家族が分かってあげることが大事なんだと思うんですよ。じゃ、この辺までにして、ちょっと休憩して皆さんの話を聞きましょう。じゃあ、少し休憩ね」

こうして、左近司先生の話が終わると、通いなれた参加者たちが一斉に動き出して、前を向いて並んでいた椅子を、お互いの顔が見えるように円の形に並べ替え始めた。私もみんなに合わせて、自分の椅子を持って移動した。一番前のほぼ中央にいた私は、左近司先生の座る前の方だけを空けて、全員が中心を向くように二重の馬蹄形《ばていけい》に並んだ椅子の、内側の一番端に座ることになってしまった。そこから中心の方を見ると、先ほど受付で飴をくれたご婦人も、参加者として座っていた。どうやら、参加者同士でボランティアでいろいろと世話係をやっているようだった。

何人かがトイレに行ったり、左近司先生の話だけで中座したりして、一時いくつかの空席ができたが、後ろの女性から紙コップに入れたお茶をいただいて、一口すすっている間に、ほぼ席は埋まってミーティングの態勢が整った。そこに、左近司先生が先ほどの椅子に戻ってきた。

「それでは、端の男性の方からお話をしていただきましょう」

左近司先生が私を指名した。

「え、私ですか」

こういうときも、なるべく自分から話すようにしてはいたが、さすがに今日は何を話していいか皆目分からず、いささか困って問い返した。

「はい。まず、お名前を教えていただいてよろしいですか」

私が初めてであることに気づいたのか、左近司先生は助け舟を出してくれた。

「斎藤です」

「初めてのご参加ですか。患者さんのお名前は？」

「斎藤由紀子です」

「ああ、ついこの間入院された斎藤さんね。早速来ていただいてありがとうございます」

「あ、いいえ。お世話になります」

「最初ですから、自己紹介で結構ですよ。あと、奥様のことで何か思うことがありましたら、どんなことを話していただいてもかまいません」

そう言ってから、左近司先生はみんなの方に顔を向けて続けた。

「ええと、初めての方もいると思いますので、確認だけさせてください。ご存知の方が多いと思いますが、ここでの話は言いっぱなし聞きっぱなしで、お互いに議論はしません。また、ここで見聞きしたことは部外秘です。じゃ、斎藤さん、お願いします」

「分かりました。それでは、ええと、斎藤といいます。妻が火曜日からこちらでお世話になっています。今左近司先生のお話を伺っていて、当てはまることがたくさんあって、ああうちだけじゃないんだなあと思いました。いろいろと皆さんのご経験を伺って、私も妻の病気を理解してあげたいと思っています。よろしくお願いします」

中味はあまりなかったが、とりあえず無難にまとめられたと思う。卒なくしゃべるということに関しては、職業柄そう苦にはならなかった。

「はい、ありがとうございました。あわてないで、ゆっくり理解してあげてくださいね。では、次の方、お願いします」

「こんにちは、こちらに通い始めて一年になります。息子がお世話になっています。今は家にいて通院でリハビリしていますが、相変わらずときどき飲んでしまって……」

それぞれの人がそれぞれの困難を抱えていることがよく分かった。夫が患者という女性が一番多かったようだが、私のように妻が患者という人もいたし、中には父親がこの病気で、母親が出ていってしまって娘の自分が来たという人もいた。思ったより多かったのが、息子が患者というお母さんだった。その中には離婚されて家に帰っている息子さんを面倒みている人もいた。先ほど見かけてとても親近感を覚えた同年配の男性は、どうやら未婚のお嬢さんがこの病気のようだった。我が家にとって遥香がこの病気だったら、私は今のように客観的に病気を見つめようとすることができるだろうか。由紀子の日常をもし遥香がしていると思ったら、とても正視できない気がした。そういう意味では、由紀子が実の娘である妙子の気持ちも、分かってあげなければいけないのかもしれなかった。しかし、そのつらさは理解できたとしても、娘を見捨てて避難してしまった母親の行動が、正当化できるわけではなかった。それは、このお父さんがここに来ていることからも明らかだと思った。

初めての家族会は、学ぶべきことが山ほどあるということを教えてくれた。この病気を治すということは、怪我《けが》を治す、風邪を治す、がんを治すということとは、どこか意味が違うのだという気がした。具体的にどう違うのか説明できるほど理解が深まっていたわけではないが、この会を続けていくことで、その意味の違いを理解し、由紀子を支えていくための大切な何かが得られそうな気がした。私は、とにかくこの会に参加し続けていくことが、今できる最善の行動だと思った。

家族会の前半の講義の時間は、左近司先生だけでなく、一緒に働く医師やカウンセラーも話しに来てくれた。

「ちょっと手を挙げてください。この中で、お酒を隠したことがある人？」

「お財布を取り上げたことがある人」

「一日中見張っていたことがある人」

どの質問にも、ほぼ全員が手を挙げた。私ももちろんだった。

「何をやっても、うまくいかなかったでしょう」

その日来てくれたカウンセラーさんは、みんなの顔を見渡しながら、にっこりと微笑んで言った。うんうんと頷く人と苦笑いを浮かべる人とが半々だろうか。頷く人は、以前にもこの質問を受けたことがある人だろう。「そうなんだよなあ」という思いのようだ。苦笑いを浮かべた人は、今日まで、このうまくいかない手立てを繰り返してきた人たちだろう。私もその一人だ。財布を取り上げて、自殺未遂まで引き起こした。お酒を隠して味醂を飲まれてしまったこともあった。

よかれと思ってやっていることが、患者がこの病を自分の問題として自覚することの妨げになっているというのだった。自分の苦労を否定されているようで、愉快ではなかったが、ずいぶんと間違った対応をしてきたものだと反省せざるを得なかった。カウンセラーさんの微笑みを、「みんな同じ道をたどるのですよ」という慰めと励ましとして、勝手に受け止めさせてもらった。説教しても、管理しても無駄なのだ。とにかく、本人の治りたいという気持ちをいかに育てるか。回復の手立てはそれしかないということだけはよく分かった。

しかし、講師の先生の言うことを全部実践するのも、それはそれで困難だった。例えばお漏らしをしても、後始末をしてあげてはいけないと言う。汚れたところで暮らす気持ち悪さを味わうことで、なんとかしなければいけないという自覚が生まれるのだと言うのだ。しかし、そうなると、一緒に暮らしている私や遥香や悟司も、小水にまみれて暮らすことになる。それは、健康な人間にとってあまりにも酷だ。それでも後始末はするなということは、つまり別居しなさいと言っているに等しい。しかし、それは果たして医療と言えるだろうか。やはり、自分の気持ちを大切にして、話半分に聞くことも必要な知恵なのだろうと考えながら会に参加していた。

この病気の原因を特定することは難しいが、一つの大きな要因として、ストレスがあることは間違いないらしい。昔からやけ酒という言葉があるように、ストレスから逃れるためにお酒を飲むことは珍しいことではない。しかし、そのお酒に逃げるということを繰り返しているうちに、何かの具合で、脳に病的な変化が起こってアルコールをコントロールできなくなってしまったのが、この病気ということなのだと思われる。

「仕事に行けば、嫌味な上司にいびられ、家に帰れば奥さんは冷たいし、子どもは何考えているんだか分からない。奥さんにしても、旦那は仕事ばかりでちっともかまってくれないし、姑は面倒くさいし、とにかく山ほどのストレスがあって、飲まなきゃいられなかったのでしょう。だから、この人たちにとって、お酒は命の水なんだよね。飲まなかったら死んじゃってたかもしれないんですよ。それをどうやってコントロールするかっていうことだからさ、簡単にはいかないよね」

左近司先生の解説である。「なるほどなあ」と思った。確かに年間三万人もの人が自死を選んでいるこの国の現状である。もしかしたら病気になることで、一命をとりとめたということになるのかもしれない。しかし、そう言われてしまうと、おいおい、ちょっと待ってくれと言いたくなる。裏返して言えば、この病気の人は、みんな職場や家庭に耐えがたい不幸を抱えているみたいじゃないか。少なくとも由紀子はそんなことはないはずだぞ、と思った。だからミーティングではあえてこんな話もした。

「私は婿養子で、妻は実の母親と暮らしています。最近長男が結婚したのですが、その前に次男が発起人になって、母親や私を思い出作りの旅行に誘ってくれるいい子どもたちです。妻も私が出勤するときは毎日玄関まで来て見送ってくれますし、私も妻の誕生日や結婚記念日には花を買って帰ります。夫婦仲はいいと思います。妻は働いていませんから、仕事の悩みもありません。先ほど左近司先生がおっしゃったような問題は、まったく見当たらない家族なのです。だから何がストレスだったのかなあと考え込んでしまっています」

実際には、母親との確執はあった。しかし、以前にも書いたが、母の妙子の心無い態度は三十年来、いや由紀子にしてみれば五十年来のものであって、由紀子の体調がおかしくなったここ何年かの話ではない。つまり、病気が発症したから、母親の態度が許せなくなってきてしまったのであって、母親の態度がもとで病気になったということは決してないと断言できるのであった。

「もちろん、先ほどお話ししたのは一つの例ですから、斎藤さんの奥様がどんなお気持ちでお酒を飲んだのかは、簡単には分からないですねえ。ただ、もしもお酒を飲まなかったら、何か別の形で発散していたのでしょうね。そういう何かがあったのですよ。少なくともお酒だけの問題と考えてはいけないことだけは確かだと思いますよ」

左近司先生の指摘は、私にも十分納得できた。講師の先生の話は、いささか極端なところがあって、丸ごと受け入れるのは難しい部分も少なくなかったが、もちろんためになったし、家族会で耳にするいろいろな話は、この病気で悩んでいるのが自分だけではないという安心感につながり、由紀子とのこれからの関わり方におおいに参考になった。家族会がそのまま役立つというよりも、それをきっかけに、由紀子とのこれからのことを私自身が考えるという意味で、有意義なものであった。まだまだ、これから先由紀子とどうやって生きていくか、はっきりとした形ある答えは見えていなかったが、ここでしっかり学んで、気長に由紀子を支えていけば、いつかもとの穏やかな暮らしが戻ってくるという希望は十分に感じられていた。

私が、いろいろと思いを巡らせながら、由紀子を支えていく方法を考えているとき、当の由紀子のほうは、あまり真剣に病気のことを考えているようには見えなかった。入院生活はとても楽しいらしい。とにかく、ここにいる患者たちは、お酒さえ飲まなければいたって健康なのである。入院している限りお酒は手に入らないのだから、酔っぱらって醜態を晒すことも離脱症状に苦しむこともない。毎日、勉強して、部屋でくつろいで、談笑して、ときどきレクリエーションをやって、まるで大学のゼミの合宿のようなものだ。その過程で、飲まないで暮らすノウハウを学ぶことが入院の目的なのだろうが、由紀子にはあまりその自覚は見られなかった。

「どう？　調子は？」

家族会の前後や、土日に洋服の替えや日用品を差し入れながら、休憩室でおしゃべりするとき、いつもそう切り出した。休憩室には、いつも数人の入院患者が出入りしていた。片側の壁際に、給湯コーナー——みんなが自由に飲めるインスタントコーヒーや紅茶と電気の湯沸かしポットが置いてある——と何台かの自動販売機、向かいの壁際にはコミックや小説、病気に関する書籍などを並べた本棚と囲碁、将棋、トランプなどの遊具が置いてある棚があった。掲示板として使っているホワイトボードには、院内のイベント情報のほかに、近隣の断酒会やＡＡを紹介するポスターが貼られていた。

「面白いよ。知らない世界がいっぱいある。昨日はね、夜、ちょっと離れた隣町にある断酒会に参加したの」

「へえー、それは、どういうものなの？」

「お酒をやめている人たちが集まって、近況を話すの。個人的な悩みやスリップしちゃった話とかね。そうやって、励まし合いながら断酒を続けるんだよね」

「何？　そのスリップっていうのは」

「ああ、断酒、つまりお酒をやめている人が、何かのタイミングで飲んじゃうことをそう言うんだって」

「ああ、なるほど。で、その断酒会っていうのはさ、断酒会とかＡＡとか、ムッチーも言っていたけど、そこに参加している人っていうのは、普段は何をしている人たちなの？」

どこかで由紀子自身の思いを引き出せないかと考えて、その手がかりを探すように何も知らないふりをして話を続けてみた。

「だから、この病気からある程度回復して、社会復帰した人たちよ。ここを退院した人や、はじめから入院まではいかなかった人もいると思うけど、それぞれの仕事をしていて、お酒がやめられない生活に戻らないように励まし合うってことかな」

「なるほどね。じゃ、一応治っている、ま、この病気は治っているとは言わないのだろうけど、まずまず回復している人たちなんだね」

「そういうことだよね」

「でも、スリップだっけ、ときどき飲んじゃうこともあるわけだ」

「そうなんだろうね」

「で、そういう集まりに参加して、君はどうなの？」

「どうって？」

「だから、どんなことを感じるの？」

「別に。私は退院したら、もう必要ないかな。何か、みんなで断酒の誓いみたいなのを唱和したりするのよね。そういうのは、私はダメだな」

「退院したら必要ないって？」

「だって全然飲みたくないもん。もう飲まないよ」

「それは、ここにいればお酒が手に入らないからでしょう」

「ううん。飲みたいと思わないのよ。だからもう、飲まないよ」

「だって、あれだけ飲まない約束をしても、平気で飲んでたんだよ。もう、飲まないなんて、言えるわけないじゃない」

「あの頃はおかしかったのよ。もう大丈夫よ」

自分の意思でコントロールできないから「病気」というのだが、由紀子は、そのことをまったく理解していないように見えた。

「その自信の根拠がまるで分からないなあ。それじゃ桜木花道《さくらぎはなみち》＊だよ」

「あはは、根拠のない自信？　でも、飲みたくないんだから、飲まないよ」

「だからそれは、ここではでしょう。そうじゃなくて、自由にお酒が手に入るところに出ても、飲まずにいられるという、自信はどこから来るのっていうこと」

「だから、飲みたくないんだってば、なあに、また私に飲んでほしいわけ？」

「そうじゃなくてさあ」

暖簾《のれん》に腕押しというか、糠《ぬか》に釘《くぎ》というか、今、断酒会の参加者は一応回復している人たちだけれど、それでも飲んでしまうという話を自分でしていたのに、その人たちと自分は違うとどうして思うのだろうか。そのあたりの由紀子の思考が理解できなかった。とにかく病気の受け止め方

＊注：桜木花道…バスケットボールを題材にした人気漫画・アニメ『SLAM DUNK』（スラムダンク）の主人公。根拠なく自分を天才と称する自信家。

があまりにも違うから、私の心配は、由紀子にはまったくイメージが湧かないようだった。

毎週のように見舞いには行ったが、会話はどこか嚙み合わないまま、やがて一カ月が過ぎ、今年も終わろうとしていた。

「あーあ、お正月ぐらい家に帰りたいなあ」

由起子がぼやいた。

「外泊許可もらって大晦日に帰ってくればいいじゃない」

「まだ、もらえないよ」

「どうして？　入院一カ月で、外泊もできるって最初に言っていたじゃない。ダメなの？」

「えっ、もう一カ月経った？」

「何を言っているの。入院したのは十一月二十六日だよ。大晦日には当然一カ月は過ぎるでしょう」

「そうか。もう、そんなになるんだ。なんだかなあ、毎日これといって目的もなく生活しているからなあ。月日が経つのも忘れちゃうよね」

「それって、どうなの？　一緒に入院しているお友だちは、みんな社会復帰を目標にして日々努力しているんじゃないの」

「そうなのかなあ。みんな何考えているんだろう」

「だって、あれだけめちゃくちゃな飲み方をしてきたわけだからさあ、なぜ飲んじゃうのか、どうしたら飲まないで過ごせるのか、真剣に考えたらいいじゃない」

場所が場所だから、それほど大きな声は出さなかったが、イラッとした気持ちが表れたのか、周りにいた人たちがチラッとこちらを見た。由起子にすかさず言われてしまった。

「何怒ってるの？　別に悪いことしていないでしょう。そりゃ飲んで迷惑はかけたわよ。だからここに入れられたのはしょうがないと思うよ。でも、おとなしく入院しているんだから、怒ることないじゃない」

いかにも不機嫌そうに言った。「入れられた」と言う時点で、ダメだなと思った。

「別に怒ってはいないよ。ただね、ねえ由起子さん。いずれ退院するんだから、その日に備えて、しっかり飲まないで過ごす方法を、学ぶ努力をしたほうがいいんじゃないですかって、そう言っているだけですよ」

できるだけ声を落として、ゆっくりと丁寧な口調で言った。その子どもに諭すような言い方がまた癇《かん》に障ったらしく、なおつっけんどんな言い方で返事が返ってきた。

「だから、毎日勉強しているよ。ミーティングだってサボってないよ。中には出ない人だっているんだから。でも、私は毎日毎日ちゃんとやってます」

「だって、毎日目的もなく過ごしているって言ったのは君だよ。だから、それはまずいんじゃないのって話になったわけじゃない」

由紀子はちょっと返す言葉に詰まったが、

「はいはい。言いました。確かにおっしゃるとおりです。私が悪うございました」

完全に開き直って、そう言ってそっぽを向いてしまった。

病気に対する問題意識が違う以上、話が噛み合う道理がなかった。私は、今後の入院生活で意識が変わってくれることを期待して、話を換えた。

「分かった。ところで、どうするの？　お正月外泊するの？　するんだったら大晦日に迎えに来てあげるよ」

「うん。する。嬉しい。帰れるんだ。明日ムッチーに相談してみるね。そしたら電話する」

先ほどまでの不機嫌な態度はどこへ行ったのか、とたんに朗らかになった。「今泣いた烏《からす》がもう笑《わ》ろた」と囃子《はやし》言葉に歌われる幼児のような反応だと思った。


「今年は酒なし新年会な」

例年ＮＨＫの『ゆく年くる年』を見ながら新年を迎え、午前零時の時報とともにビールで乾杯をするのが、我が家の習わしになっていたが、今年は一時帰宅の由起子を前に飲むわけにもいかなかったから、子どもたちとそう言い合ってジンジャーエールで乾杯して、新しい年が始まった。

由起子も久しぶりに子どもたちと会って、楽しそうに過ごしていた。明け方近くに床について、十時すぎに起きて遅い朝食の雑煮を食べた。アパレル店員の遥香は初売りですでに仕事に出かけ、悟司も友だちと会うと言ってさっき出かけていった。家に残ったのは私と由起子だけだった。これといってすることもなく、午後まで炬燵で寝転んでのんびりと見るとはなしにテレビを見ていた。外は風もなく、うららかな冬の陽ざしが降り注ぐ穏やかなお正月だった。

「ねえ、病院には何時に戻ればいいの？　その前に、ぶらっと氷川様に初詣にでも行こうか。それとも病院へ戻る途中のどこか行ったことのない神社にでも行ってみるか」

炬燵に寝転んだまま由起子に話しかけた。由紀子は向かいの席に座っていた。その場所は毎日お漏らしをし続けた場所で、畳がたっぷりと小水を含んでへこんでしまっていたが、今はホットカーペットで覆ってしまっているので、見た目では分からなかった。しかし、しみこんだ小水のにおいというのは、容易に取れず、鼻を近づけると異様なにおいを放っていた。

「今日中に戻ればいいんだけど、夕飯を食べるかどうかだけ、先に連絡しないといけないの。それより、どうせ戻ってもミーティングもないから、もう一日家にいたいな」

由紀子は家にいるときもよくやっていたし、今も病院で盛んに取り組んでいるパズルの本に向かいながら言った。

「その場合はどうすればいいの？」

「一旦戻って、スタッフに顔を見せて、もう一度外泊許可を取ればいいの」

「ふうん。オレはかまわないけど」

内心は、ちょっと嬉しかった。やっぱり一人でいるより二人のほうが楽しかった。

「今日行って帰って、また明日も送ってもらわなきゃならないよ」

「別にいいですよ。どうせ新年会もないしさ」

例年正月二日に、由紀子の二人の姉やその子どもたちの家族を招いて、料理の腕を揮《ふる》っていた新年会も、母の妙子が家を出て、由起子が入院ということでは、今年は開きようがなかった。

「じゃあ、そうしよう」

「分かった。それじゃあ、今から出て、途中でマックでも寄ろう。中途半端におなかがすいた。それで三時か四時に病院に着けばいいだろう」

「夕飯の申し込みが三時だから、それまでに着きたい」

「OK。じゃ早速出よう」

そう言って家を出て、病院に戻り、思惑どおりに外泊許可をもらって、夕方五時すぎに家に帰ってきた。そこに、ちょうど悟司も帰ってきた。新年会こそなかったが、お正月だから刺身やお肉など、いつもよりはいい食材を買いだめしてあったから、夕飯は料理人の悟司がプロの腕前を見せてくれることになった。

「じゃあ、一緒にやろう」

プロの料理人のテクニックを見たいという思いももちろんあったが、それ以上に、息子と台所に立つこと自体が嬉しかった。こういうこともあろうかと、小ぶりの鯛を一匹丸ごと買っておいたので、それを捌《さば》いてお造りと鯛めしにしようということになった。いつもなら自分でやる魚の捌きとお造りを今日は悟司に任せ、中骨《なかぼね》と粗《あら》を焼いて、実をほぐして鯛めしを炊くほうを私が受け持った。

「お袋の入院生活はどうなの？」

鯛を捌きながら悟司が言った。

「何と申しましょうかだよ」

「どういうこと？」

何か分からないことがあるときの、悟司の口癖である。しばらくぶりに聞いた気がした。

「うん。この病気は、入院といっても、別にオペするわけじゃないし、ベッドでうなっているわけでもないだろう。治療といってもほとんど勉強会だからさあ」

「うん。そうだよね」

悟司は、よく勉強しているから、その辺のことも理解しているようだった。

「だけど、学校でもそうだけど、勉強って身につくかどうかは本人しだいじゃない。真剣にやれば身につくし、そうでなきゃものにはならないしさ」

「うん。お袋はあまり真剣とは言えないか」

「うん。病気だっていう認識が乏しいんだよな。一カ月アルコールを抜いたから、もう治ったって思っているみたいな感じ」

「本は読んでないの」

「そういえば、本を買ったとか借りたとかいう話は聞いてないな」

「ふうん。まあ、そんなところかな、お袋の場合」

「そう思うか？」

「だって、物事をきちんと考えてやるタイプじゃないじゃん」

「だけどさ、そういうずぼらな人は、この病気にはなりにくいんだよ。どちらかというと真面目で神経質なタイプの人の病気だからねえ」

「確かに、そんなことも書いてあったな。ハハ、分かんないや」

「そうなんだ。この分かんないことを『分かんないや』って言ってしまえる奴はこの病気にはならないんだなあ。きちんと考えるわけでもないのに、なんとなくくよくよする、それが由紀子の弱点かなあ」と、心の中でつぶやいていた。話しながら、このほかに茶碗蒸しと豆腐の白和《しらあ》えを作って、ちょっとした料亭並みの夕飯が出来上がった。

「さあ、食べよう。お母さん、運んで」

由起子に声をかけたが、返事がなかった。おやっと思って、鯛めしをよそる手を止めて、しゃもじをおかまの横に付いた小さなしゃもじ立てに差し込んでから、居間を覗きにいったとき、居間の奥、テレビの横の廊下に出る障子の前あたりから由起子がこちらに向かって歩いてくるところだった。

「はい。今行くよ」

ワンテンポ遅いが、何気ない返事が返ってきたので、「お願い」と言っただけで台所に戻ったが、かすかな違和感が残った。

「うわあ、すごい」

きれいに盛り付けられた鯛のお造りに感嘆の声をあげる由紀子に、私も同感だった。さすがにプロの技である。私が炊いた鯛めしも「美味しい」と言って食べてくれた。美味しいものを食べるということは、それだけで本当に幸せな気分になれるものだった。

「サトくんのお店はどうなの？」

由起子がご機嫌な声で悟司に話しかけた。

「まあまあかな。この不景気な世の中にしては、いいほうかもしれないね」

「そういえば、今日あたり、飲食業界は書き入れ時じゃないの？」

と私。

「うちはダメ。お客さんがサラリーマンだから、お正月なんか、街にいないもん」

「ああ、そういえば前にも聞いたな」

「オレも前にも言ったような気がしてた」

屈託なく笑いあいながら、楽しく食事をしていたが、ふと見ると、由起子が箸を置いて、お膳に手をついてうつむいていた。

「由起子、どうした？」

声をかけると、「うーん」と小さくうなって、そのままごろんと横になってしまった。その姿を見て、ハッと気がついて廊下に飛び出した。やっぱり。

「これだよ」

氷角の空き缶を両手でつまんで、顔の横でブラブラとさせながら、悟司に見せた。もう笑うしかなかった。

「あれえ」

悟司も笑いながら、驚きの声をあげた。

「ホントに、見事に病気だよね。しょうがないよね」

おそらく、二人が料理するのに夢中になっているうちに、こっそり廊下から抜け出して、近くのドラッグストアまで行ってきたのだろう。そして、廊下で飲んでくつろいでいるときに、私が呼んだので、何食わぬ顔で居間に戻ったのだ。さっき感じた違和感は、まさにその瞬間だったのだ。

翌日の昼すぎ、車で病院に向かった。正月二日、都内に向かう幹線道路は比較的空いていた。途中でコーヒースタンドに寄って、軽食を摂った。

「ちゃんと正直に言うんだよ」

「分かってる。あーあ、やっちゃったなあ。ガッチャン部屋だよ」

外出して、スリップしてしまった人が、入れられる鍵の付いた、いわば独房だった。でも、懲罰のために入れるわけではない。お酒のにおいをさせて、ほかの患者に悪影響を及ぼすことを防ぐことと、原則的に外出自由の環境で、再び街に出て飲酒をしてしまうことを防ぐ本人のための措置だった。

「もう酔いは醒めているけど、それでもガッチャン部屋なの？」

「分かんない。なんて言われるかなあ」

由紀子のしょげ方は、まるでうっかりミスをした学生か新人社員のようだ。そこには病気がよくなっていないという深刻さはまるでない。それがどうにも腑に落ちなかった。

「それにしてもさ、なんで飲んだの？」

「よく分かんないんだよね」

「例えばさ、ずっと飲みたくて、我慢していて、飲めるチャンスが来るのを窺っていたなんてことはあるの？」

「ううん。そういうのは全然ない。別に飲みたいと思ってなかったし、我慢もしていなかった」

「そうすると、オレたちが台所に入って、君が一人になったじゃない。そのときになって突然、飲みたいって気持ちが湧き上がってくるのかなあ」

「そうなのかなあ。飲みたいって思った記憶がないのよね」

「無意識に買いにいっているって感じなのかな」

「分かんないなあ」

「うーん。でもさあ、そこをよく思い出してみるべきだと思うよ。そこを抑える工夫をすれば、飲まなくて済むかもしれないもん」

「うん」

由紀子の中で、真剣に病気と立ち向かおうという意思が生まれるには、もう少し時間がかかりそうだった。

七　家族

笑い話のような、由紀子との正月が終わると、すぐに三学期が始まった。学校は、年度末に向けてあわただしく動き出す。私も、卒業証書に百七十余名の卒業生一人一人の名前を、筆で書いてあげる仕事に没頭していた。いつか校長になったら、代書屋に頼まず自分で書いてやろうと、賞状書士の通信教育を受けてきた成果だった。

由紀子も、ガッチャン部屋は病院に戻った二日の夜だけで、あとは日常のプログラムどおりの生活に戻ったようだった。

前年の暮れのうちに、悠斗の保護者との面談も実現した。専門相談員から日々の悠斗の現状を詳しく聞いて、保護者も少し危機感を感じてくれたようだ。教育相談室に行ってみるというところまでは、納得してくれた。しかし、日々の暮らしに追われる生活ぶりが変わるわけではないから、実際に時間を作って相談室に足を運ぶところまでは、容易にたどり着きはしなかった。そうしているうちに冬休みが訪れ、暫時休憩に入って、三学期が始まった今は、それが具体的に動き出すのを待っている状態だった。

悠斗のために派遣されていた専門指導員も、二週間単位の任期を何度も更新してもらって、二カ月あまり来てもらったが、二学期末をもって一応派遣終了となり、三学期はそれ以前と同じ体制に戻った。しかし、担任や関係する教員は、指導員から悠斗の指導方法についていろいろと助言を受け、以前よりはトラブルを未然に防止するノウハウを身につけてきていた。悠斗自身も振る舞い方をずいぶん学習し、イライラが募る前にその場を離れて自分を落ち着かせることもできるようになってきていた。こうして、トラブルもずいぶん減って、二学期の酷いときに比べれば、ずいぶんと穏やかな学校生活を送れるようになっていた。

一月は行く、二月は逃げる、三月は去るというように、一月から三月は時の経つのが早い。三学期が始まったと思ったら、あっという間に一月も終わり、二月も半ばになってきていた。由紀子が入院して二カ月半が過ぎた。お正月のスリップから、一カ月半、きちんと断酒をし、血液検査の結果も上々だったので、丸三カ月より一週間ほど早い退院のお許しが出た。

二月十八日、きれいにアルコールの抜けた、すっきりした顔つきになって、由紀子は家に帰ってきた。

〈お母さん、退院。これから中央クリニックに戻って、デイケアに通いながら、引き続き治療。今後ともよろしく〉

帰宅と同時に、三人の子どもたちと、妙子、貴子、麗子にメールの一斉送信で知らせた。隆哉からは、早速返信があった。仕事中のはずだが、ちょうど昼の休み時間ぐらいの時間だったから、うまく時間が取れたのかなと思った。

〈退院おめでとう。しっかり治してね。ちょっと知らせたいことがあるから、今夜電話する〉


「知らせたいことって、何だろう。メールでは難しいことなのかな」

「また、喧嘩《けんか》でもしたのかしら」

と、由紀子と二人で噂しあった。

夜になって、隆哉から約束どおり電話が入った。

「ああ、オレ。隆哉。お袋よかったね」

「うん。なんとかね。これからがまた大変なんじゃないかと思うけど」

「何が大変なのよ」

電話の横で、由起子が口を尖らせてチャチャを入れた。

「ところで、何？　メールじゃ報告できないことって」

「うん。実はさ、あのね」

「何、勿体《もったい》つけて」

「うん」

「え、もしかして」

「えっ、何、何？」

と由起子も身を乗り出してくる。

「うん。できた」

「ほんとかよ！」

「うん。三カ月に入ったところだって」

「やったー。由起子！　初孫！」

「うっそー！　代わって代わって」

「ああ、ちょっと待って、お母さんと代わる」

ここは母親に譲った。隆哉も父親か――きゃっきゃ言いながら話している由紀子を見ながら、自分が初めて父親になった日のことを静かに思い出していた。あれから二十九年。息子に一年先を越されたか。ちょっぴり悔しかったが、嬉しくもあった。

由紀子と話し終えてすぐ、隆哉は、悟司や遥香にも連絡したらしく、二人とも帰ってきたときにはもう知っていたから、由紀子の退院と併せて喜び合った。

「おまえたちも、おじさんおばさんだぜ」

そう言うと、悟司は、「いいんじゃない。おじさんなりてー」とおどけ、遥香は「言わせないもんねえ。あたしゃ一生おばはんにはならん」と豪語していた。

翌日から、由紀子は月曜日から土曜日まで、週六日朝九時〜午後三時のデイケアに通い始めた。入院前は、デイケアに行っても、昼休みに抜け出して酒を飲んでしまったり、帰り道にコンビニに寄って氷角を買ってしまったりして、あまり効き目がなかったのだが、今回は順調にアルコールに手を出すこともなく通っていた。

吉報は入ったものの、実際に孫が生まれてくるのは、半年以上も先の話で、当面何かする必要もなかったし、我が家の日常に特段の変化はなかった。ただ、由紀子が昼間はデイケアに行っているとはいえ、朝夕は家に居てくれるわけだから、私の体はずいぶん楽になった。由紀子は幼稚園の教員として小さい子どもをみてきて、自分でも子どもは保育園ではなく幼稚園に通わせたいと考え、隆哉がお腹にいるうちに仕事を辞めた。それから二十年あまり専業主婦をしてきたわけで、私がいくらまめに家事や子育てを手伝う夫だといっても、基本的には家のことは由紀子に任せてきた。それが、ここ数年、由紀子の体調不良で、家事のかなりの割合を引き受けてきたわけだから、由紀子が元気で帰ってきてくれたということは、本当にありがたかった。考えてみれば、私が教員として、全国の学校で使われている教科書の編集者に名を連ねるようになったことも、指導主事として文科省が委嘱する教育研究の推進者に抜擢されたことも、管理職として豊富な経験を武器にした采配で職員に慕われていることも、仕事に没頭できる由紀子の内助の功があったからこそである。元気なうちは気づかなかったが、家の中にいる、いわゆる「家内」が元気で居てくれるということは、こんなにも幸せなことなのだと、しみじみ思うのだった。

ところが、元気で調子がいいのは結構なことだが、一週間ほど毎日通ううちに、由紀子は別の意味で厄介《やっかい》なことを言いだした。

「デイケアに来る人たちは、みんないい人だから、行くことは嫌じゃないんだけど、結局東都アルコールセンターでやってきたことと同じなんだよね。こんなんじゃ、お金払って行く必要ないんじゃないかなって思うんだ」

「うん。まあ、その辺のことは、参加していないから何とも言えないけどさ、やっぱりドクターとかカウンセラーさんに相談するのが一番だと思うよ。生兵法《なまびょうほう》は怪我のもとだからね。あと、お金のことはさ、当分は行っていたほうが儲かるんだよ。君の保険は通院手当が一回三千円、二つ入っているから六千円出るんだから、黒字でしょう」

「そうかあ。じゃあ、やっぱり行こうか」

そこは納得するところじゃないんじゃないかと思った。やっぱりどこか、病気という認識に弱さがあるようで、それがおおいに気がかりだった。

由紀子は、あまり乗り気ではないデイケアに、それでも我慢して通っていた。退院して三週間、断酒もちゃんとできていた。そして四週目に入った三月の中ごろ、帰り支度をしているところに、中央クリニックから電話が入った。もうとっくにデイケアは終わって帰宅しているはずの時刻だったから、何事かと、少しドキドキしながら携帯電話を開いた。

「斎藤由紀子さんのご主人様の携帯電話《ケータイ》でよろしいでしょうか。中央クリニックの鈴木です。少しばかり、ご相談をさせていただきたく、お電話をさせていただきました」

鈴木先生の声は、いささか困ったという気持ちが如実に伝わってくるものだった。

「このところきちんとデイケアにも出てくださって、このまま順調に回復していけるといいなあと思っていたところなのですが、実は、奥様から月曜日にご相談いただきまして、デイケアは同じことの繰り返しだし、もう大丈夫だからやめて働きたいとおっしゃるんですよ。でも、この病気はそんなに簡単によくはなりません。奥様の状態も、まだまだ十分安心できるという状況には程遠いと思っております。今仕事を始めることは、とても危険だと思います。働けばそれなりにストレスもありますし、そういうことがきっかけで、飲酒を始めてしまうケースはよくあることなのです。今はあわてないで、時間をかけて治療していくことが大切なときなのです。螺旋状《らせんじょう》の回復と申しまして、同じことを繰り返しているように感じても、徐々に理解が深まって、確実にお酒から離れる力が付いていくものなのです。ぜひ、そのあたりのことを、ご主人様からも話していただけませんでしょうか」

　螺旋状の回復という言葉は、物の本にもよく出てくるし、鈴木先生も、ときどきこの言葉を使っていた。その言葉の本当の意味をこのとき理解していたとは言えないかもしれないが、少なくとも、今、十分に回復した気になっているのは危険なことだということは容易に想像できた。

「分かりました。とにかく私からもあわてないように、話してみます。よろしくお願いします」

　そう言って電話を切った。

　自宅に戻り、バイクを置いて玄関に回る。だいぶ日が長くなって、空はまだ昼間のように明るいが、東側を向いている玄関は、もう日が翳《かげ》って薄暗かった。玄関のすぐ横の台所の窓には、今日もしっかり明かりがともっている。

「ただいま」

　いつものように、玄関に入ったところで声をかけた。

「お帰り」

　奥から由紀子の声が返ってきた。ここまでは何の問題もなかった。ところが、この後由紀子は私に何か言葉をかけたらしい。しかし、私はそれに気づかず、返事もせずに二階に上がってしまった。たったそれだけのことだ。たったそれだけだったのだが、由紀子は、昼間デイケアをやめる相談をして、鈴木先生にいい顔をされなかったために、イライラが溜まっていたのだろう。このささやかなすれ違いに猛烈に怒りをぶちまけたのだ。

「なんで人が話しかけてるのに、返事もしないで行っちゃうのよ！」

一方私もこのところの由紀子の生活ぶりを見ていて、油断が生じていたのだろう。これまでなら、もっと慎重に受け答えするところを、まったく対等に腹を立ててしまった。

「だって、気がつかなかったんだからしょうがないだろう！」

犬も食わないといわれる、なんでもない夫婦喧嘩だった。原因はただの誤解だ。だが、それがとんでもない結果を招いてしまった。

由紀子は、夕飯を作り終えて、自分は食べずにふて寝してしまった。翌朝も由紀子は起きてくれなかった。こんなとき、困って助けを求めれば、由紀子が機嫌を直すきっかけになったのかもしれないが、家事を苦にしない私は、遥香の朝食と弁当を手際よく作って居間の座卓に並べ、自分も簡単に朝食を済ませてさっさと出勤してしまったのである。職場でなら、適度に負けて、相手を気持ちよくさせて仕事をさせる巧みな管理職の技を使えるのに、夫婦間ではまったくダメだった。

そして、夕方帰宅したとき、台所の明かりは点いていなかった。「まだ、ふてくされているのか。いい加減にしろよ」そう思いながら、玄関を上がって居間に行ってみたが、そこにも由紀子の姿はなかった。

めんどくせえ奴だなあと思いながら二階に上がって、目に飛び込んできた光景に愕然《がくぜん》とした。数本の氷角の空き缶が転がり、半分ほどになった焼酎の瓶を片手に持って、由紀子は下半身を露出して布団に転がっていた。意図的か偶然か分からないが、私の布団のほうが、ぐっしょりと小水を吸い込んでいた。

「ええー、また始まっちゃったの！」

さすがの私も、強い疲労感と絶望感を覚えた。また、あのおしっこ地獄が戻ってくるかと思うと、背中に冷たいものが走った。デイケアをやめて働くどころではなかった。

呆然としているところに携帯電話が鳴った。貴子だった。由紀子がまだ入院中に、貴子と麗子から、麗子の家に居候している妙子を老人ホームに入れるという話が告げられていた。私も由紀子も、それには反対だった。だから由紀子が退院したら、きちんと家族で話し合う機会を持ちたいと提案した。貴子は難色を示したが、「三十年近くも妹とその夫に両親の世話を丸投げしてきた二人の姉が、今更そんな大事なことを、私たち抜きで決めること自体、おかしいだろう」と言って私は譲らなかった。貴子はいろいろと言い訳をしたが、こういう議論でおいそれと私が負けるわけがなかった。一言も返せないほどに論破して、話し合いの機会を作ることを約束させた。その回答を伝える電話だった。そのときのやり取りは、貴子にとっては相当に屈辱的だったのだろう、いかにも不愉快そうな、事務的な言い方で会合の日時と場所だけを伝えてきた。四日後の土曜日だった。最悪のタイミングだった。由紀子は、この飲酒をきっかけにせっかく三カ月かけて取り戻した健康をすべて放棄して、再び飲酒の泥沼へとはまり込んでしまった。私としては、由紀子がよくなったところで母も連れ戻して、すべてを元の鞘《さや》に収めたいと思っていたのが、その目論見《もくろみ》は足元から瓦解《がかい》してしまった。

そして、追い討ちをかけるように、話し合いの当日、貴子たちは驚くべき主張を準備して待ち構えていたのであった。

「それで、康介さんは何のためにこの会を開きたかったのですか」

老人ホームの談話室というところで、細長いロの字型に並べられたテーブルの、いわゆるお誕生席に母、片方の長辺に貴子と麗子、向かいに私と由起子、母の真向かいにオブザーバーの壮一という席で、貴子は、いかにも長女という偉そうな口ぶりでそう切り出した。

「ですから、私は、由紀子と結婚するときに、亡くなったおじいちゃん、つまり昭さんに斎藤家の跡取りとして、家を守ってほしいと頼まれて、婿養子になったわけです。以来三十年、由紀子と二人で斎藤の家を守って、おじいちゃん、おばあちゃんの面倒をみてきたわけですよ。そのおばあちゃんが、家を出て老人ホームに入るという重大な決定を、私たち抜きで決めていいはずがないでしょうということですよ。だから、きちんと話し合いをしましょうと言っているわけです」

「そのことは、分かりました。おっしゃるとおりだと思います。でも、お母さんはもうあなたたちと暮らしたくない。麗子のところだって、いつまでもいられない。だから老人ホームに入りたいとお母さんが言ったから、私たちで探しました。手順は逆だったかもしれないけれど、そのことを由紀子にも康介さんにも報告しました。この上何を相談したいというのですか」

「私と暮らしたくないというのはどういう意味なのですか。三十年ですよ。三十年暮らしてきて、突然一緒に暮らしたくないと言われて、はいそうですかとは言えないでしょう。だから、まず知りたいのは、おばあちゃんがなぜ家を出たかということですよ」

「まずそれですね。それから」

「あとは枝葉末節です。例えば老人ホームに入るとしたら、その経費はどう負担するのか、私との間の扶養関係はどうするのか、住民票は？　おばあちゃんの使っていた部屋は？　荷物は？　家屋の名義だって、おじいちゃんのままです。それはどうするの？　お墓は誰が守るの？　みんなおばあちゃんと一緒に暮らしているから、そのままにしてあるわけでしょう。おばあちゃんが出ていったら、きちんと手続きしなければならないでしょう」

「なるほど、さすが康介さんは頭がいいわ。いろいろなことに気が回りますね。それじゃあお母さんも息が詰まるはずだわね」

「はあ？」

虚を衝かれた思いがして、言葉が出なかった。

「康介さんは、一番大事なことが分かってないみたいですね。まず、最初の質問に答えます。お母さんが家を出たのは、そういう康介さんの独善的な態度に耐え切れなくなったからです。言っていることは正しいのかもしれません。でもね、正しけりゃいいってものじゃないのよ。そうやって何でも理詰めに話されたら、息が詰まっちゃうのよ。だからお母さんは耐え切れなくなって家を出たのです。原因はあなたなのよ」

確かに私は論が立つ。正しいことは正しいときちんと説明できる。妙子には、差別的なところや、人の気持ちを踏みにじるところが多々あるから、それをきちんと叱ったことも何度もある。それが窮屈だと言われれば、そのとおりかもしれない。しかし、それ以上に、日々実の親以上に親切にしてきたつもりだし、義姉たちだって、毎年盆暮れに遊びに来て、好きなだけ飲み食いして、仲睦まじく暮らしている様を見てきたはずではないか。今になって、そんなふうに非難される覚えはなかった。

「冗談じゃないですよ。そういうことを言われる覚えはないですね。第一それが理由なら、なぜこのタイミングなのですか。由紀子の状態が最悪で、明日にも入院するというときに言い出す話ではないでしょう。おばあちゃん。そうなんですか？」

「お母さんを責めるのは、もうやめてください。二十年も三十年も我慢してきたんだから。第一由紀子を病気にしたのだって、あなたでしょう」

「はあ？　何ですかそれは？」

「康介さん、私アルコール依存症というのはよく分からないんだけど」

　と麗子が口を挟んだ。

「斎藤家はね、お酒なんかほとんど飲まなかったのよ。あなたがうちに来るまではね。お父さんは全然飲まなかったし。だからあなたと結婚しなければ、由紀子もこんなおかしな病気にはならなかったんだと思うの。お父さんに頼まれて、家を継いで父と母の面倒をみてきてくれたことには、感謝しているわよ。でも、由紀子を病気にしたその責任はどう考えているの」

「いや、私がお酒を好きだということと、由紀子の病気とは無関係ですよ。そんなことを言ったら、お酒を飲む人の妻は、みんな病気になってしまいますよ」

「でも、お酒がなければ病気にはならないでしょう」

「いやあ、そういう問題じゃないでしょう」

アルコール依存症という病気は、アルコールの問題ではない。それはむしろ生き方の問題なのだ。左近司先生が言うように、仮にお酒を飲まなかったとしたら、何か別の形で問題を起こしていたかもしれないのだ。今なら、そのことをもっと分かりやすく説明できるかもしれない。しかし、このときはまだそこまで病気への理解は深まっていなかった。

「私、自分の妹がアル中なんて、嫌なの。由紀子も由紀子よ。なんでお酒なんか飲むのかなあ」

麗子は、この病気への嫌悪感を露骨に示しながら、妹を非難するように言った。

「麗子。やめなさい。そういう言い方はよくないよ。由紀ちゃんごめんね。麗子はお母さんとの旅行中に送られてきた写真を見てから、ちょっと気が動転しているんだ」

麗子を制したのは壮一だった。

「康介さん。康介さんは、斎藤家でお父さん亡き後、跡取りとして君臨してきたんだよ。それは当然だし、悪いことじゃないんだけど、あなたはとても強いし頭もいいから、結果的にお母さんも由紀ちゃんも自由にものが言えなかったんじゃないかな。お母さん。いい機会だから自分の気持ちを康介さんに正直に話したら」

壮一に促されて妙子が口を開いたが、

「あたくしといたしましては、皆様にご心配おかけして、申し訳なく思っております。お世話かけて申し訳ございません」

と、不必要に丁寧で中味のない返答をした。壮一もちょっと困ったように言葉を続けた。

「どうもうまく言えないみたいだね。でもね、この問題は今に始まったことじゃないんだよ。さっきから康介さんも言っている三十年間の積み重ねの結果なんだよ。ただね、最後の引き金は由紀ちゃんの病気というか、あの写真だと思う。病気にいいも悪いもないのは分かるけど、やっぱり普通の病気じゃないからね」

「病気に対する偏見はよくないのは知っていますよ。でも、がんや心臓病は自分じゃ防げないけど、アルコール依存症は自分で飲まなければいいだけのことですからね」

貴子が言葉を継いだ。いかにも病気の真実を知らない言葉だった。

「それができれば病気とは言いませんよ」

「だから、それをできなくしているのは、あなたでしょう」

貴子は何が何でも私の責任にしたいらしい。

あまりに四面楚歌だった。反論しようにも、自分で言ったのでは言い訳にしかならない。唯一側で見ていた頼みの綱の由紀子は、病気の再発で、援護どころか私の立場を一層悪くしていた。

しかし、私は、妙子がこういうふうに不必要に丁寧な言葉を使うときは、何か心の中にごまかしたい気持ちがあるときだということに気づいていた。早くして家を出た、義姉たちの知らない妙子の癖だった。妙子はおそらく、娘を見捨て出てきたとは言えず、その言い訳に私の悪行をでっち上げたのだろう。貴子は私にやり込められた恨みも手伝って、その言葉を鵜呑《うの》みにし、麗子は病気への偏見で目がくらんでいる。唯一少し冷静な壮一とて、ここで正論を言って、妙子を再び預かることになるのは避けたいのが本音だろう。個々の思惑には違いがあっても、すべてを私のせいにして、妙子を老人ホームに入れて、この問題に蓋《ふた》をしてしまおうという点では一致していたのだ。

「分かりました。私は間違ったことをしてきたつもりはさらさらありませんけど、おばあちゃんがそう感じていたのなら、それはそれで仕方がないことだと思います。人の感じ方の問題ですから。いいですよ。話を進めましょう」

ここは引くしかなかった。というより、この状況で悪あがきをしてまで、妙子を取り戻す必要性が私にはなかった。私にとって、今問題にしなければならないのは、由紀子の健康回復、それのみだったのだから。

老人ホームに入るにはお金が必要だったが、幸い父、昭の残してくれた遺産があった。父が残した現金をすべて妙子に渡し、本人の年金と併せれば十分に賄《まかな》える額はあったから、私たちにも義姉たちにも、経済的な負担はなかった。私は、今住んでいる家さえ取り上げられなければ、お金には何の執着もなかったし、義姉たちも三十年以上外に出ていて、今更遺産相続でもなかったから、お金の問題はすぐに解決した。話が母の荷物や住民票のことに移ったときだった。

「じゃあ、次は荷物とか住民票とか、おばあちゃん、どうするの？」

妙子の方に向き直って聞いた。

「ええ、あたくしといたしましては、そのままにしておいていただければと思っております」

妙子はいよいよ丁寧すぎる言い方でそう答えた。

「ええ⁉　なんで……」

妙子の答えに、貴子が一瞬露骨に嫌な顔をして言いかけたが、そこで口を噤《つぐ》んだ。貴子にも妙子の本音が分かったのだろう。結局、自分の恨みを晴らすために、妙子の言葉をあえて真《ま》に受けただけなのだ。しかし、もはや貴子も後には引けないところまで来ていたのだろう。だから、あえて言いかけた言葉を飲み込んだのだと思われた。

「分かりました。では、そのままにしておきます。気が向いたら、いつでも帰ってきていいですからね。私のほうから望んで出ていってもらったわけじゃないから」

「ありがとうございます。申し訳ございません」

妙子は最後まで、他人行儀だった。それが、妙子の気持ちを如実に表していた。

この結論は明らかに、誤解と偏見が生み出したものだった。「家族のほうが難しい」という言葉が鮮やかに蘇っていた。妙子をどうしても呼び戻さなければならない理由は私にはなかった。

しかし、この不幸な結末は修正しなければならないと思った。斎藤家の跡取りとして、由紀子の夫として、そして何より、一人の教育者、一人の人間として、私はこの災厄を看過する気にはなれなかった。今は如何ともしがたいが、いずれ、どれだけ時間がかかっても、修復してみせる。

そのためにも、まずは由紀子を立ち直らせることが喫緊《きっきん》の課題だった。

第二部

一　どん底

新年度が明けた。花園小《はなぞのしょう》の校長として三年目を迎えていた。定年まで残り二年。最後の一年での異動は原則的にはありえないから、動くとすればこのタイミングしかなかった。だから、年度末の異動も覚悟していたのだが、どうやらこのままあと二年、定年までこの学校でやれということらしい。面倒な異動がなく、住み慣れたところでできることはありがたかったが、この一年はなかなかにハードな一年になった。

三年生からずっと手をかけてきた二人の問題児、良太《りょうた》と悠斗《ゆうと》も、今年は五年生になった。最近この五年生というのが、とても難しい学年になっているのは、花園小に限ったことではなかった。子どもの躾《しつけ》は「つ」のつくうちにしろと言われるように、九つぐらい――つまり三年生――までは親の指導がストレートに入る。そして、十《とお》――つまり四年生――になると、大人から離れたがり、子ども社会をつくる時期に入る。いわゆるギャングエイジだ。そこを通り過ぎて、十二歳――六年生――になると、大人とほぼ同じ目線で物事を考えることができる、いわゆる一人前の人間になる。だから、触法行為などに対する責任を本人に問う年齢も、十二、三歳あたりをめやすにしているのだ。

心身という言葉があるように、人は心と体でできている。しかし、実際に子どもを見ていると、心には理性的な面と情緒的な面があり、それは別個のものと考えるほうが妥当なようだ。理性と情緒と肉体の三者がそれぞれに成熟していって、六年生ぐらいで統合されて、おおむね一人前の人間になるということのように感じられる。

五年生は、いわばその統合される一歩手前で、三者のバランスが微妙に狂っている時期ということが言えるわけだが、そのバランスの狂いが近年極度に大きくなっているように感じる。その原因は、子どもたちが群れて遊ぶ「遊び場」が減り、一方で情報化社会で知識ばかりが急速に増えていくことにあるのではないだろうか。遊び場の減少は、情緒や肉体の発達を阻害し、情報過多による異常な知識の増大との間に、限界を超えたアンバランスを生み出してしまった。と、この分析はいささか強引だが、まんざら当たっていないこともないと自画自賛していた。

良太や悠斗のような発達に課題のある子どもにとって、周囲の安定は心の拠りどころである。海に浮かぶ小船を想像してもらえばよく分かるだろう。上下左右に揺れる船にいても、星空や灯台のように、じっと動かず行く手を示してくれるものがあれば迷うことはない。しかし、星も陸地も見えない大海原で、磁石もなく波に揺られたら、舳先《へさき》の向いている方角さえ分からなくなってしまうだろう。彼らはまさに小船なのだ。揺れ動く感情を自分で制御できない。だから、あっちにふらふらこっちにふらふら動き回るのだが、周りが正しく動いていてくれれば、いずれ気持ちが落ち着いたときに、進むべき方向を知ることはできる。三年生、四年生のとき彼らはこうして学校生活を営んできた。そして、自分を落ち着かせる方法を、少しずつ身につけてきたのである。しかし、五年生になって、揺れ動く周囲に翻弄されて、身につけた技を使う間もなくパニックを起こし始めていたのだ。

まず、良太のほうが歯車が狂い始めた。一日一時間程度の個別指導で落ち着いた学習をして、残りの時間は、教室で自分流の過ごし方をしたり、図書室で本を読んだりして、ほかの子どもとのトラブルを極力避けてきたが、四月の半ばを過ぎるころには、教室にいることが難しくなってきていた。その原因が何にあるのか、本当のところは分からなかった。私語が増え、どことなく集中を欠いている教室の雰囲気に、耐えきれなくなっていたのかもしれない。いずれにしろ、五年生の難しさが背景にあることだけは確かだと思われた。

一方、悠斗はもともと同学年の子どもたちとは精神年齢に差があり、教室で一緒に過ごすことは四年生のころから無理になっていたから、周囲の不安定さによる影響はむしろ小さく、概ねこれまでどおりの生活ができていた。ところが、教室にいられなくなり、授業中の徘徊《はいかい》が増えてきた良太が、自分にとって絶対に優位に立てる悠斗を誘いに来てしまったのだ。悠斗には、それに抗《あらが》う力などないことは言うまでもない。結果、二人はつるんで悪さをし始めたのだった。

五年生になると、いろいろと知恵もついてくるから、教室を出て、ただ無目的に徘徊するだけでなく、やることも大掛かりになってくる。教室を抜け出した二人の後尻《あとじり》を追いかけていると、彼らはまるで鬼ごっこをして遊んでもらっているような気になってしまうから、教職員はあまり相手をしないようにしていた。ほかの児童をいきなり傷つけるような振る舞いは、まずしなかったから、あまり干渉しないことをベースに対応していた。その結果、五月の後半ごろから、いつものように教室を抜け出した彼らを、見失ってしまう事態が発生するようになっていた。

「良太と悠斗はどこに行っているんだい？　最近廊下とかで見かけないけど？」

私は、職員室で並んで仕事をしている二人の教頭のどちらにということもなく尋ねてみた。

「それが、私たちもよく分からないんですよ。ずっといないわけではなくて、業間は友だちとも遊んでいるみたいですし。丸山《まるやま》さんは知ってる？」

と石上《いしがみ》が隣の女性教頭に振ると、

「いえ、授業中にふらっと出て行ったときに、前はよく理科室の沢井《さわい》先生のところに遊びに行っていたみたいですけど、最近見かけませんね。どこかで危ないことをしていなければいいんですけど」

今年、一郎教頭に替わって着任した丸山というその名のとおり丸っこい大きな体をした女性教頭が言葉を継いだ。去年まで教育委員会で理科担当の指導主事だった関係で、沢井のこともよく知っているようだった。

「そうなんだ。まあ、問い詰めることはないけど、少しほかの先生にも協力してもらって、状況だけは把握しておいたほうがいいな。何かあって、知りませんでしたはまずいからねえ」

「そうですね」

そんな話をしてから二、三日後に事態は判明した。普段人の行かない屋上に出る階段の最上部に、どこからかき集めてきたのか、段ボールで基地を作っていたのだ。廃棄する備品や児童用の机・椅子の古いものなどが、雑然と置いてある場所で、段ボールが積んであってもさほど気にはならない場所だから、戸締まり点検で職員が校内を見回っても、気づかなかったらしい。まさにギャングエイジの真骨頂で、自分も子どものころ近所の藪《やぶ》の中に基地を作って、駄菓子をもちこんで仲間と食べるのが楽しかったことを思い出した。今、それをする子はいなくなってしまった。もちろんする場がないということもあるのかもしれないが、私には彼らこそ子どもらしく、愛らしく思えるのだった。そうはいっても、やはり放置はできなかった。

「あそこは、がらくたが多くて崩れてきたりしたら危ないから、入るのはよしましょう」

石上教頭からそう説諭されて、二人の秘密基地はあえなく撤去になってしまった。

一つ見つかれば、また次のいたずらを考えるのが、彼らである。それは、これまでに出会った多くの発達障害のある子どものどの子にも言えることだった。ただ、こうした子どもたちは学校の秩序に当てはまりにくく、どうしても脱線してしまうということは理解できるのだが、それが必ずと言っていいほど、大人や教師が困る方向に脱線する理由が分からなかった。みんなと同じことができないだけなのだから、二分の一の確率で大人が喜ぶ方向に外れてもよさそうなものだが、そういうことはまずなかった。

良太はよく校長室を訪ねてくれたから、聞いてみたことがある。

「良太、どうせふらふらしているのなら、運動場でも走ってくれれば？　秋には市内のマラソン大会もあるから、今から練習すれば学校代表になれるかもしれないぞ」

「やーだね。かったるい」

「かったるいのなら、教室で寝てればいいじゃない」

「そんなのつまーんない」

いたずらを考えたり実行したりするのは、かったるくないんだろう。そこが、彼らの面白さだと思う。大人になって、偉大な業績を残す人には、発達障害のある人が案外多い。通常発達の人間には思いつかない、奇想天外な発達障害者ならではの発想が、ときとして素晴らしい発明・発見につながるのだ。彼らをそういうふうに伸ばしてやりたいと思う。しかし、実際の学校経営に於いては、そんな悠長なことは言っていられないというのが現実である。頭の痛い日々が続いていた。

由紀子《ゆきこ》の状況も厳しいものがあった。由紀子は退院後、中央クリニックでのデイケアに月曜日から土曜日まで参加し、断酒の努力をしていたが、三月十二日に夫婦喧嘩《げんか》をきっかけに大スリップを起こして以来、デイケアへの参加は続けてはいたが、断続的に酷《ひど》い飲酒によるトラブルを繰り返していた。

夜は私と一緒にいて飲むことはできないから、朝は一応酔いは醒《さ》めている。私が先に出勤し、そのあと由紀子もデイケアに出かけていく。そのくらいまでは飲まずにいられるらしい。問題は、デイケアが終わる午後三時から私が帰宅する六時すぎまでの三時間あまりなのだ。この間に何かのきっかけで、飲みたいという気持ちが湧き上がってしまうと、もうそれを制御する機能は働かないようだった。

仕事から帰って、夕飯も作らずぐったりしている由紀子を見て、

「飲んじゃったの?」

と聞くと、

「飲んでないよ」

と必ず否認する。家族会での左近司《さこんじ》先生の話が思い出される。まさに否認の病である。

「あっそう、なんだかぐったりしていて夕飯の仕度もまだみたいだけど、どうしたのかな？」

「ちょっと疲れただけよ。今からやるよ」

そう言って立ち上がって転びそうになったり、台所に入ってもふらふらしていたりして、危なっかしくて見ていられない。

「ほらほら、危ないよ。いいよ、無理しなくて。もう認めちゃいなよ、飲んじゃったんでしょう」

「飲んでないよ。どうしてすぐそういうことを言うのかなあ？　だいじょうぶよ」

言えば言うほど意地になって、覚束ない手つきで包丁を握ったりする。こっちも悔しくなるから、

「だったらもうちょっと、しゃきっとしろよ」

と意地悪を言ってしまったりもするのだが、怪我《けが》などされればかえって面倒だから、結局最後はこちらが折れて、

「分かったよ。飲んでないんだね。疲れているだけなんだね。いいよ。休んでなよ。オレがやるから」

そう言って、居間で横にならせて台所を引き継ぐのが常だった。

そうやって、夕飯の支度を済ませてから、ちょっと寝室やダイニングを家捜しすると、タンス

郵便はがき

料金受取人払郵便

杉並南局承認

2753

差出有効期間
平成31年11月
30日まで

（切手をお貼りになる必要はございません）

168-8790

（受取人）
東京都杉並区
上高井戸1—2—5

星和書店
愛読者カード係行

ご住所（a.ご勤務先　b.ご自宅）
〒

（フリガナ）

お名前　（　　）

電話　（　　）

買い上げいただいた本のタイトル

書についてのご意見・ご感想(質問はお控えください)

後どのような出版物を期待されますか

門

学会

mail〉

書店メールマガジンを
p://www.seiwa-pb.co.jp/magazine/)
してもよろしいでしょうか　(a. 良い　b. 良くない)

目録をお送りしても
しいでしょうか　(a. 良い　b. 良くない)

の引き出しや椅子にかけたバッグの中から氷角の空き缶や焼酎の空き瓶《びん》などがごろごろ出てくるのだ。そのころは酢橘《すだち》風味の焼酎がお好みだった。食事をさせ、ひとしきり寝かせて、酔いが醒めてきたころに、

「ところで、これはなあに？」

と空っぽの缶や瓶を見せると、やっと観念して、

「飲んだ」

と認めるのだった。そんなときによく、こんな話をした。

「ねえ、飲みたいって思う瞬間はまだしらふだろう。飲んでしまったら、もう酔っぱらって何もかも分からなくなってしまうわけだからしょうがないと思うんだけど、飲みたいと思ってから実際に飲むまでの間は、まだ、酔っていないわけじゃない。だから、そのときの気持ちを思い出してみようよ。そこを思い出して、どうしたら飲酒欲求につかまらないで済むか、考えてみようよ」

この問いに、由紀子はあまり真剣に考えているようには見えず、いかにもあとから取ってつけたように、こう答えた。

「よく分からないけど、飲むと元気が出そうな気がするのかもしれないね」

「今考えるんじゃなくて、そのときのリアルな気持ちが思い出せないかな？」

と重ねて問うのだが、そこはうまく思い出せないみたいだった。

三月末には、デイケアの帰り道に泥酔し、自宅近くの病院前の路上で倒れて、そのまま一泊入院するという事件も引き起こしてくれた。思えば一年前、異常な嘔吐感《おうとかん》で救急搬送され、これは精神的なものだという指摘を受けたのも、その病院だった。丸一年経って、何やら振り出しに戻ったような感があったが、その間に、アルコール依存症という病名をもらい、それに伴う数限りないトラブルを経験したことは、やはり収穫と言っていいのだろう。闘うべき相手が明確になれば、たとえそれが相当に困難な相手でも、わけの分からない相手と闘うよりは、何かしら闘うすべがあるというものだ。私は持ち前の楽天主義で、目の前の現実をそういうふうに捉えていた。

アルコール依存症の治療は、酒を断とうという本人の意思を育てることしかない。そのためには、飲酒によって生じる様々な問題をきちんと本人に自覚させることが大切である。つまり、酒を取り上げたり、酔って起こした不祥事の後始末をしてあげたりすることは、回復を遅らせることでしかないのだった。私は、よく言えば優しいということになるのかもしれないが、要は生ぬるいところがあって、なかなか由紀子を突き放して、放っておくことができなかったのだが、それでも努力して、なるべく世話を焼かないように努めていた。

そんな中でどうしても放置できないのが、失禁であった。由紀子は泥酔すると必ずと言っていないほど、失禁した。というより、このころは、尿道の神経に麻痺《まひ》があるのか、たとえ酔っていなくても、ふと気づくと漏《も》らしてしまっているということすらあった。居間や寝室でこれをやられたら、後始末をしてやらざるを得なくなってしまうのだ。そこで、私は思い切って、家庭内別居をしてみようと思い立った。

「由紀子。幸いばあさんが出ていってくれて、四畳半が空いているからさ、お酒を飲むんだったら、あの部屋で暮らしてくれよ」

「ええ？　どういうこと？」

「だから、基本的に君はあの部屋にいてほしいということ。寝室や居間には来ないでほしいんだ」

「どうしてえ？」

由紀子は明らかに不満そうに口を尖《とが》らして言った。私はあえて辛辣《しんらつ》な言い方で、由紀子を突き放すように言った。

「由紀子。あのさ、厳しい言い方だけど、遥香《はるか》もオレも人間だからさ、おしっこはトイレでするんだよ。畳や布団の上で垂れ流しの犬猫みたいな人、いや犬猫だって決まった場所でするなあ。犬猫以下の人と一緒に暮らすのは無理なのさ。でも、離婚して出ていってくれと言ってるわけじゃないんだよ。できることなら、きちんと人間らしい暮らしを一緒にしたいと思っているんだからね。だから、四畳半ならオレたちと関わらずに暮らせるからさ、お酒を飲んで、おしっこ垂れ流しにするのなら、四畳半で一人で暮らしてください。ご飯は持っていってあげる。ね。あの部屋の中なら、いっくらしょんべんしてもかまわないから。しょんべんと一緒に寝なさい。それが嫌なら飲むな。飲まなきゃいいんだからさ。無理なことは言っていないと思うよ」

由紀子は「うん」とは言わなかったが、返す言葉もなかった。私が
「いいね！」

と半ば命令的に言うと、

「分かった。もう、飲まない。それならいいんでしょう」

「そりゃそうだ。だから飲んだら、引越しね」

由紀子は黙って頷《うなず》いた。だから飲まずに済んだ。しかし、そこまでだった。その日はさすがに飲まなかった。翌日は日曜日で一緒にいたから飲まずに済んだ。しかし、そこまでだった。月曜日、勤めから帰ると、由紀子は例によって酔っぱらって、居間の炬燵《こたつ》に寝転んでいた。もうお尻の下はびっしょりだった。やむを得ず私は、寝室から由紀子の布団を四畳半に運んで、由紀子に声をかけた。

「由紀子。四畳半に行きなさい。約束だよ」

聞こえていて、白《しら》を切っているのか、眠っているのか、はっきりとは分からなかったが、由紀子は何の反応も示さなかった。

「おい。起きろ！　しょんべん垂れ流しの犬猫以下の奴《やつ》は、人間とは暮らせないんだよ」

由紀子の両腕をつかんで、

「さあ、出ていきなさい。あなたは人間を捨てて、酒をとったんだから、仕方がないでしょう。もう、ここには住めないんだよ」

そう叫びながら、体を引き起こした。しかし、由紀子はなんとしても起きようとしない。もう眠っているのではなく、明らかに抵抗しているのだった。

「絶対に許さないからな」

悲痛な思いで由紀子の両足首をつかんで、ずるすると体を引きずっていった。

「痛い、痛いよ。やめて」

由紀子の抗議も無視した。洋服がはだけて腹が露出した。それでもかまわず引きずっていった。小水で濡れた洋服の跡が、廊下に筋になって付いた。そのまま、四畳半の布団の上に放り出して、

「ここが酔っぱらいの住処《すみか》だ」

そう言って部屋を出た。

「鬼!」

背中に由紀子の叫びが刺さった。私は振り返って、

「どっちが鬼だ。人間はしょんべんはトイレでするんだ。どこでも垂れ流しのおまえのほうがよっぽど鬼だろう。家族と暮らしたかったら、酒やめろ!」

胸を引き裂かれるような気持ちで叫んだ。そう叫ば[redacted]ければならない現実が悲しかった。私は、じっとしてはいられない思いで、畳にしみこんだ小[redacted]に力任せにタオルを押し当て、新聞紙で覆って、それから、由紀子を引きずった跡を雑巾《ぞうきん》で[redacted]いていった。

「くせえなあ。ちきしょう。なんでオレは毎[redacted]毎日しょんべん拭いてなきゃなんねえんだよ！　あーあ、人間と暮らしてえなあ。トイレが[redacted]える女と暮らしてえなあ」

わざと由紀子に届くように、隣近所に[redacted]えるような大声で、叫びながら廊下を拭いていった。

「ちきしょう。ちきしょう」何度も何度[redacted]叫びながら廊下を拭いた。その声は叫びというより、悲鳴だった。

心を鬼にして始めた家庭内別居は[redacted]由紀子の心にも少しは危機感を生み出したようだ。由紀子は、酔いが醒めかけると、反省を[redacted]にするようになった。私もしばしば四畳半に行って、できるだけ元の生活に戻りたいと[redacted]気持ちを起こさせるように励ました。

「二階で一緒に寝たい」

少し酒が抜けると、[redacted]子はそう泣きつくようになった。

「いいよ。飲まなき[redacted]ね。今のままじゃ嫌だよ。君はオレの布団だってかまわずしょんべんしちゃうんだもんな」

四畳半に敷いた由紀子の布団は、すでに小水まみれだった。ほとんど後始末はしてあげなかったが、由紀子が少しお酒を控えて、反省の言葉を口にしたときだけ、布団乾燥機で乾かしてあげたりもした。液体のシミは色素が末端に溜《た》まって円形になる。何度もそれを繰り返したから、由紀子の布団には、大きな歪《ゆが》んだ丸の形の茶色いシミができていた。

「今日は飲んでないよ」

「へえ、そうなんだ。それならいいよ。オレの布団で一緒に寝るか」

「うん」

由紀子は嬉《うれ》しそうに頷く。

「でも、もしされちゃったら嫌だから、紙おむつしようよ」

「ええー、やだよ。第一そんなものないよ」

「介護用の紙おむつを買ってあるよ」

脅したり賺《すか》したりして、おむつを穿《は》かせて、一つ布団で寝た。妻を抱いて眠るのは、心地よかった。由紀子も同じなはずだ。こうした心地よさが、お酒をやめる力になってくれないものだろうか。私はそう願って、辛抱《しんぼう》強く由紀子に寄り添い続けた。

三月の半ばからずっと、こんなことを繰り返してきたが、病の力は強く、なかなか続けて断酒できなかった。由紀子は四畳半と寝室を往復する暮らしをひと月あまり続けていた。それでも、お酒を我慢しようとする姿勢が垣間見えるようになったことだけは確かだった。

中央クリニックからは、もう一度入院してリセットしてはどうですかという話もいただいた。由紀子は嫌がった。私も由紀子が嫌なら無理に入院させる必要はないと思った。粘り強く今の暮らしを続けていけば、きっと自分の力で断酒できる日が来る。そう信じて日々を送っていた。そのころ由紀子の手足は、奇妙に赤紫色に変色していた。しかし、私はそれが、由紀子の肉体のほうが限界を迎えているサインであることには、まったく気づいてあげられなかった。

その日は金曜日で、学校は校内研修の日だった。小学校はどこの学校でも、二年から三年を区切りに、テーマを決めて教育研究を行っている。花園小は、前年度で一区切りついて、この年から仕切り直しだった。四月の半ばすぎ、まだ、研究を始めて間もないころだったので、主だった教科の担当がこれからの進め方を相談していた。私はその相談をそれぞれのリーダーに任せて、校長室で別の仕事をしていた。そんなとき、由紀子から電話が入った。由紀子は、珍しく水曜日、木曜日と飲まずに過ごすことができ、そのときの電話の声も、酔っているようには感じられなかった。

「おとん。なんだか、鼻血が止まらないの。少し早く帰れる？」

「鼻血？　どこかぶつけたのか？」

「ううん。ぶつけてはいない。ただ、気持ち悪い」

「分かった。なるべく早く帰るから、おとなしく寝てな」

勤務時間が終わると同時に学校を出た。弱々しい話し方は、いつもの酔って呂律《ろれつ》が回らないのと違い、何か、不吉なものを予感させた。

「ただいま」

玄関で声をかけると、

「お帰り」

と、娘の遥香が居間から返事をした。

「おお、遥香いたんだ。おかんどうしてる？」

「ときどき、流しでゲーゲーやってたけど、今は四畳半じゃない」

着替えもせずに、すぐ四畳半に向かった。廊下の突き当たりに狭い納戸があって、その奥が四畳半になっている。その、納戸の扉を開けると、四畳半の入り口に由紀子がこちらに頭を向けて四つん這いになっていた。納戸は暗く、四畳半は明かりが点いていたので、逆光で様子がよく分からなかったが、何やら部屋全体が汚れて見えた。近づいて納戸の明かりを点けて、驚愕《きようがく》した。

「由紀子。何があった！」

あたり一面に、赤黒い血が飛び散っていた。由紀子の顔も胸も手も、べっとりと血に染まっている。吐血だった。

「由紀子。動くな。まだ出るか？」

由紀子は四つん這いでぜえぜえと荒い息をして、まだ戻したいようなそぶりを見せた。

「出そうなら出しちゃえ。かまわないから。今助けてやるからな。そのまま下向いてろ。何もするな」

「遥香！　早く来て」

呼ぶまでもなく、切羽詰まった私の声に反応して、遥香は納戸の入り口まで来ていた。

「おかん、どうしたの？」

と言いながら入ってきて、「ぎえー」と声をあげた。

「遥香、おかん見てろ。触るな。何もしなくていいから、息をしているかだけ見てろ。何もさせるな。救急車呼ぶから。吐いたものが診断の手がかりになるから、触るなよ」

「わ、わかった」

すぐに救急車を呼んで、由紀子の様子を見に戻ると、少し落ち着いたようで、顔を下にしてうずくまっていたから、そのまま遥香を側につけて、救急車を迎えに出た。

行きつけの大学病院に三度目の救急搬送だった。もう、由紀子の状況は理解してもらっていたから、さほどの説明も要さなかった。

「食道静脈瘤の破裂です。過度の飲酒による典型的症状です。今、静脈瘤の根元のところにゴムバンドのようなものをかけて、止血しています。通報が早かったので、大事には至りませんでしたが、このままお酒を飲み続ければ、また別の場所が切れますよ。まあ、そのたびに止めてあげますけどね」

四、五日入院して、これ以上の出血がなければ、退院できるという話だった。家庭内別居が予期せぬ結果をもたらしたことに、少し後ろめたさを感じていたが、幸い大事には至らなかったし、血を吐くまでの三日間自力で断酒できていたことも考え併せると、この入院をきっかけに、断酒の継続につながるのではないかという楽観的な観測も頭をよぎっていた。

週明けの月曜日、中央クリニックの鈴木《すずき》先生に、事の顚末《てんまつ》を私から電話で報告した。鈴木先生は、

「せっかくデイケアに来ていただいていても、本人がお酒をやめる気持ちをもっていないのでは、うちでの治療は難しいですよ」

と、不快感をあらわにした。中央クリニックで紹介された東都アルコールセンターを退院した直後に、「もう大丈夫だから働きたい」と言ったころから、由紀子の態度を苦々しく思っていたのだろう。その言い方には、かなり険があった。先生には患者の話を聞くより自分がしゃべるほうを優先するようなところがあり、私も日ごろからもう少しこちらの思いを聞いてほしいと思っていたこともあって、少しばかりむきになって答えた。

「それはもう来るなということでしょうか？」

その一言に、さすがに医師としての良心が咎《とが》めたのか、少し困ったような声で、

「いえいえ、そういうことではありません。ただ、効果的に治療を進めていくには、その、ご本人も治したいと思っていただかなくてはということを申し上げているわけです。そこのところはご主人さんにも分かっていただかないと」

「おっしゃることはよく分かります。本人も治りたいとは思っています。ただ、お酒の誘惑というのは、本当に強いようで、それがこの病気の特徴でもあるのではないかと思うのですが」

「確かにそのとおりですね。ただ、あまり困難なようであれば、やはり一度入院してリセットするのがよろしいのではないかとも思いますよ」

「そこを本人が納得しないんです。ただ、吐血する前から少しずつ自力での断酒もできかけてきていますので、この入院も含めれば、結構長い期間飲まないで過ごすことになります。この調子で、退院してもデイケアで面倒みていただいて、断酒が継続できないかと思っているところです。なんとかお願いできないでしょうか」

今度は少しへりくだった言い方でお願いした。

「分かりました。もちろんお世話しないと言っているわけではありませんので、ご本人さんにも、一緒にがんばっていきましょうとお伝えください。ただですね、二つお願いがあります。一つは、その静脈瘤破裂については、こちらのクリニックでは対応できない疾患ですので、外科的な対応

が可能な病院で、常に連絡できるところをご指定ください。そこと連携して治療を進めていきたいと思います」

「分かりました。では、今入院している大学病院は日常的な連携は難しい面もあると思いますので、どこか近くの内臓外科のある病院を紹介してもらって、そこと連携できるようにお願いしてみます。もう一つは何でしょうか」

「ええ、もう一つは、この先一、二カ月のうちにまた、飲んでしまうようなことがあったら、今度こそ入院を考えてください。このままずるずるとスリップを繰り返していれば、それこそ命に関わる状況になっていきます。やはりある程度続けて断酒できないようであれば、一度入院してリセットすることが必要だろうと思われます」

「分かりました。私からもよく言って聞かせますが、そのことについては、先生から本人にお話しください。よろしくお願いします」

「それでは、どんなに早く退院できても、すぐにゴールデンウィークになってしまいますので、連休明けの七日に予約を入れておきます。七日四時からでいいでしょうか。では、そのときまた詳しくお話ししましょう」

その日の夕方、大学病院の病室を訪ねると、ちょうど主治医から術後の経過説明があるとのことで、由紀子に付き添って診察室を訪ねた。初めに主治医から、内視鏡の画像を見せてもらいながら現状説明を受けた。破裂した静脈瘤は黒ずんだかさぶた状——そう主治医は表現した——になっていて、その状態は経過としては良好なのだそうだ。私はいい機会だったので、これまでのアルコール依存症の治療経過と、ついさっき鈴木先生と電話で話した内容を主治医に伝えた。鈴木先生の話は由紀子も初めてで、やや不満そうな顔をして聞いていた。

「まあ、その先生のおっしゃることが当然でしょうね。このまま飲み続けたら、五年は保証できませんよ」

そう言われてしまうと、由紀子には反論の余地はなかった。さらに主治医は続けた。

「聞くところによると、お孫さんが生まれるとか？」

「はい、九月の予定です」

一転して、由紀子が嬉しそうに応じた。

「お孫さんが大きくなるの見たいでしょう。五歳になるまで生きていられないんじゃ寂しいでしょう」

「そうですよねえ」

少し大げさに頷いた。由紀子は何も言わなかった。飲んだら即入院という鈴木先生の言い分はいささか不満だったのだろうが、飲み続けたら初孫の入学も見られないと言われたら、どんな言い訳もできなかった。

「お酒がなくても、人生は楽しめますよ」

若い主治医だったが、しみじみとした言い方は、心に染みた。

「それでは、このまま何か異常がなければ、週末ごろをめやすに退院にしましょう」

主治医の話が終わって、病室に戻ったところで気がついた。

「そうだ。週末ごろ退院って言ってたけどさ、オレ金曜日は歓送迎会でダメだからね。その日だけは避けてね」

「うん。分かった」

翌日の仕事中に由紀子から電話があった。

「退院日が決まったよ」

「おお。いつ？」

「木曜日。はじめ金曜日って言われたんだけど、おとんが迎えに来られないでしょう。だから一日前倒ししてもらった」

「ええ！　それは、やめたほうがいいよ」

「どうして？」

「だってさあ、金曜日の夜はオレがいないんだよ。木曜日に退院したら、次の日の夜、君が一人で留守番になっちゃうじゃない。危ないよ。絶対飲んじゃうぜ」

「大丈夫だよ。飲まないから」

「大丈夫じゃないよ。そんなのがあてになるくらいなら、そもそも入院なんかしてないだろう。自分でコントロールできないから、病気なんだからさ。やめたほうがいい。前倒しじゃなくて、後ろに延ばしてもらいいな。できれば連休明けがいい」

「分かったあ」

由紀子は渋々納得した。まだまだ、自分の病気に対する甘さがあるなあと思った。その日の夕方再び電話があり、二十八日の月曜日にしたとのことだった。本当ならゴールデンウィーク明けの七日、デイケアが始まると同時に退院するのが、一番リスクが小さくていいと考えていたのだが、そこまで引っ張るのはさすがに難しいのかもしれないと思い、

「うん。分かった。とにかく油断しないようにしような」

と返事した。

その夜、妙子《たえこ》から電話があった。由紀子の入院は伝えてあったから、その後の経過を確かめる電話だった。

「康介《こうすけ》さん？　すみません。妙子です。由紀子の具合はいかがですか？　とても心配しています。すみませんが、様子をお教えいただけますでしょうか」

妙子が、後ろめたいことがあるときに使う他人行儀な物言いだった。何かまた隠し事でもあるのだろうか。それとも、自分の軽はずみな言動で、家族がバラバラになっていることを、少しは悔いているのだろうか。それなら上出来なのだがと思った。

「食道静脈瘤のほうは、もうほとんどいいですよ。二十八日に退院して、七日からまた中央クリニックでアルコールのほうの治療を再開します。はじめ二十五日退院って話があったんだけど、オレの都合が悪くてね。そしたら由紀子の奴、一日前倒しして二十四日なんて言うから、ダメだって言ったんですよ。一日でも長くいさせてもらえって言ってね。それで、来週の月曜日、二十八日に退院することになりました。本当は連休中もずっと病院にいて、七日に出てくれれば一番よかったんだけどね。そうもいかないみたいですね」

早口にまくし立てて、「で？　何か？」と聞き返した。

「いいえ。分かりました。血を吐いたという件はもう大丈夫なんですね。ありがとうございました」

何か隠しているなという印象はあったが、はっきり言ってめんどくさかった。

「いいえ、どういたしまして。そんじゃね。麗《れい》ちゃんたちによろしく」

そう言って電話を切った。今、妙子のことはどうでもよかったのだ。とにかく由紀子の身の安全を図ることが一番だった。余命五年を宣告されているのだ。また、飲酒が始まるようなら、すぐに再入院させてでも命を守らなければならない。年寄りの気まぐれに付き合っている余裕なんかないというのが正直な気持ちだった。

そして、もう一つ私は頭に引っかかっていることがあった。それは、貴子《たかこ》に送った、家屋の登記簿登記に関わる書類のことだった。老人ホームでの話し合いで、父の遺産の現金は妙子が、不動産は私がそれぞれ相続することになった。そこで、家屋の登記簿名義を変更する手続きをしなければならなかったのだ。話し合いはすでに済んでいて、まったくの事務処理だけという認識だったし、まさか、由紀子がこんなことになるとは思ってもいなかったから、難しいことは考えずに司法書士に手続きを依頼したところで、由紀子の入院騒ぎになってしまった。登記簿名義の変更には、私が不動産を相続することを認めるという、相続人全員の承認印が必要だった。由紀子が大変な時に、ハンコを押してくれという話をするのも気が引けたが、司法書士は着々と準備を進めてくれていたから、こんなときに申し訳ないがと一筆添えて、まず貴子に捺印をお願いする書類を郵送していたのだ。しかし、疾《と》うに書類は着いているはずだが、何も言ってこなかった。

麗子と妙子の住まいは、我が家からそう遠くないので、あとで自分でハンコをもらいに行けばよいと思って、あまり深く考えずに貴子に書類を送ったのだが、考えてみれば、貴子のことだ、こんなときに思いやりがないなどとまたクレームをつけてこないとも限らない。由紀子のことが一段落してから貴子に頼むべきだったと少し後悔し、貴子の出方を気にかけていたのだ。

貴子からのクレームは、私の危惧とはまったく違うところから襲いかかってきた。それは由紀子の退院予定が決まった翌日の二十三日、仕事中に麗子からのメールという形でもたらされた。

〈由紀子の退院が二十四日になったと聞きました。なぜ、そんなに早いのですか。今退院したら由紀子は必ずまた飲みます。そうしたら由紀子は確実に死にます。東都アルコールセンターに入院をお願いしておきました。東都アルコールセンターの入院態勢が整うまで、大学病院にいられるように、責任をもって手配しなさい。あと由紀子の医療データを大学病院からもらって東都アルコールセンターに送りなさい。担当は、陸奥千代子《むつちよこ》先生です。以上、責任をもってやりなさい〉

「なんじゃこりゃ？」と思った。麗子はこんな命令するような物言いをする人ではなかったはずだ。それに、由紀子の病状を何も知らないのに、治療方針に口を挟むのも妙だし、第一、退院は二十四日じゃないし。何もかもちんぷんかんぷんだったから、すぐに麗子に電話を入れた。

「もしもし、ああ麗ちゃん。あのメールは何なの？」

「あたしさあ、よく分かんないんだよ。ただ、貴子姉から送れって連絡が入ったからさあ」

「お姉ちゃん（貴子）から？　なんでお姉ちゃんは、直接連絡してこないの？」

「知らない。なんか康介さんと話したくないんじゃないの」

「ふうん。嫌な感じだねえ。じゃあさ、とにかくお姉ちゃんに伝えて。由紀子の治療については、主治医と相談して決めていることなので、こちらの頭を飛び越して入院のお願いなんかされても困るので、そういうことはやめてくださいって。第一、退院は二十四日じゃなくて、二十八日だし」

「ああそうなの。分かった。とにかく仕事中だから、切るね」

　麗子の受け答えにも、あまり誠意は感じられなかった。貴子に電話しようかと思ったが、今電話したら間違いなく怒鳴り飛ばしてしまうだろうし、はっきり言って口もききたくなかったから、直接ムッチーに電話することにした。

「こんにちは、ご無沙汰しています。斎藤《さいとう》由紀子の夫です。その節はいろいろとお世話になりました。なんだか義姉《あね》の和久井《わくい》貴子からおかしな電話があったのではないかと思いまして、お詫びの連絡なのですが」

「ああ、由紀子さんのご主人。お久しぶりです。うん。あったよ。お姉さんとかいう人からいきなり入院させてくれとか言ってきた。だから、一応ベッドの確保はしておくけど、ご本人とよく相談してくださいねって言っておいたわよ」

陸奥先生は、相変わらずさっぱりした物言いだった。

「すみません。こっちに何も言わずに勝手に先生に連絡を入れてしまいまして」

「うん。そんな感じだった。相当思い込みの激しい人みたいだね」

ズバズバという言い方が、かえって気持ちよかった。

「そうなんです。由紀子は静脈瘤破裂で今、大学病院に入院しているんですけど、まあ、そちらは順調に回復していて、中央クリニックの鈴木先生と相談して、当面はデイケアでやっていきましょうという話になっているんです」

「静脈瘤やっちゃったか！　でも、鈴木先生と話がついているのね。じゃあ、それでいきましょう」

「ところで先生から、由紀子の医療データを送れって言われたと、貴子は言っていたのですが、そういうご指示はなさったのですか？」

「してないわよ。想像力のたくましい方ね。まあ、この病気の取り巻きさんには、いろんな方がいらっしゃるから、珍しいことじゃないけどね」

「すみません。じゃ、今回はそういうことで入院も医療データの送付もありません。なるべくならお世話にならないほうがいいんですが、また何かあったらよろしくお願いします」

「そうだねえ。お世話しないで済めば、それが一番だよね。そうなるように祈ってます。じゃ、お大事に」

怒るそぶりもなく、最後までさっぱりしていた。さすがムッチーだと改めてありがたいと思った。

続いて由紀子にも電話した。

「お姉ちゃん（貴子）から、麗ちゃん経由でこういう連絡があってさ、今、ムッチーと話してたんだよ。そしたらムッチーがお姉ちゃんに、君とよく相談しなさいって言ってくれたらしいんだけど、お姉ちゃんから連絡あったかい？」

「ないよ。何それ！　勝手なことやめてよね」

「オレに怒るなよ」

由紀子にしてみれば、貴子の勝手な振る舞いはもちろん腹立たしかったが、それと同時に、お世話になったムッチーを巻き込んだことが、許せなかったらしい。

「何が『担当は陸奥先生です』よね。こっちはムッチーって呼ぶくらい、よく知っている先生よ。あんたに紹介してもらう筋合いじゃないって言ってやりたいねえ」

「まあ、あんまり怒るな。腹を立てるとまた、飲みたくなっちゃうから」

「でもムッチーには、一言謝らなきゃね」

「それはそうだね。ムッチーは別に怒ってはいないと思うけど、電話するのはいいと思うよ。話すだけでも元気になれるからね」

「うん。これから掛けてみる。じゃあね」

こう言って、由紀子は電話を切った。これで、一件落着と思った。しかし、この出来事が、貴子が私に対する戦いを決意する最後の引き金となったようだった。

その日も学校帰りに由紀子の病室に寄った。

「もう、あったまきちゃう。なんなのあの態度は！」

由紀子は、私が来るのを待ちわびたように、しゃべり始めた。

「ムッチーに電話する前に、お姉ちゃん（貴子）に掛けたの。やっぱり、勝手なことしてムッチーに迷惑かけたのは、お姉ちゃんなんだから、ちゃんと入院をキャンセルして、謝ってもらおうと思ってさ。そうしたら、せっかく東都にお願いして入院できるようにしてあげたんだから、感謝しなさいって言うのよ。だから、こっちはちゃんと康介さんが中央クリニックの鈴木先生と相談して、これからの治療の段取りを決めてくれているんだって言ったわけ。そしたら、なんて言ったと思う？　そんな町のクリニックなんかの藪《やぶ》医者じゃあてにならないって言うのよ。おまけに、康介さんなんか信じていたら、あんた殺されちゃうよだって。あたしもう、頭きちゃって、どうしてあんなにお世話になった康介さんのことを、そんなふうに言えるのって言ったのね。そしたら、お世話になんかなってないって言うのよ。だから、旦那が商売始めるときに、誰も頼る人がいなくて、康介さんに保証人になってもらったの忘れたのって言ったら、そんなこと今関係ないだろうだって。ホントに精神科に入院するべきなのは、貴子のほうよね。だから、とにかくあたしは入院する気はないから、今すぐ東都に電話してキャンセルしてちょうだい、ムッチーにも勝手なことして迷惑かけたんだから、謝ってちょうだいって言って、電話切っちゃったの。だけど、そのあとムッチーに電話したけど、お姉ちゃんから連絡はなかったって。ほんとにあきれちゃうよね」

と、いっきにまくし立てて、「ふう」とため息をついた。しばらく酒をやめて、声に力が戻ってきていた。顔や手足の色つやもよく、順調な病気の回復を思わせた。

「いやあ、元気になったねえ。それだけしゃべれれば、明日退院してもよかったかな」

笑いながらそう答えた。

「うん。もう元気だよ」

と由紀子。

「ハハ、でもダメだよ。HALT《ハルト》だからね。Angry はスリップの典型的な危険因子の一つだからね。そんなに怒らないの」

断酒に失敗するきっかけは Hungry, Angry, Lonely, Tired が多い。四つ並べてHALTというのだと東都アルコールセンターの家族会で教えてもらった。そういえば、東都アルコールセンターから退院後の最初のスリップも、夫婦喧嘩をして怒ったことがきっかけだった。これはおちおち夫婦喧嘩もできないのかと思うと、これから先も大変だなと変なところで気が滅入《めい》る思いがした。

貴子からの思わぬ横槍《よこやり》が入ったが、もちろん退院のスケジュールに影響するはずもなく、由紀子は四月二十八日、予定どおり退院した。退院の当日、由紀子を迎えに行ったときも主治医に、「ゴールデンウィーク明けの七日に精神科のデイケアが始まるので、それまで心配だから泊めてもらうわけにはいきませんか」

と言うだけ言ってみた。しかし、主治医から

「何を言っているんですか！　これから、一生飲酒欲求と闘っていく長い長い闘いが始まるんですよ。たかが一週間もたなくてどうするんですか」

と言われてしまった。なるほどそのとおりだと思った。一週間や十日の伸び縮みをとやかく言う病気ではないのだ。アルコール依存症に治癒はない。断酒を継続することによって回復することができるだけだ。油断すればすぐにもとの泥沼に戻ってしまう。これは二十年、三十年に及ぶ長い闘いの幕開けなのだ。

それからひと月あまり、由紀子はきちんと断酒を続けた。入院前から通算すれば、一カ月半以

上断酒を継続できたことになる。東都アルコールセンターの入院後半以来の快挙だった。その間、貴子からの書類の返送はなかった。そして、代わりに妙子から信じがたい手紙が届いた。

康介殿

あなたが貴子に送った遺産分割協議書は書類が不十分で捺印できません。建物の固定資産税評価額から相続人各々の法定相続分をきちんと提示してください。

あなたは、先日の電話でも由紀子の退院日について、虚偽の情報を伝え、私たちをだまそうとしました。貴子がせっかく由紀子の身の安全のために手配した入院も、独断で拒否し、今も由紀子を窮地に追い込んでいます。度重なる悪行に、姉たちも完全にキレています。本来なら、あなたに斎藤家を継ぐ資格などありません。その理由は説明を要しないと考えます。

あなたは、何かと言えば大声を出し、私を威嚇して、事を解決しようとしますから、今後一切電話による応対はいたしません。何か連絡事項がある場合は、手紙を書きなさい。姉たちに伝えたいことがあるときも同様です。

以上、これは貴子、麗子、妙子三者の要求です。これが満たされない限り捺印はできません。姉たちにお願いして、責任をもって権利を買い取りなさい。この事態はすべて、あなたが招いたものです。

平成二十六年六月一日　　　　　　　　　斎藤妙子　㊞

嘘と曲解に満ちた手紙であった。しかも、八十七歳の妙子が使う言葉ではなかった。明らかに誰かの指示で書かされている。その誰かも明白であった。しかし、事実関係はどうあれ、こと遺産分割協議書に関しては、ハンコをもらわなければならない。これは面倒なことになったと思った。

独善に正論をもって対抗したことに対する、逆恨《さかうら》みともいうべき理不尽な貴子の攻撃が始まった。

ここで、裏を読んで貴子に直接反撃するのは、かえって火に油を注ぐことになると思った。ここは妙子からの手紙なのだから妙子に返事を書くことで、妙子をなるべくこちらに引き寄せ、貴子たちを懐柔《かいじゅう》するのが得策だと思えた。それにしても、どのあたりに落としどころを設定するか、ここは一つ弁護士の知恵を借りようと思った。高校時代の友人には弁護士や医者や政治家などが少なからずいる。その中の誰かに聞いてみようか。そんなことを考えている矢先に、とんでもないことが起こった。

妙子からの手紙が届いた三日後の土曜日、私はその手紙を由起子に見せた。こんな手紙を見たら、逆上して思わず酒を飲みかねない。だから、土曜日、側にいてあげられるときに見せようと思ったのだ。案の定、由紀子は烈火のごとく怒った。

「こんなのお姉ちゃん（貴子）が書かせているに決まっているじゃない。よっぽどあたしたちのことが気に入らないんだね。きったねえ奴だねえ」

由紀子は、目を吊り上げて、毒々しい声で言い放った。実の姉だけに、かえって腹立たしいのかもしれなかった。

「まあ待って、由紀子。九分九厘、お姉ちゃん（貴子）が下書きでもしたんだろうと思うけどさ、でも、やっぱりそれは推測だからね。事実と想像を一緒にしちゃダメだよ。

……それにしても、もし、お姉ちゃんが書かせたとしたら、その理由はやっぱりお金かなあ」

これもまた、結局憶測の域を出ないなあと思いつつ呟《つぶや》くように言った。正直言って、こういうことをする人間の気持ちは理解できなかった。お金は魔物だということは、知識として理解しているが、人間そこまで腐ることはないのではないかと思っていた。

「違うよ。あの人はね、自分の思いどおりにならない人は全部敵なの。だから、もうおとんも私も敵なんだよ。そうなれば何するか分かんないよ。前の前のご主人のときもすごかったんだから。何かで折り合いがつかなくなったのよね。そうしたらもう、自分の夫なのに、私たちに、ものすごい悪口を言いまくってさ。あれじゃ離婚したくなるよ。おとんもそうだよ。いつだか家族会議をする、しない、でやりこめちゃったでしょう。おまけに、今度は私の入院で、拒否したでしょう。そんなの向こうが悪いに決まってるけど、あの人はそうは思わないから。絶対自分が正しくて、自分に逆らう人は全部悪人なんだからさ。だけどばあさんを使うっていうのが、許せないよね」

「ふうん」

由紀子の言葉には半信半疑だったが、一応納得したような顔をした。これ以上反論して、またスリップのきっかけになることは、一番避けたいことだった。

これほど再飲酒を警戒していたにも拘《かかわ》らず、やっぱり由紀子はスリップしてしまった。日曜日の午後、もう落ち着いたろうと思って、ちょっとヘアカットに行った隙《すき》だった。十分間のカット専門店だから、往復と待ち時間を入れても一時間まではかからなかったはずだ。しかし、戻ったとき由紀子は氷角を数本空けて、だらしなく座卓に突っ伏して、泣きじゃくっていた。

「なんで?」

口をついて出たのは、その言葉だった。何をどう組み合わせると、この状況が発生するのか、頭がついていかなかった。由紀子を揺り起こして、

「なんで?　ねえ、なんで、飲むの!」

思わず声を荒らげてしまった。

「チャッキョされた」

「え？　何？」

呂律が回っていない上に、脈略のないセリフで、何のことか分からなかった。

「チャッキョされた」

「チャ――？　由紀子、何言っているの？」

「お姉ちゃん、チャッキョした」

「ああ」

やっと分かった。

「お姉ちゃんに電話したの？」

由紀子は頷いた。

「よけいなことを。そんなことしなくていいのに。

そしたら、着信拒否の設定になっていたわけだ。あいつのやりそうなことだね。

あーあ、入院だね。もったいない。あんな奴のために」

どうにもやりきれない思いで、少なくともこの事態を知らしめてやろうと貴子に電話した。しかし、当然といえば当然だが、私の電話も着信拒否になっていた。ならばメールは？と思って、

「あなたの着信拒否をきっかけに、再び由紀子は飲んでしまいました。残念です」と送信した。

通じた。しかし、もちろん返信はなく、その後メールも通じなくなった。

夜になって、酔いが醒めたころ、由紀子に静かに言い聞かせた。

「由起子。明日、デイケアに行って、鈴木先生に正直に話すんだよ。たぶん、このままにしておくと、また、血を吐くまで飲んじゃうからね。正直に話して、入院手続きをしてもらおう。いいね」

「分かった。悔しいなあ。なんで飲んじゃったんだろう」

由紀子も、だいぶ病気への認識ができてきていた。この行為が自分を破壊するという危機感を感じ取ったらしく、拒絶はしなかった。あんな女のためにという、苦々しい思いは消えなかったが、どんなに嫌なことがあったとしても、そこで飲酒という行為に結びついてしまうのは、やはり病気であった。粘り強く、治療を続けるしかなかった。


月曜日のうちに、中央クリニックのカウンセラーさんから電話があった。早速入院の手配をしたとのことであった。今度は、県立神経精神科センター（通称「神経精神センター」）というところだった。由紀子はちゃんと自分で言えたんだなと思うと、それだけでも以前に比べれば格段の進歩だと思えた。担当は、金子《かねこ》先生という方で、土日も勤務があるらしく、二週間後の土曜日に予約が取れたので、詳しいことはそのとき相談するようにと言われた。

地図を見て、「ああ、あそこか」と思った。県立がんセンターに隣接する施設だった。県立がんセンターというのは、自分に直接関係がなくても、県内の住民なら誰でも知っているような巨大な病院で、神経精神センターもその敷地の一部に入っていた。施設全体の大きさは、東都アルコールセンターの優に数倍あるだろう。それだけで一つの町とも呼べるほどの病院だった。家からの距離は東都アルコールセンターよりむしろ近いくらいだった。

月曜日のスリップから一週間弱、由紀子は飲酒を止められなかったが、土、日にずっと側にいてあげたので、なんとか断酒に成功し、その後は離脱症状もあって、面談の日までの次の一週間はきちんと断酒ができた。そのために、かえって由紀子の入院の決意も鈍ってしまった。

「本当に入院しなきゃダメですか？」

由紀子は金子先生との面談の開口一番にそう言い始めてしまった。

「どうやってスリップを防ぐかってことだろ」

金子先生のしゃべり方は、やんちゃなお兄さんのようだ。患者たちからドクターカネゴンの愛称で呼ばれている、童顔で笑顔のかわいい先生だった。

「みんなそうなんだよ。二、三日断酒すると、自分はもう大丈夫だって、思うわけさ。実際飲まずにいられているわけだから、そう思うのも無理ないんだけどさ。だけど、何かあるとまたやっちゃうんだよ。で、奈落の底まで沈み込むのさ。それでまた、どこかで限界を感じて断酒を始めると、また、二、三日するうちにもう大丈夫だって思うわけだよな。その繰り返しをしているうちに、体のほうはどんどん壊れていくわけだ。だから、何かあってもスリップしない防衛力を身につけるために、入院してしっかり治療しましょうってことなんだよ。入院してさ、しっかり酒を抜いて、正常な頭でどうしてこの病気になっちゃったのかとか、どうしたら対抗できるのかとかを考える必要があるんだよ。

お酒は合法だからさ、考えたうえでやっぱり飲もうと思ったら、それも一つの答えなんだよ。だから僕はいつも言うんだよ。酒を取るか命を取るかはあんたが決めていいんだぞって。そう言うとみんな命を取るって言うんだよな。一人ぐらい、命捨てて酒を取るって奴がいてもいいんじゃないかと思うんだけどね」

「でも、ホントにそう言われたら、先生も『ちょっと待って』ってことになるんじゃないですか？」

面白くなって、ちょっとチャチャを入れた。

「はは、さすが校長先生だね。まあ、そうだろうね。死なれちゃかなわんわな」

カネゴンも屈託なく笑った。

「だけどさ、そのぐらい自分で自分のことを見つめて、根本から生き方を考えなきゃ、スリップに対抗する本当の力はつかないよってことだよ。そういうことを考えるためにきちんとお酒の影響を抜くには、最低でも一カ月は断酒しないとダメなのさ。だから今奥さんが、もう大丈夫って言っているのは、全然あてにならないよってことさ」

非常に説得力があった。「なるほど」という気持ちで頷きながら聞いていたが、当の由紀子はどうだったのか。

「それにしても、なんでお酒飲むようになったんだい」

由紀子への質問だったが、由紀子はこの問いに答えられるほどに、自己分析はできていなかった。私は、言いたいことはあったが、しばし我慢していた。

「お母さんとの確執があるってことは中央クリニックの鈴木先生から聞いているけど、そこはどうなの？」

「それはあります」

「それが原因だと思う？」

「……？」

「ご主人は？」

「それはたぶん違うと思います。鈴木先生にもお話ししたのですが……」

母の態度は数十年来のもので、今更腹を立てることではなく、病気の発症が先で、それによって母親の態度を許すことができなくなって、現在の確執になっているという持論を繰り返した。

カネゴンも私の説明は納得できたようだ。

「なるほどね。それはたぶん適切な指摘でしょうな。そうすると、あとは何がストレスなんだろう。仕事のストレスはないし、逆に子どもが手を離れて、せっかく始めた仕事も辞めちゃったから、空《から》の巣《す》症候群ってことはあるかもしれないけど、でも、旦那の面倒みればいいんだからなあ」

「いや、それはダメですね。私はあまり世話の焼けない夫なので」

「どういうことだい？　ちゃんと夜は帰ってきているんだろう」

「ええ、もちろん。ただ、私は、炊事でも裁縫でも何でもできちゃうから、自分のことは自分でするし、家事も由紀子よりやっていることは多いくらいなんです」

「それだ」

金子先生は人差し指を立てて、「分かった」という顔をした。

「だから奥さんはすることがないんだ」

「はあ」

「いや、ご主人が悪いわけじゃないんだよ。だけど、奥さんにしたら、子どもが手を離れて、仕事もなく旦那の世話もなくて、自分の生きてる価値が分かんなくなっちゃったんだな。旦那の世話を焼かなくていいっていうのは、奥さんとしたらすごく恵まれた環境なんだから、自分の人生を大いに楽しめばよかったんだけどさ。それができなかったんだなあ」

「君は、趣味がないからなあ」

私は由起子の方に向いてしみじみと言った。由紀子は、高い機材を買って、もう一歩で講師になれるところまでいったエレクトーンも、子育てと同時にやめてしまって、もう四半世紀音を出していないし、スポーツや芸事はいっさい興味を示さなかったから、確かに人生を楽しむという意味では、あまりにも世界が狭かった。なるほどなあと思った。私は自分が専門にしているスポーツ社会学も、スポーツに親しむことを通して、究極的には人生をいかに楽しむかということを研究しているのに、まさしく紺屋《こうや》の白袴《しろばかま》だと自嘲《じちょう》気味に思った。

「だからね。例えば毎日デイケアに通っていることも、デイケアで何かを得るということじゃないんだよ。むしろ反対で、自分を出すということなんだよ。この病気になる人は、あなたのようにちょっと生きる意味を見失っていたり、会社や家庭で抑圧された立場にいたりして、自分を思うように表現できないために、飲むことで自分を解放するわけだ。飲むことでしか解放できないから、酒におぼれるわけだよな。それを、デイケアに行ってミーティングで言いたいことを言って自分を解放することでさ、お酒に逃げる必要性をなくしてしまいましょうってことをやっているわけさ」

カネゴンの説明は、私には非常に分かりやすかった。だが、その言葉尻を捕まえて、由紀子がまた入院へのいやいやを言いだした。

「じゃあ、やっぱりデイケアにしっかり行けば、入院しなくてもいいんじゃないですか？」

「それは今の君にはリスキー過ぎるだろう」

思わず私が答えてしまった。

「だって、お酒はいつでも手に入るんだもの。もう少し耐性がついたら、それを継続させるにはデイケアが有効だと思うけどね」

「何？　耐性って？」

「だから、何かショッキングなことがあっても、簡単にスリップしない力だよ。デイケアの帰り道になんだか飲みたくなって飲んじゃったってことを、ずいぶんやってきただろう。じゃあさ、とりあえず一カ月だけ入院してみれば。とにかく頭からアルコールを抜くのに一カ月はかかるんだから、その間は安全なシェルターに籠《こも》って、しっかりアルコールを抜いて、その上で、デイケアでやれるかどうか冷静に判断したらいいんじゃない」

話していて、ここが落としどころと見て、積極的に説得を試みた。

「いやあ、ご主人はよく分かってるわ。そうだよ。シェルターだよ。自分のやってきたことを振り返らなきゃいけないんだけど、それをすると結構気が滅入るよ。ずいぶん迷惑かけたもんなあ。そのときに外にいたらさ、つらくなってまた飲んじゃうだろう。だけど入院してりゃ、酒買えないもんな。そうやって、安全な場所で、ちょっとつらくてもしっかり反省するんだよ。そうすれば、苦しい時にお酒に逃げない力が身につくよ。ご主人が言った耐性だね。それがいいと思うよ」

カネゴンも、ここぞとばかりに勧めてくれた。二人から同じことを言われて、由紀子も観念したようだ。

「分かった。じゃ、ホントに一カ月だよ」

「いや、それは一カ月経ってみなきゃ……」

言いかけたときに、カネゴンが遮るように、

「いいよ。一カ月ね。約束しましょう」

と言い切ってくれた。それで、由紀子も納得した。

「じゃあ、明日からいらっしゃい。ベッドは確保しておくから」

「えっ、明日ですか」

由紀子がひるんだ。しかし、カネゴンは、

「善は急げさ」

と平然と言ってのけた。そのきっぷのよさに、由紀子もなんとなく任せてもいいという気持ちになれたようだった。

由紀子を入院させたあと、夜になって妙子に返事を書いた。いっそのこと、貴子に直接手紙を書いて、問い詰めてやろうかとも思ったが、事実と憶測を混同してはいけないと、自分で言ったばかりだし、これ以上貴子を刺激すれば、いよいよややこしいことになると思って、自重した。

前略

返事が遅くなってすみません。由紀子がちょっと大変なことになっていたものですから。お手紙読みました。そして、その内容にびっくりしました。よくこれだけ事実と異なることが書けるものですね。

私は由紀子の退院の日を、その日が決まるまでの経緯も含めて正確に伝えました。ウソの日取りを伝えてだまそうなどということは、断じてしていませんよ。第一、退院の日取りをごまかすと私に何かいいことがありますか？

お姉ちゃんが決めた入院を断ったのは、由紀子自身です。もちろん私も由紀子に賛成しますけどね。私が言ったのは、人の意見も聞かずに勝手なことはしないでくださいということです。どんな名医だって患者を診ないで診断なんかできるはずがないでしょう。心配ならきちんと連絡をしてくれれば、状況を説明します。その上でご意見があるのなら聞きますよ。

由紀子の病気の治療をするのに、由紀子自身や主治医など誰とも相談せず、患者の容態も診ないで入院を決めるなんてありえないでしょう。おばあちゃんはそういうことをおかしいとは思いませんか？

いつも大声で威嚇するというのは、いつのことを言っているのでしょう？　私はおばあちゃんに大声を出したことなんて、たぶんないと思いますけど。

私としては、おじいちゃんに頼まれてこの家に入り、今まで、斎藤家のために自分なりに努力してきたつもりだし、盆暮れには、お姉ちゃんや麗ちゃん夫婦を歓待し、甥っ子や姪っ子たちのこともずいぶんかわいがってきました。お姉ちゃんは三人の幼子を抱えて大変そうだったから、ずいぶん親切にしてあげたと思うのですが、今になってこういうことを言われるのは、本当に寂しく思います。

おじいちゃんの残してくれたお金は全部おばあちゃんにあげたのですから、住んでいる家ぐらいは無条件でいただけるものと思っていましたが、それまで買い取れとはずいぶんひどい話ですね。

おばあちゃんは、こういうことを書いていて、心が痛くないですか？

実は、あの手紙を読んだ由紀子が、怒ってお姉ちゃんに電話して、そうしたら着信拒否にあって、思わず酒を飲んでしまいました。今度飲んだら入院と、中央クリニックの先生と約束していましたので、今日入院しました。

由紀子をこういう目にあわせて、何とも思いませんか。

ぜひお気持ちを聞かせてください。

そういうわけで、今、遺産分配の交渉をする余裕などまったくありません。由紀子が元気になって退院してきたら、また改めてご相談させていただこうと思います。

この間に、どのくらいの配分が相場なのか弁護士にも聞いてみようと思っています。権利を買い取れということですが、具体的にいくら出せということを考えているのでしょうか、ぜひ金額を提示してください。では、お返事をお持ちしています。

斎藤康介

平成二十六年六月二十二日

斎藤妙子様

手紙には余裕がないと書いたが、実際には由紀子を安全なシェルターに入れてしまったのだから、精神的にはずいぶん楽だった。そこで私は手紙に書いた弁護士のことを考え始めた。自分は高校時代にいささか遊び過ぎてしまって、成績のほうは芳《かんば》しくなかったが、友だちには超一流と呼ばれる大学を出て、社会的にエリートと呼ばれる職種についている者が大勢いた。そういう自分だって、国立大学を出て、今は校長になっているのだから、自分で言うのもなんだが「腐っても鯛」である。そんな友だちの中で、部活の仲間で今はかなり大きな弁護士事務所を構えている松井《まつい》一樹《かずき》に連絡を取ってみようと思った。

「よっ、久しぶり。ずいぶんと忙しそうだな。ちょっと相続のことで教えてほしいことがあるんだが、きちんと弁護士事務所に相談する段階じゃない。一杯おごるから少し時間作ってくれないか」

弁護士事務所に電話して、事務方と思われる女性から一樹のつかまりそうなタイミングを教えてもらったり、携帯電話に伝言を残したりして、夜の九時すぎに帰宅したところをやっとつかまえた。

「急ぐのか？」

「ああ、今日の明日のって話じゃないが、あまり時間はかけたくない」

「そうか。いや、相談に乗るのはいくらでも乗ってやるが、なにせ時間をとるのが難しいんだ。細切《こまぎ》れにいろんな依頼があるもんだからな。そうだな、土曜日に昼飯を食いながらぐらいでいいか？」

「とりあえず、それでいい。どのくらいややこしい問題なのかさえ、オレには分からんから、その時間で済むものかどうかも分からないが」

「まあ、そうだろうな。分かった。話を手早くするために、ざっと紙に書いて持ってきてくれ。土曜日の十二時に、事務所の近くのファミレスで会おう」

「分かった。すまんな。忙しいのに。ちゃんと事務所に相談するべきなんだろうが、大した額でもないのにばかばかしくてな」

「おまえから、金とって法律相談しようと思わんよ。じゃあな、切るぞ」

めったに会わない友だちだが、会えば屈託なく話のできる相手だった。自分としては、本当に軽い相談のつもりで、約束の場所に赴いた。

駅から十分弱、不動産会社や商社と思われる会社のオフィスが入っている「松井ビル」と書かれた高層ビルの一階から四階までが松井弁護士事務所のオフィスだった。ビル自体が一樹のものなのだから、こういうビルの場合は下の階ほどグレードが高いのだろうと勝手に理解した。そのビルのほぼ真向かいのファミレスが約束の場所だった。弁護士事務所を持ち、ビルのオーナーでもある一樹も、昼飯はオレたちと変わらないのかなと、ちょっと安心したような気にもなった。昼時で、店は混んでいて、家族連れが多いようだったが、一樹はすでに来て場所をとっておいてくれた。

「よう」

と軽い挨拶《あいさつ》をして、早速本題に入った。婿養子《むこようし》に入ったところから二十数年の自分の立場。二人の義姉のこと。母のこと。そして、ここ半年あまりの出来事など、分かりやすく図解した資料を基に説明した。

「さすが数学の佐藤くんだな。いや今は斎藤くんか。実に明解な図式だ。だけど、この関係では、おまえに勝ち目はないな」

一樹はズバリ言い切った。

「いいか。まあ、お母さんが現金を全部受け取るっていうのは、みんなの了解事項のようだし、金額的にもいいところだと思う。問題は上ものの額より借地権だ。おまえのところだと、どんなに安く見積もっても路線価で三千万、実際の売買価格なら四千から五千万、そのうちおまえの取り分は、奥さん入れても半分だ。買い取るなら最低でも千五百万は必要だってことだ。この手紙を読む限り、先方は上もののことしか言ってないから、それで済むのなら言い値で買ってやれ。高くても百万だ。土地に言及されたら大変なことになるぞ」

「だけど、借地の契約者は親父が亡くなった十七年前からオレなんだぜ。この間に払った地代だってバカにはならんぜ。それに、貴子なんか、迷惑はかけても、親に貢献なんか一つもしてないんだぞ」

「まず、土地の賃貸借契約っていうのは、人とするんじゃなくて、家とするんだ。だから契約書はおまえの名前でも、本当の借主は家、つまり家の持ち主ってことになる。地代だって家賃だと思えば安いもんだ。それが一点な。それから、おまえの言っていることは、気持ちとしてはよく分かるが、金に換算できないことばかりだ。ご両親をいくら面倒みたといっても、ご両親は経済的にはまったく不安がなかったわけだから、お金がかかったわけじゃない。その貴子さんというお姉さんは、相当な放蕩娘《ほうとうむすめ》のようだが、心配をかけたとか、子どもをかわいがってやったとかいうことも、金には換算できない。ダンナの借金をお父さんが払ってやったっていう話は、下手すりゃ、保証人になったおまえの負債を、肩代わりしたってことで、生前贈与を受けたのはおまえだって言われかねない。

常識のある人間なら、請われて婿に入って、その家を守って今も住んでいる奴、しかもこれだけ世話になった相手から、金を取ろうって奴はいないだろうけど――実際家は住んでりゃ金にならないしな――だけどそれは、常識のある人間の話だ。腹黒い奴が法律を盾に金を要求してきたら、それを拒むのは難しいから殺しちゃったなんて話は、B級ドラマの定番だろ。家を売り払って分けろぐらいのことは平気で言う奴もいるぜ。素人がまっとうに戦ったら勝てんな」

「素人がってことは、一樹に頼んだら、結果は変わるってことか」

「多少はな。だけど、二百万かかるぜ」

「そりゃ高い」

「そうなんだよ。オレたちの仕事は下手に安請け合いして、あとからもう少し手間がかかるから追加請求しますっていうことになると、わざと手間をかけているって言われかねない。だから、はじめからある程度高い金額を提示して、そのかわり最後までやりますっていう形の契約をするんだよ。そのためには、もう一桁か二桁上の争いでないと、頼むほうも採算が合わないだろう」

「なるほどな。おおよそ様子は分かった。先方の思惑もよく分からんから、とりあえず今のことを頭に入れて、様子を見てみるよ。悪いな、こんなランチ一食で、二百万の職人に指南してもらって」

「はは、オレだってこの一回で二百万稼げるとは思ってないよ。また、連絡をくれ、アドバイスぐらいならただでするから」

「そうするよ。サンキュー」

　笑顔で別れたが、内心は不安でいっぱいだった。腹黒い奴が法律を盾に金を要求してきたら拒むのは難しい、か。一樹の言葉を反芻《はんすう》して、憂鬱《ゆううつ》な気分になっていた。いくら貴子でも、そこまで腹黒いとは思いたくなかったが、このところのいざこざを考えると、仕掛けてこないとも限らないような気がしていた。


　翌日の日曜日の昼すぎ、妙子から電話が入った。由紀子の入院している病院に面会に行こうと思って、出かける準備をしているところだった。

「もしもし、少し教えていただきたいことがあるのですが、よろしいでしょうか？」

これ以上ないと思うくらいわざとらしく他人行儀な口の利き方に、それだけで十分不愉快だった。

「なんですか」

ぶっきらぼうに答えてから、ちょっと自嘲した。こんな相手にあからさまに不快感をあらわにしていること自体が、もっと不愉快だった。

「お手紙を読みました。由紀子がまた、入院したそうで、この前と同じところでしょうか」

「それを聞いてどうするんですか？」

「できたら、お見舞いに行きたいと思いまして」

「やめてくださいよ。あなた、自分のしたことが分かっているんですか。第一オレとは電話はしないんじゃなかったですか」

「どうして電話してはいけないのですか」

「そう書いてありましたけど」

「あたくし、何て書いたのかしら？」

思わず苦笑いした。

「ハハ、ご自分の書いた手紙の内容を、相手に尋ねるというのは変じゃないですか？」

「あたし、頭おかしくなっているから、何を書いたか自分で分かってないものですから。すみません。教えてください。何を書いたの？」

「康介はいつも大声で私を脅かして物事を解決しようとするから、もう電話では話しませんって」

「そんなこと思っているわけないじゃありませんか。康介さんはいつだって優しいし、怒鳴られたことなんかないよ。康介さんだってそんな覚えないでしょう。だから、この前電話で、もう帰ってくるなって言われたときは、ああもう帰れないんだって思ったのよ。悲しかったよ」

「へえ、そういう人が、『全部おまえのせいだから、お姉ちゃんたちから家の権利を買い取りなさい』って、『そうしなければハンコは押しません』って、書くわけですか。おばあちゃんの手紙はそういう内容ですよ。だから、具体的にいくら欲しいのか言ってくださいってお返事したのですよ。それを聞いて検討しますから」

「お金なんか要らないよー」

「金よこせって、言ってきたのは……」ちょっと声が大きくなって、あわてて抑えた。「お金を払いなさいって言ってきたのは、あなたでしょう」

「あたしそんなこと書いたの。すみません。ぜんぜん覚えてなくて」

「権利を買い取りなさいって、書いてありましたよ。まったく老人ホームの会議室で話した約束はどこへ行っちゃったんでしょうね」

「ごめんなさい。そんなつもりはありません。康介さんからお金をとろうなんて、誰も思っていませんよ。みんな、康介さんに感謝しているんですから」

「あのねえ。手紙の控えとか、下書きとかはないんですか。きちんと読み返してみてくださいよ」

「控えは作りませんでした」

「下書きは誰かさんが持っているんじゃないですか。それとも証拠隠滅で、シュレッダーかけちゃったかな」

「すいません。なんだかよく分かんなくって。あたくしはどうしたらいいんでしょう」

「だから、貴子や麗子に私の手紙を見せて、よく相談してくださいな」

「そういえばお姉ちゃんたちが、弁護士を雇ったのかって言っているんですけど、そうなのですか？」

「はあ？」

「手紙を見て、弁護士に相談するって書いてあったから、貴子が怒って、弁護士立てるのかって」

「なんだ。もう手紙は見せてるんですね。見せたらなんて言ってました？」

「ちらっと見ただけで、何も言わずに帰っちゃったのよ」

「でも、弁護士のことは言ったんでしょう」

「そうそう、弁護士を立てるのかって」

何が本当の話なのか、さっぱり分からない。それがこの人なのだけれど。

「弁護士雇う金なんてありませんよ。ただ、友だちに弁護士がいるから聞いてみただけ」

「弁護士のお友だちなんかいるのかい」

「友だちに弁護士がいたって、どうということはないでしょう。宇宙人じゃあるまいし」

「そうなのかい。やっぱり康介さんはすごいねぇ」

途端に言葉遣いが緩やかになった。なんだか嬉しそうでさえある。弁護士を友人に持つ男を娘婿に迎えたというだけで、なんだか機嫌がよくなったようだった。

私にとっては、弁護士に法律のことを聞くのは、魚屋に魚の捌《さば》き方を聞くのと同じことなのだが、妙子や義姉たちには、弁護士に聞くということは、とてつもなく仰々《ぎょうぎょう》しいことらしい。確かに医者だの弁護士だのというのは、庶民感覚からすればかなり権威的な職業である。自分には仲間内にそういう仕事の人間が少なくないため特別な存在とは感じないが、そういう意味でいささか距離感を誤ったかもしれなかった。

「弁護士のことはどうでもいいんですよ。ちょっと友だちに聞いただけなんだから。それより、おばあちゃんがくれた手紙にきちんと返事を書いたんだから、今度はオレの質問にちゃんと答えてくださいな」

「何をお答えすればいいの？」

「だから、実際いくらぐらい欲しいのかとか、そのほかにもいろいろ書いてあるから、よく読んで、きちんと二人にも聞いて、返事をしてください」

「お金なんか要らないよ」

「おばあちゃんが欲しくなくったって、あいつらは欲しいんでしょう。とにかくよく相談してください。じゃあね。切りますよ」

「すみません。由紀子をよろしくお願いします。由紀子の体のことばかり心配しています。本当によろしくお願いします」

　一貫性というものを一切持たず、その場その場で相手に合わせて、調子のいいことを言って、刹那刹那《せつなせつな》の人生を八十年あまりも続けてきた人に、何を言っても徒労感が募るばかりだった。妙子は、当たり障りのない世間話で相手に合わせてご機嫌をとるのは、とても上手だったから、友だちも多いし親戚づきあいもうまくやっていた。昭《あきら》というしっかりした夫の側にいて、夫を立ててうまくやっていくという意味では、十分に良き妻だったに違いない。しかし、その夫を失って十七年、今、娘の大病という逆境に立たされて、どうしていいか分からずに、行く先々で口から出まかせを言い続けるうちに、事はどんどん大きくなってしまって、もはやどうしていいか皆目分からないというのが本音だったのだろう。

　私は家族会議のときからすでに、この人をどうやって救うかという気持ちになっていた。長いこと教員として生きてきて、優秀な子も数多く見てきたが、それ以上に、発達に課題のある子や学習に遅滞のある子により多くの関心を払ってきた。だから、こうした自分で自分をコントロールできない故の悪事に対しては、いたって寛容になれるのだった。そう言えば、由紀子の異常な行動に対しても、心を鬼にして叱《しか》ったことはあるが、本気で怒ったことはなかった。やりきれない悲しみや失望感に襲われることはあっても、怒りや憎しみを覚えることはなかった。発達障害の良太や悠斗と本質的には変わらない。病気によって、自分では制御できない奇行に走っているだけなのだと理解できた。そこが、妙子や義姉たちとの違いなのかもしれなかった。職場と家庭に同時期に困難を抱えたことが、かえって幸運だったかもしれない。私は良太や悠斗を通して由紀子や妙子を理解し、由紀子を介護することを通して良太や悠斗やその保護者と心を通わせる手がかりを得ているような気がしていた。

　それにしても、弁護士のことは困ったなと思った。そう言われればそうだろうなと思う。うかつだった。別に手紙に書く必要などなかったのだ。どうやら、また一つ地雷を踏んでしまったようだった。

二　再生

一カ月の約束で入院した由紀子は、カネゴンと意気投合して、充実した入院生活を送っていた。

神経精神センターは、アルコールだけでなく、薬物やギャンブルなど幅広い依存症に対応した医療機関だったが、実際に入院しているのはアルコール依存症の患者六割と、残りが薬物依存の患者だった。薬物依存の患者がいるせいか、年齢層も東都アルコールセンターに比べるとかなり若く、その中で由紀子は、患者たちの母親的存在として慕われていたようだった。

薬物依存はそもそも非合法だから、病棟の出入りはアルコール専門の東都アルコールセンターよりはるかに厳しかった。出入り口は常時施錠されており、外出は決められた時間に持ち物検査を受けてからしなければならなかった。見舞いに行くときも、手荷物の持ち込みが禁止されていた。入院に伴う生活用品も、薬物の持ち込みを防ぐために、シャンプーや化粧品などの瓶に入った液体は許可されなかった。

外部の人間との違法な接触を防ぐため、携帯電話の持ち込みも禁止だった。そのため、由紀子との連絡は、病棟内の公衆電話で由紀子のほうから家に電話するか、外出時に許可を得て携帯電話を使うしかなかった。そこで、私は時刻を決めて家に電話してくるように由紀子と約束をして、その時刻には確実に電話を取るために、電話機の近くにいるように心がけていた。

そんなある日、いつものように由紀子から電話があった。写経の道具を一式差し入れしてくれという連絡だった。

「写経？」

驚いて問い返した。私は一時期写経に興じたことがある。それほど信仰心が強いわけではないが、禅の哲学は自分の人生観にとてもよく合っている気がして、若いころから独学の見様見真似で座禅に取り組んでいた。その流れで写経にも興味を持った。最近はあまり書いていないが、もともと書道もそれなりにやるほうだったから、般若心経《はんにゃしんぎょう》一篇を見た目にも美しく整えて書き上げることができた。そのことを由紀子がカネゴンに話したらしい。そうしたら、あなたもやってみなさいということになったと言うのである。

「分かった。お手本と半紙とあとは筆？　硯《すずり》はあるのかい。別に小瓶でもお皿でもいいんだけどさ」

「ううん。そんなに本格的にやるわけじゃないから、筆ペンでいいよ」

「ふふふ、筆ペンで写経かあ。まあいいや。それも一興だね」

早速次の土曜日に一式届けてあげた。面会に出てきた由紀子は、

「最初さ、カネゴンがこれで書いてみなっていって、筆ペンを貸してくれたの。でも、ひどいんだよ。ぜんぜん筆じゃないんだよ」

「何、それじゃ、お手本とかはあるの？」

「うん。一応病院のがあるの。でも、紙は消耗品だし、どうせなら自分のがいいじゃない」

「まあね。とにかく何でもやってみるといい。人生を楽しめ、だからね」

「うん。ここは楽しいよ。東都も楽しかったけど、ここのほうが話す内容が深いね」

「ふうん」

「薬物の人って、本当はいい人ばかりなんだよ。穏やかだし、親切だし、第一苦労しているから、よくいろんなこと考えているよね。私より年下の人でも、いろいろ学ぶことも多いわ」

「ふうん。まあ、依存症になる人は、もともと優しくて真面目な人が多いってムッチーも言ってたよね。だから、逆境に弱いっていうか……」

「うん。そうなんだと思う。人を傷つけて勝ち抜けたりできないんだよ。貴子みたいな奴は、絶対ならない病気だよね」

「まあまあ、いない奴を相手に怒らないの。禅の本にもあるよ。般若心経も禅仏教だけどさ。朝、夫婦喧嘩して、会社に行ってもイライラしているのは、そりゃ女房にイライラしているんじゃな

くて、自分の頭の中にある女房の影にイライラしているんだぞって。やめとけやめとけ、当の本人はとっくに改心しているかもしれないんだから、影に怒ってもしょうがないだろう」

「あいつは改心なんかしないよ」

「と、と、と、と、あたしは思う、だろ。まあ、その推測は九分九厘当たっていると思うけど、推測で怒ってもむなしいから、相手と相見《あいまみ》えるときに必要なら怒ればいいよ」

「悟りの境地だねえ。大したものだと思うよ。ホントに」

「そう思ったら、真似しなよ」

「うん……。カネゴンがね、おとんと一回ゆっくり話してみたいってさ。面白そうな人だって言ってたよ」

「うん。オレも話してみたいな。機会があればいいね」

しかし、その機会は訪れなかった。一カ月というのは本当に短かった。あっという間に由紀子の退院の日が来てしまった。しかし、この一カ月は、東都アルコールセンターの三カ月よりずっと得るものは大きかったようだ。

「東都は遊びだよ。私がぜんぜん分かってなかったんだもん。今度という今度は、お酒を飲むことがどれだけ無意味か身にしみて分かったよ。でも、病気だからまたスリップすることもあるって。それをなんとかして連続飲酒にしないように、工夫することだよね」

「そのためには、どうすればいいの？」

「今は分からない。今はぜんぜん飲む気がしないの。このままずっと飲まずにいられる気がするんだよね」

「でも、イレギュラーがあるわけでしょう」

「そうなのよ。スリップ事故なんだよね。車と同じで、スリップしようと思ってスリップするわけじゃないからね。そのときどうするかなんだよね」

「じゃあ、一緒に考えよう。それこそ傾向と対策だよ。どんなときにスリップするのか、どうしたらスリップしなくて済むのか。スリップしたときはどうやってリカバリーするのか。車なら逆ハン切ってヒール・アンド・トゥだけどな。これは通じないか」

「うん。まったく分かんない」

「はは、なんともあっさり言われちゃったね。同じくお酒のスリップの対処法はオレにはまったく分からないから、まあ、気長に勉強しましょう。そうそう、勉強と言えばさ、君が勉強会で見たと言っていた映画『男が女を愛するとき』見たよ。メグ・ライアンが演じるアリスの症状が、なんとも言えず身につまされたけどさ、そのストーリーとは別のところで大発見したよ。ウォッカって無味無臭なんだね」

「何それ？　それって大発見なの？」

「だって、あのアリスの『ウォッカはにおわないのよ』っていうセリフを聞いて、ああそうなのかって思ったよ。君が氷角で酔っぱらってもお酒のにおいがしないのは、氷角がウォッカベースだからなんだよ。あれで、救急隊まで騙《だま》されたんだぜ」

「別に騙したわけじゃありません。もう！　イヤミねえ。よくそういう重箱の隅まで気がつくよね」

「別にイヤミじゃないよ。ただ、知っていれば、今度は正しく対応できるかもしれないよ」

「はいはい。スリップしたときは、早めに見つけて止めてください」

神経精神センターから車で帰る間中そんな話をしていた。病気を病気としてきちんと見つめて、今度はしっかりと噛《か》み合う会話ができたことが、回復への第一歩のようで嬉しかった。

入院する直前に次男の悟司《さとし》が仕事の関係で都内に一人住まいを始めていたから、入院中は娘の遥香と二人暮らしのところに、由紀子は帰ってきた。思えば父、昭が健在のときは七人で暮らしていた家が、たった三人だけになり、その娘も今は仕事に行っているから、まるで新婚のように、二人きりだった。

「お帰り」

一緒に玄関を上がって、ダイニングに荷物を置いたところで改めて言った。

「ただいま」

少し涙ぐんでいる由紀子の顔を胸に包んで、すっぽりと由紀子を抱いた。それから、そっと体を離して、唇を重ねた。東都アルコールセンターからの帰還とは何もかも違っていた。

「今度こそ」

新たな出発の予感を抱いたのは、きっと由紀子も同じだと信じることができた。


荷物を解くと、由紀子が入院中に書いた般若心経を見せてくれた。決して上手ではなかったが、しっかり書けていた。

「うん。落ち着いた暮らしぶりが伝わってくる作品だね」

「分かるんだ」

「うん」

写経のよしあしは、字の巧拙《こうせつ》もさることながら、最初から最後まで同じ力量で書けているかが重要だった。どんなに字の巧みな人でも、集中が切れてくると字が荒れてくる。その意味では由紀子の作品は字は稚拙ながら、中弛《なかだる》みせず、緊張を切らさずに書いていることが窺《うかが》えるよい作品ばかりだった。

「書いていて、すごく気持ちがよかったし、心が穏やかになっていくのが分かったよ。ここ数年、なんであんなにぎすぎすしていたんだろうって思った」

「そんなにぎすぎすしていたのかい？」

「ぎすぎすっていうか、不安だったんだろうね。年中気持ち悪いし、このままこんな状態で一生終わるのかなあとか……」

「ふうん。そうだったんだ。気持ち悪いっていうのは分かったけど、君の不安までは分かってあげられなかったね」

「別におとんが悪いわけじゃないよ。私の問題だよ。何度も言われたよね。特に仕事辞めたところだったけど、仕事に行っていた時間を何に使うんだって。何にもしてなかったもんね」

「確かに、生き生きとはしていなかったね。で、それを踏まえて、これからどうするの？」

「とりあえずは、デイケアだよ。今度こそきちんと行く。デイケアだってぜんぜん馬鹿にしてたもんね。あたしはこんなところに来るべき人間じゃない。この人たちとは違うんだってさ。鈴木先生の言うことも、ぜんぜん信じてなかったし、馬鹿はこっちだよね」

「みんな通る道なんでしょう」

「ふふ、おとんは優しいね。ああ、あとAAにも行きたいな。調べてもらったの。そしたら金曜日の午後六時から、そこの幼稚園でやっているのよ。だからあ、毎週金曜日、夕飯、頼んでいい？」

「いいですよ。週一ぐらい、なんでもないよ」

「週三でも週五でもいいよー」

まったく別人のように、知的で謙虚だった。いや、これが本来の由紀子だったのだろう。長い長い夢から覚めたような気がしていた。


私的な生活で相続と再入院に揺れているころ、学校でも、良太と悠斗のいたずらはエスカレートしていた。だが、子どもの行動は、小学五年生という精神発達の複雑さも相まって、容易に改善されなかったが、それに伴って保護者の危機感が高まり、学校との連携を求めてきたことは、困難な中にも一縷《いちる》の希望を感じさせてくれた。

初めに危機感を強くしたのは、悠斗の父親だった。それは、最初はクレームという形で学校にもたらされた。夏休みまであとひと月という、六月の終わりの蒸し暑い日だった。今までなかなか来校してくれなかった悠斗の両親だったが、今回は良太の保護者も交えて、どうしても話したいと父親のほうから言ってきた。どうやら教室にいることができず、徘徊を始める良太が、悠斗を無理に連れ出して、悪さを命じているという情報が、どこかから父親の耳に入ったらしいのだ。父親は担任の先生もそれは認めているという言い方をしているが、もちろん担任はそのようなことは言っていない。そこは、我が子を贔屓目《ひいきめ》に見たい父親の感情が働いての、誤解あるいは曲解だった。

「お父さん。それは思い違いですよ。良太は、なにも無理やり悠斗を連れ出しているわけではありません。以前から何度かお話ししているとおり、悠斗も落ち着いて教室にいるのは苦手なお子さんだから、良太が廊下をうろうろしてちょっと目くばせすれば、やっぱり付いていきたくなるんですよ」

悠斗の父親が、被害者という立ち位置で、学校や良太の母親に物申すところから始まった話し合いで、私はそう切り返した。校長室はエアコンが効いていて快適だったせいもあるのかもしれないが、話し合いを要求してきた最初のときのお父さんの雰囲気に比べれば、だいぶ落ち着いて、人の言葉を聞く耳は持ってくれているようだった。

「でも、そうしたら引き留めてくれればいいんじゃないですか」

その言い方も、文句を言うというよりは、哀願に近かった。

「引き留めていますよ。一応ね」

「一応って、どういう意味ですか」

「一度は引き留めます。良太にも教室に帰りなさいと言いますよ。でも、それで言うことを聞いてくれれば、こんなトラブルを何年も繰り返してはいませんよ。それができない彼らの特性があるから、みんな悩んでいるんですよ。お父さんだってそうでしょう」

小学校入学以前から、いつもトラブルメーカーだった二人だから、そう指摘されたらどちらの保護者にも返す言葉がなかった。それで決裂してしまったのでは、せっかくの機会がもったいない。きっかけは何であれ、関心をもって学校に来てくれたことに感謝し、この機会を有効に生かさなければと思った。

「だからね。悠斗が悪いわけでもなければ良太が悪いわけでもない。もちろんお父さんお母さんの育て方が悪いわけでもありません。学校もできることはやっています。誰が悪いわけでもないんです。これはあの子たちの個性なんですよ。ただね、あの子たちはいわゆるマイノリティだから、どうしてもみんなといると居心地が悪いんですね。それで、はみ出して、いろんなことをしでかしてしまうんですよ。困っているのは誰よりも彼らですよ。だから、誰かの責任を追及するというスタンスじゃなくて、少しでもあの子たちが穏やかに生活してくれるように、みんなで知恵を出し合いましょうよ」

「でも、校長先生、悠斗はバカだから良太くんに命令されて悪さしているみたいです。それはやっぱり良太くんになんとかやめてもらわないと困ります」

「そのお父さんの言い分は分かります」

「校長先生、それじゃあ良太だけが悪い子なんですか」

さっきまで黙ってやり取りを聞いていた良太の母親が、いかにも悔しそうに話に加わってきた。

「いいえ。そうではありません。あのね。二人は、もともとは同病相憐《どうびょうあいあわ》れむじゃないけど、お互いに引き寄せ合っているんですよ。やっぱり、他の友だちよりお互いに気持ちを許し合えるんじゃないのかな。だからね、良太が悪だくみをして悠斗を悪事に巻き込んでいるっていうふうには解釈しないでほしいと思うんですよ。おおもとは、二人してつるんで悪気のない、暇つぶしのいたずらをしているんですよ。どっちがどっちってことじゃなくてね。不思議なものでね、暇だから余計なことをするのなら、いいことすりゃいいと思うんだけど、なぜかこういう子は、大人が困ることを好むんだよねぇ」

「でも……」

悠斗の父親が反論しようとするのを手で制して、

「で、何をするかっていうと、ここで残念ながら良太のほうが知恵が働くんだなあ。だから良太が考えて、悠斗がやるっていうパターンになっちゃうんですよ。で、また、悠斗は調子に乗りやすいから、どんどんエスカレートするんだよねえ。この前もね、実はこういうことがあったんですよ。

えっと、裏の倉庫の忍び込みの件はお話ししてあるの？」

私は、同席していた二人の教頭に聞いた。教頭は担任と目くばせして、

「いいえ、まだお伝えしてありません」

と石上のほうが答えた。うん、うんと頷いて話を続けた。

「実はね、この間、例によって五時間目に教室を抜け出して、裏の物置で遊んでいたんですよ。まあ、別にものを盗んだとか壊したとかっていうほど罪深いことをしたわけではありませんよ。ただ、アシスタントさんが一緒に勉強してくれることになっていたのに、その先生の目を盗んで、普段鍵のかかっている倉庫に隠れちゃったもんだから、ちょっと騒ぎになっちゃったんですね」

「鍵をかけ忘れたっていうことですか」とお父さん。

「それとも鍵を黙って持ち出したとか？」とお母さん。

「いえいえ、そうじゃなくて、掃除の時間に当番の子が鍵を開けたわけです。そのときに入りこんで、窓の鍵を外しておいたらしいんですね。それで、掃除の子はドアの鍵をかけて帰りますよね。そのあとで、五時間目に教室を抜け出して、窓から入って遊んでいたわけです。なかなか知恵が働くでしょう。まあ、確証はないけど、考えたのは九分九厘良太ですよ」

良太の母親が「はあ」とため息をついて、苦笑いを浮かべながらうなだれた。もう言い訳する気にもなりませんといった表情だった。

「で、アシスタントさんと何人かで、探したわけですよ。そうしたらその物置の方から音がするんで、一人の先生が扉をガチャガチャやって、ドアは施錠されているから、鍵を取りに職員室に戻ったんですね。その隙に良太は中から鍵を開けて、何食わぬ顔でドアから出たわけですよ。ところが、悠斗は素直だから、入ったところ、つまり窓から出たわけですね。そこで別の先生に見つかったわけです」

「はあ」今度は悠斗の父親がため息をつく番だ。

「それで、事情聴取をするでしょう。そうすると悠斗は比較的素直に認めるわけですね。窓の鍵を開けておいたんだってね。あんなところの窓はふつう開けませんから、掃除の子たちも点検なんかろくにしませんよね。

　ところが良太は『知らねえ』って、突っぱねるわけです。『悠斗が入ったのを見たから、ダメだぞって言ってってドアから入ったんだ』って言うわけですよ。『鍵がかかっていたはずだろう』と言うと、『いや開いてた。掃除の奴らがかけ忘れたんだ』って言うわけですね。だって、鍵を取りに戻った先生が、確かめているわけですから、百パーセント鍵はかかっていたんですよね。でも、こういうときは彼は絶対に認めませんからね。悠斗が勝手に入ったんだって言い張るわけです。悠斗はそれを聞いて泣いて抗議するわけですよ。窓の鍵を外しておいたのは、良太だって言ってね。でも、口じゃ絶対に良太のほうが強いんです。我々も物証があるわけじゃないから、それ以上の追及はできないしね」

「悠斗は悔しくって、もう良太とは遊ばないとか言うから、それは先生たちも大賛成だよって言ってあげるんだけど、丸一日もたないですよね。すーぐくっついちゃいますよ」

「でも、ぼくたちは、どうしたらいいんですか？　家ではずいぶん言って聞かせているつもりなんですけど、学校にいる間は、先生方にお願いするしかないから……」

お父さんも、もう最初のクレームの勢いはすっかり萎《な》えて、困り果てた声になっていた。

「まあ、お説教してどうにかなる話じゃないですよ。だから、まずは家で規則正しい生活を心がけてあげてください。やっぱり寝不足とか空腹とかは、イライラのもとですから。それから、叱るよりとにかく褒《ほ》めてください。小さいころから叱られ慣れているから、叱られてもごまかすだけで改善はたぶんありません。私たちも、個別指導で面倒をみたり、彼らにできることをやらせてあげたりして、少しでもいい気持ちになれるように心がけていきます。ただアシスタントさんも、毎日毎時間いられるわけじゃないから、できることは限られていますけどね」

ここまで話して二人の顔色を窺ってから話を続けた。

「そこでですね、やっぱりもう一つぜひ考えていただきたいのが、教育相談なんです。病気っていうことじゃないんだけど、持って生まれた彼らの個性があって、彼らが社会とうまく折り合いをつけていくには、特別な訓練とか、場合によっては薬が必要なんですよ。その、どういう訓練やあるいは薬が必要なのかそうじゃないのかっていうことは、専門機関でないと分からないんですよねえ。ぜひ、まずは教育相談室に行って、どういうやり方がいいのか聞いてみていただきたいんです。学校がどういうふうに接すればいいかも、教えてくれるかもしれません。あるいはそこで何らかの訓練をしてくれる場合もあるし、他の専門機関を教えてくれる場合もあると思います。いずれにしても、専門家の知恵を借りるっていうことが、彼らのためにはいいことなんだと思いますよ」

薬とか医者とかいう言葉をどう切り出すかが、非常に難しいところだった。多くの保護者が、この言葉に猛烈な反感を覚えるのだ。今回は自然な会話の流れの中で、うまく切り出せたかに思えた。しかし、やっぱり良太の母親が引っかかってきた。

「それは、やっぱり良太は障害があるっていうことなんですか」

「はい。その可能性はあると思います」

「結局そうなんですよね。前の校長先生もそうやって良太をのけ者にして、連れて帰れって……」

良太の母親の目には、うっすらと涙が浮かんでいた。前任の校長がだいぶ辛辣なことを言ったという話は何度も聞いていた。同じにはされたくないな、と思った。

「お母さん。私は決して良太をのけ者になんかしていませんよ。よく聞いてくださいね。二つ大事なことをお話ししますからね」

私は、ゆっくりと諭すように、一度言葉を切って続けた。

「一つはね、本当に障害があるかどうかは、きちんと検査しなければ分かりません。ただ、今良太は困っているよっていうことです。みんなとどうやってもうまくやれないわけだから。だから、それはどうしてなのか、専門家にみてもらおうよ。それが良太のためだよ。

それからもう一つね。それはね、もし、良太に障害があったとするよ。分かんないけどね。もしあったとしても、それはさ、私がこうしてメガネをかけているのと同じことだっていうことですよ。私はねえ、メガネをはずしたら、そうだな、あの大きなカレンダーも見えない」

壁にかけてある数字だけが大きく書かれたカレンダーを指差して言った。

「だから、眼医者さんに行って、検査をしてもらってメガネを作りました。これをかければたいていのものは見えますよ。これと同じなんですよ。目の不自由な人、耳の不自由な人、手足の不自由な人、いろいろいるでしょう。それぞれに必要な補助具、メガネだったり松葉杖だったりね。そういうものをして、補っているわけです。

だからもし、良太に何かそういうハンディキャップがあったら、それを補う訓練をするなり、薬を使うなりすればいいんですよ。それはそんなに特別なことじゃない。

実はね。私の妻も、精神疾患なんです。今入院していますけどね。発作が起きると何をしでかすか分からないんです。だから、去年あたりから、私もちょこちょことお休みもらって、病院に連れていったり、ずいぶん教頭さんにも迷惑かけましたよ」

教頭たちは、「そんなことない」と強く首を横に振った。私はあえて、アルコール依存症という病名までは言わなかった。隠したということではなく、言うと、そのことについての偏見を解くためにもう一苦労しなければならないから、今は言わないで手短に済まそうと思ったからだ。

「だからね、先生方にも全部話して、必要なときは休みをもらったんですよ。隠したりするとかえっていろいろ言い訳を考えなきゃいけなかったりするから、全部言っちゃったほうが楽だからね。しかも、私だけじゃないから。年寄りの介護をしている先生もいる。難しい病気のお子さんがいる先生もいる。ご本人が、がんだの心臓病だのっていう先生もいる。みんな、お互い様ですよ。ハンディキャップをないことにはできないから、あることを受け入れて、それも含めて一人の人間として、できる限り豊かに生きましょうということですよ。だからね、障害があるからのけ者にされるなんて思わないで、その子に必要なことをやってあげましょう。悠斗も同じですよ。まあ、時間とお金はお父さんお母さん持ちだから、こればっかりは私が出してやるってわけにもいかないからさ、無理強いはできないんだけど、ぜひ、考えてみてください。まずは、教育相談室の予約を取ってみましょうよ。それは、学校でできるからね」

いつのまにか、独演会になっていた。二人の親御さんはもとより、教頭二人も担任も神妙な顔つきで聞き入っていた。

私は、パーリ経典のキサーゴータミーの逸話を思い出していた。子どもの死を嘆き悲しみ、死から蘇る薬を探す母に、ブッダは一度も葬式を出したことのない家の芥子《けし》の実を探したら、子を蘇らせる薬を作ってあげると言う。しかし、ブッダの時代にそんな家などあるはずがないのだ。

探しあぐねて、母はそのことに気づき、子どもの死を受け入れるのだ。この話はともすれば、家族を失ったのは自分だけじゃないから我慢しなさいと受け取られてしまうことがある。しかし、そうではないのだと思う。母が気づいたのは、どの家にも不幸があり、悲しみがある。しかし、どの家でも、人はその悲しみを抱えながらもしっかりと生きているということなのだ。悲しみをなくすことなど誰にもできない。むしろ、しっかりと悲しんであげることが、その子の生きた証になるのだ。悲しみを受け入れて、しっかりと抱きかかえたまま生きていくことで、その子は母の中に永遠の命を得るのだ。ブッダは薬を作ってやると方便を言ったわけではない。目先の生死ではない、もっと深い意味で、子どもの命を蘇らせたのだ。

「妻の病気は、もう治ることはないんですよ。一生ね。でも、病気の部分も含めて妻なんだから、うまく病気と付き合って、二人で幸せに生きていけば、それでいいんだと思っていますよ。なんてね。ちょっとかっこつけ過ぎかな？」

短い沈黙があった。誰もが、それぞれの立場で、思いを巡らせていたようだ。

「校長先生みたいに、なれるでしょうか？」

沈黙を破ったのは良太の母親だった。それに答える前に悠斗の父親が言葉をつないだ。

「とにかく、できるだけ早く行ってみます。それからまた考えましょうよ」

後半は、良太の母親に向かって言った言葉だった。

「そうですね」
私の声と良太の母親の声が重なった。小さな連帯感が生まれたような響きだった。

中央クリニックのデイケアのミーティングが始まるのは、朝十時ごろらしいが、その前にお茶当番があったり、仲のよい友だちと座れる席を確保したりするために、由紀子は九時にはクリニックに入っていた。そして、全部のプログラムが終了するのが午後三時、車での参加は禁止だから、電車で通うと、夕飯の買い物をして家に着くのは四時半を回っていた。

ちょうど由紀子の退院と私の夏休みの始まりがほぼ同時で、暑い盛りの通院は結構ハードだったから、毎週土曜日と平日も時間のあるときは送り迎えをしてあげていた。それでも、週六日、おまけに毎週金曜日の夜六時から八時にＡＡが入っていると、フルタイムのサラリーマン並みのハードスケジュールだった。

いきおい、私の夕食当番もあのときの冗談がほとんど本当になっていた。元はと言えば、この面倒見のよさが、由紀子の生きがいを奪ってきたと、カネゴンから指摘されたところだったが、長年連れ添って育ててきた関係を今更変えようもなかった。だから、これもカネゴンの教えだが、由紀子が、この恵まれた環境を生かして、人生を楽しんでくれるように働きかけていこうと考えていた。

その手始めに毎年夏に行っていた温泉旅行を今年も計画した。退院後三週間ほどした八月の後半、出雲大社と鳥取砂丘を巡る二泊三日の旅行だった。ちょうど一年前の同じ時期、一時的に由紀子の調子がよくて、四国旅行に行ったとき、由紀子の前で湯上がりのビールを飲むという愚行を犯した反省で、今回は、夫婦そろって下戸《げこ》という触れ込みで、食前酒も付けない約束でホテルの予約を取っておいた。

私はおそらく相当の酒豪の部類に入るほど酒は強かった。ほぼ毎晩焼酎二合ぐらいは飲んでいたし、仲間と飲みに行けば、一升酒を飲んでも平然としていた。しかし、別に飲まずに過ごそうと思えば、苦も無くやめることもできた。実際、由紀子が東都アルコールセンターを退院した二月からは晩酌もやめていた。由紀子が二度目の入院で神経精神センターに居るときは、ずるをして飲んでしまうこともあったが、由紀子といるときは、仕事の付き合いも含めて一切お酒は飲まなかった。だから、今回の旅行を酒抜きにすることも、なんでもなかったのだ。

新幹線で姫路まで行って軽い昼食を摂ってから、レンタカーで最初の目的地、出雲大社へ向かった。姫路の市街地を南に迂回して、播但《ばんたん》自動車道を北に進む。播但道路を走っているうちは、街や田畑など平地の景色が広がっていたが、福崎《ふくさき》ＩＣで中国道に乗ると、道は左右を山に囲まれた隙間を縫うように走るようになる。中国道を一時間、落合ＪＣＴで米子道《よなごどう》に入る。米子道は中国山地を南北に跨《また》ぐ山越えのルートだから、道はまるで山間の谷底を走るようだ。しかし、その道を抜けて峠を越えれば、美保湾《みほわん》を囲む米子平野が眼下に広がってくる。中国地方を斜めに突っ切る三時間半のドライブの間、由紀子は、古事記に見る大国主命《おおくにぬしのみこと》の国譲りの話や因幡《いなば》の白兎《しろうさぎ》の話など、出雲大社に関する私のガイダンスを興味深く聞いてくれた。昨年の四国旅行では、屋島《やしま》や龍馬館など目的地ではそこそこ楽しめたものの、移動中はほとんどうつらうつらしていて、まったく旅とは言えないありさまだったのに比べれば、雲泥の差だった。

実は私にも大きな変化があった。それは甘いものが食べられるようになったことだ。これまで、甘いものが極端に苦手で、ケーキとか饅頭《まんじゅう》とかいうものを口にすることはまずなかった。ところが、半年近くお酒をやめてみると、甘いものが美味しくなるのだ。これは私自身驚きの発見だった。

出雲に着いたのは午後三時ごろ、ちょうどおやつ時だったので、鳥居のすぐ横にあるスターバックスに寄った。景観に配慮した和風の建物のスターバックスだった。甘いものを食べられるようになったと言う私に、由紀子が面白がってアメリカンスコーンを勧めた。

「じゃあ、オレはブレンド（コーヒー）のトールと、そのアメリカン何とかいうのね」

「ホントに？」

大社の鳥居を望む二階の窓辺のカウンターで、二人してコーヒーをすすった。私はたぶん生まれて初めて食べたスコーンに舌鼓《したつづみ》を打った。お酒をやめて食の楽しみが広がったことで、人生に得した気分だった。こういうささやかなことを素直に喜べる性格だから、あれだけ飲んでも私には依存症は無縁のものだったのかもしれない。

「へえ、変われば変わるものねえ。おとんがケーキを食べるとはね」

子どもたちの誕生日に、付き合いでほんの一センチほどのケーキを我慢して食べていた私が、自分から注文してスイーツを食べるなど、由紀子には目を丸くするほどの驚きだったに違いない。

「お互いに新しいステージが始まったってことさ。ここは縁結びの神様だし、改めて二人で、仲良くやっていこう」

「うん。ありがとう」

迷いの森を抜け出すまでには、まだまだいくつものトラップが仕掛けられているのだろう。しかし、遥か遠くに、森の出口が確かに見えているような気がして、私はそっと由紀子の手を取った。

三　停滞

旅行から帰った数日後、早速由紀子はトラップに掛かってしまった。私が校長会の研修旅行で、一日だけ外泊をしたときだった。退院直後の八月初めにやらかしたのに続いて、神経精神センターから帰って二度目のスリップだった。

温泉ホテルに午後三時に現地集合し、宴会をやって翌朝九時には解散という、とても団体旅行とは言えないプランだが、校長という、一つ事が起これば背後から支えてくれる者は誰もいない、断崖絶壁に一人立つような職につく者どうしで一晩一緒に過ごすこの旅行は、我々にとってかけがえのないものだった。私も由紀子を残して出かけることは不安だったが、この旅行にだけは参加させてもらいたかった。

私は由紀子をデイケアに送り出した後で、ゆっくりと家を出た。現地までは各自の自由行動だから、毎年ツーリングで行くことにしていた。高速道路を少し手前で降りて、物見遊山《ものみゆさん》しながら、山梨の田舎道をホテルへと向かった。その夜は、久しぶりに酒も飲んだ。飲みながら親しい友人と、この一年間、妻とともに病気と闘ってきた日々を語った。語る相手は全部校長である。皆ひとかどの人物だ。この国が、病気への偏見で多くの不幸を生み出してきた歴史も常識として知っている。誰一人、妻の病気を揶揄《やゆ》する者はいなかった。「大変だったねえ」「よく粘り強く面倒みたよ」「康さんだからできたことだよ」そんなふうに言ってもらって、ちょっと目頭を熱くしていた。

私が久しぶりに心を和ませているとき、由紀子は、病魔の罠《わな》と闘っていた。ＨＡＬＴの一つ

Lonelyである。一次会が終わった夜の九時すぎ、由紀子に電話してみたときはまだ、どうということはなかった。

「大丈夫かい。明日なるべく早く帰るからね。遅くまで起きていると飲みたくなっちゃうから、早く寝ちゃいな」

「はは、大丈夫だよ」

「んじゃ、気をつけてね」

「そっちもね」

そんな会話をして、その夜は安心して遅くまで仲間と語り合った。虚勢を張っていたのか、その時点では本当になんでもなかったのか、それは今も分からない。

翌朝、朝食を摂ると流れ解散になった。帰り道、由紀子と子どもたちへのお土産を買おうと、ちょっとだけ寄り道をした。甲府市の北、甲府盆地を見下ろす丘の上に、笛吹川《ふえふきがわ》フルーツ公園という斜面に開かれた、果樹の花が美しい公園がある。真夏のこの時期は、果樹は実りのときを迎えて、花はあまり見られないが、日向葵《ひまわり》や紫陽花《あじさい》が美しかった。斜面の中ほどにあるくだもの工房と呼ばれるドーム状の建物の二階にお土産売り場があり、そこからは公園全体が展望できた。お土産を買う前に由紀子に電話を入れてみた。しかし、十数回のコールののちに留守電になってしまった。ちょっと嫌な予感がした。

理性では、飲んではいけないことは十分に承知しているが、何かの拍子に――心がＨＡＬＴになったとき――病魔は由紀子の脳を占領してしまうのだろう。そうなると理性は麻痺して、なりふりかまわずお酒を求めることになるのだ。「だったら、理性を呼び覚ませばいい」とお土産を選びながら考えた。頭が酒に支配されて、店に走ったとき……そうだ！　酒を買おうと財布を出した瞬間！　――色とりどりの細い籐《とう》で編まれたかごの中に鈴が入ったかわいいキーホルダーを手に取った。財布を出した瞬間に、この鈴の音を聞いてハッと正気に返るように条件反射を形成できれば……。私は自分のひらめきにちょっとした高揚感を抱いて、そのキーホルダーといくつかのお土産を買ってバイクにまたがり、一路我が家を目指した。

高速のパーキングで簡単な昼食を済ませて、家に着いたのは、午後二時すぎだった。予感は的中していた。居間の畳で、由紀子は横になっていた。座卓には氷角が数本、転がっていた。例によって、畳はぐっしょりと水を含んでいた。

「ごめんね。まだ、一人で留守番は無理だったね」

由紀子の傍らに座って、そっと髪をなでた。この季節なら風邪をひくこともあるまい。しばらくして酔いが醒めてきたら、お風呂に入れてあげよう。そう思って由紀子を寝かせたまま荷物の整理を始めた。

一度飲むと、病の力に抗うことは難しく、三～五日間、飲酒が続いた。その間に何度か酔いが醒めて、反省したり、断酒を誓ったりもするのだが、実行は容易ではなかった。何日か飲んで体がきつくなるか、土日が巡ってきて、私がずっとそばにいてやるかすれば、飲酒を止めることができた。そして、二日ほど断酒すると今度は離脱症状で、強烈に気分が悪くなりほとんど起きることもできなくなる。

以前なら、この状態で二、三日飲まずに過ごして、体が回復してくるとまた飲むということを繰り返してきたのだが、神経精神センターから帰って、病気に対する認識が確立してからは、離脱症状の間にアルコールが抜けきると、回復後しばらくは断酒を継続できるようになっていた。こうして由紀子は、三、四週間に一回何かのきっかけでスリップし、飲酒と離脱症状で一週間から十日を棒に振ると、その後しばらくは断酒を継続して、元気にデイケアとＡＡに通うという生活を翌年の春まで、繰り返していった。

スリップのきっかけは、私の外泊であったり、妙子の電話であったり、いろいろだった。そのときどきに私は、スリップの瞬間の気持ちを思い出して、傾向と対策を考えようと誘ってはみたが、由紀子は自分でもその瞬間を明確に思い出すことはできないようだった。

お土産に渡した鈴も、あまり効果はあげていなかったようだ。他にも、九月には孫が生まれたから、毎朝孫の写真を見て、断酒を約束するとか、般若心経を書いた名刺大のカードを札入れに入れて、買い物のたびに見るとか、いろいろと策を練ってはみたが、どれも決定打にはならなかった。あるいは、それらがなかったら、もっと頻繁にスリップしていたかもしれないわけだから、まったく無駄ではなかったのかもしれないが、それを確かめるすべもなかった。

いずれにしても、長期間飲酒を止められないという事態に陥ることはなかったわけだから、相当によくなっていると言っていいのだと思えた。ただ、飲酒が始まると必ず姉、貴子への不平不満が口を突いて出るということは、満たされない姉妹愛の裏返しに思え、その背景に相続の揉《も》め事があると思うと、自分としては心苦しかった。

由紀子が退院したことを機に、私は母、妙子と義姉たちに手紙を書いて、話し合いを呼びかけた。麗子からは、金銭は要らない、いつでも捺印するという返事があった。母からも、何度か電話があり、同じく捺印するとの答えだった。しかし、貴子からは何の音沙汰もなかった。

次に私は、一樹から遺産分割協議書の書式を教えてもらって、それにそって協議書の案を作成した。以前に提示した協議書は、司法書士が作成した全部無条件で私が相続するという内容のものだったから、それは破棄して、建物の固定資産税評価額に基づく、代償金の支払いを盛り込んだ提案だった。やはり麗子から最初に返事があって、「自分は代償金は不要だが、康介さんが支払ったほうがすっきりするというのなら、受け取る。捺印はいつでもする用意がある」という内容だった。妙子も以前と変わらず、いつでも捺印すると言ってきていた。やはり、貴子からは何の返事もなかった。

私には、貴子の真意がつかめなかった。どうも、金銭を要求するというよりは、私を困らせることに目的があるようだった。しかし、それは貴子にとって何一つメリットを生まないように思えた。確かに私は困っていた。それは貴子の思惑どおりだったのかもしれない。別に遺産で儲けようと思っているわけではない。ただ、今住んでいる家を、いずれ建て替えるなり売却するなり、何をするにしても、父の名義のままでは法律的な手続きができないから、自分の名義に書き換えたいと思っているだけだ。その際に相続権のある貴子が金銭を払えと言うのなら、払おうと思っている。彼女にその資格があるとは思えないが、一樹が言うように、法律を盾に要求されたら、いたしかたないのだろう。だが、そういう要求すらもしてこない貴子の真意は想像もつかなかった。そして、そのことが由紀子の心にまで影を落としていることが残念だった。

以前、強引な入院手続きをしでかしたときは、的外れではあっても由紀子の病気を気遣っていたはずの人間が、一転して由紀子が苦しむことをあえてしていることに、私は貴子の心の中の闇を見る思いがした。容易には理解できないよほど屈折した人生観を持っているのだろう。それは、憎いというより哀れだった。いずれにしても、話はまったく進展を見ないまま、時間ばかりが過ぎていった。

良太と悠斗の教育相談も、いいところまではいったが、その先で難航していた。近年、発達障害に伴う相談件数はうなぎのぼりに上がっており、相談室の予約自体がかなり先まで埋まっていたのだった。おまけに、二人とも親御さんが生活に追われている面があって、いつでも仕事を休めるという状況にはなかった。両者の折り合いをつけて、面談日を設定することは、なかなかに困難だったのである。自分が由紀子の診察や入院のために、比較的容易にいつでも休暇が取れることに、改めて感謝する思いだった。

しかし、これを恵まれ過ぎと思ってはいけないと思った。これがあるべき姿なのだ。この国の大人たちは、過酷な労働環境で働いていることを当然のように思い、望ましい環境にいる者を恵まれ過ぎと批判する。その感じ方を変えなければいけないのだと思う。近年、働き方改革という言葉が流行語のようになっているが、そこで聞こえてくる議論は、残業時間の上限を決めるとか、健康管理を適正に行うとか、専ら雇う側の改善ばかりだ。それでは働かせ方改革ではないか。働き方改革というのなら、働く側の意識改革を問題にしなければいけないと思う。公務員を恵まれていると羨《うらや》むのではなく、公務員並みの労働環境を用意しなければ働いてやらないぞというくらいの、強い自我を働く側がもつべきなのだ。

そういう意識改革の担い手は、やはり教育なのだろうと思う。自らの職員室から、そして教室から、風車に立ち向かうドン・キホーテに近いかもしれないが、そういうことを訴え続けていくことも、第二の由紀子を生まないための自分の役割ではないかと思った。

「なんとか夏休み中に一回つなぎたいね。そうすれば二学期以降、すぐには変わらないかもしれないけれど、改善の方向は見えてくるもんね」

あの校長室での話し合いから一カ月、八月の初めごろ教頭さんたちとそんな話をしていた矢先に、特別支援教育コーディネーターの佐竹《さたけ》から連絡が入った。あの教育相談専門指導員を進言してきた教員である。

「前田良太くんの面談の日程が決まりました。八月二十六日の火曜日だそうです」

「おお、決まったんだ。よかったねえ。ありがとう」

「あとは悠斗ですね」

私が返事をすると、後を追うように石上教頭が付け加えた。

「そうだねえ。決まるといいねえ。でもまああれだな。良太のほうが人を巻き込むぶん深刻だから、とりあえず良太が先に決まって何よりだったね」

「そうですね」

「まあ、一度面談したからって、すぐに生活態度が変わるわけじゃないけどさ」

良太は面談の結果、二学期から週に一回程度相談室に通うことになった。しかし、残念ながら、私が予測したとおり、二学期になっても良太の生活は大きくは改善されなかった。それはともかくなおさず、悠斗の生活も改善されないということだった。そんな折、教育相談室で良太を面倒みてくれている大塚《おおつか》という相談員から電話があった。良太の授業参観がしたいという連絡だった。保護者の了解はとってあるということだったから、学校としては大歓迎だった。九月の下旬、大塚が学校を訪れ、良太の暮らしぶりをつぶさに見ていった。いかにも教育相談の専門家という温かい目をした女性だった。参観が終わって、大塚は校長室に立ち寄り、観察の成果を報告してくれた。その開口一番、大塚はこう言った。

「校長先生。あの教室はよくなかったですねえ」

「教室？　五年五組ですか？」

「あそこはもとは何のお部屋ですか？　床がタイルみたいになっていますけど」

「ああ、あそこは図工室です。床は防水シートなんですよ。図工室は結構水がこぼれますからね。うちは大規模校で、教室が足りないから、もともと特別教室だったところを三部屋普通教室として使っているんですよ」

「そうなんですか。いえね。あの教室は、床が硬くてすごく音が跳ね返るんですよ。あれは良太くんにはきついわあ」

「ああ。なるほど。それは考えなかったなあ。音に敏感だってことは知っていたんですけどねえ。そうかあ。それはうかつだったなあ」

まったく考えていなかった。発達障害についてはずいぶん勉強し、知識も持っているつもりだったが、まだまだ生きた知識ではなかったことを露呈してしまった。

「そうなんですよ。まあでも、校長先生はよく分かっていらっしゃるから、話が早くていいわ」

「いやいや、ダメですよ。そんなことも気づいてあげられないようじゃ。初めに一つ隣のクラスにしてやれば済むことですもんねえ。何の不都合も……いや、なくもないか」

「あの部屋にしたのは、都合があったのですか？」

「あそこだけ、五年生にとっては、離れなんですよ。あとの四クラスは四階の袋小路なんです。ある程度徘徊しても、図書室なんかが近い三階にしてやろうと思ったんですけどね。裏目に出ちゃったなあ」

「ああ、なるほど。四階に一組から四組が並んでいますね。確かにあの並びの中に良太を押し込めたら、他のクラスへの影響が大きいかなあ。どちらをとるかは難しいですね。とにかく、今年はもう教室を変えることは難しいでしょうから、あまり教室にいることにこだわらないで、過ごしやすい場所を見つけて、落ち着いた生活をするように働きかけていきます。学校でもそういう方向で進めてください」

「分かりました。よろしくお願いします」

大塚の話に、とても安心感を覚えた。専門家の判断を評価するのもおこがましい話だが、教室で勉強するという学校の一般的ルールよりも、本人が落ち着いて生活できる方法を大事にする姿勢はさすがと思った。彼らがこの学校を卒業するとき、私も定年を迎える。この人と連携して、彼らと一緒に気持ちよく卒業したいものだと思った。

それからさらに一カ月、二人の生活ぶりに芳しい変化はなかった。面白いもので、教室にいなくてもいいと、大塚指導員の言葉を受けて校長をはじめ学校中の職員が納得しているのに、良太本人が心のどこかで教室にいるべきだという思いを抱きつつ、でも、教室にいれば、そのうるさにじっとしていられず、自己矛盾を起こしてイライラしているようだった。そんな折に、教育委員会の生徒指導訪問があった。市内の小中学校を年に一回ずつ生徒指導担当の指導主事が訪問し、学校の実情を視察するものである。

ただでさえ落ち着かない五年生に加えて、問題の二人やそのほかにも発達に課題があると思われる児童が複数在籍するこの学年は、外部から見れば雑然として、指導が行き届いていないと言われてしまうかもしれない。しかし、その実情は以前から市教委にも相談しているし、補助員の派遣も受けている。おまけに、同じ生徒指導担当課が管轄する、教育相談室に該当児童を通わせているのだから、何も隠さず、取り繕うこともせず、ありのままを見てもらった。

視察終了後、担当指導主事は校長室に立ち寄り、大変ですねえと、同情的な表情を浮かべて、視察結果を報告してくれた。

「本日は、生徒指導訪問にご協力いただきありがとうございました。全体としては、校長先生のご指導のもと、しっかりとご指導いただいており、教育委員会として御礼申し上げます。

低・中学年はきちんと指導していただいているようで、まったく問題ありませんでした。

五年生は厳しいですね。まあ、以前からご相談いただいていますので、やむを得ない面もあると思いますが、一応評価用紙には、客観的な現状を書かなければなりませんので、ちょっと厳しい評価が付いてしまいます。ただ、大変な状況の中で先生方は本当に頑張っていらっしゃいますので、その旨は十分上席にも伝えておきます。

六年生も子どもたちの様子は落ち着いていて、特に問題はありませんが、廊下に置かれている教材教具をもう少し工夫して整理整頓していただけるといいのかなあと思いました。以上です。ありがとうございました」

「お疲れさまでした。六年生の廊下については、早速学年と相談して改善していきたいと思います。五年生については、以前からご相談しているとおり、担任も頑張ってはいるし、サポートも入れていますが、なかなか手強いですね。でも、相談室の大塚先生にもご協力いただいて、改善の道筋を探っています。そのあたりをご理解ください。本日は視察ありがとうございました」

多分に社交辞令を含んだやり取りを終えて、担当指導主事は帰っていった。特にこのことで、何か問題が生じるとも思えなかったのだが、担当から報告を受けた上司は、かなり私の学校経営を批判的に見ていたようだ。しかし、この時点で私がそのようなことは知る由もなかった。

　こうして、相続の問題も二人の問題児の生活ぶりも、そして、月一ペースの由紀子のスリップも、これといった改善も悪化もないまま、その年は暮れていった。


　年が明けて三学期、事件が発生した。二学期の終わりごろから派遣されていた、中田《なかだ》という生徒指導相談員と良太とのトラブルだった。

　二学期の後半、悠斗も教育相談室でのカウンセリングが始まり、二人つるんでいたずらをする機会は減ってきてはいたが、授業中の良太の徘徊は相変わらず続いていた。大塚の指摘にもあったとおり、五年五組の教室は良太には相当に苦しかったらしく、教室内で落ち着かせるということは、教職員ももはや要求してはいなかった。そこで、どちらかというと、中学校で教室に入れない子どもが触法行為に走ることを防ぐことを主たる目的にした、指導よりは監視を主な業務とする生徒指導相談員が派遣され、良太の行動を見守ってもらうようになっていた。この生徒指導相談員派遣は警察ＯＢを再任用して活用する、Ｏ市が近年始めた新しい取り組みだった。もちろん学校としては、監視より指導を主な業務にする人材の派遣を希望していたのだが、すでに教育委員会の人的ストックも底をついており、教室で学習することのほとんどない良太の見守りということもあって、教育委員会の判断で、中田が派遣されることになったのだった。

派遣に当たって中田には、ここは小学校であり、中学校の生徒をみるのとはだいぶ違いがある旨を説明し、受容的な接し方をお願いした。中田は、大塚と違っていかにも警察官という鋭い目つきをした男性だったが、すでに引退し柔和《にゅうわ》な好々爺《こうこうや》の雰囲気も併せ持った紳士的な態度で、その言葉をよく理解し、決して荒々しく叱るようなことはなく、良太が危険な行為に走ることがないよう温かく見守ってくれていた。

中田は良太を個人的に監視するという印象を和らげるために、常時校内を巡回し、その過程で良太をさりげなく見守るように動いていた。良太のようにほとんどすべての時間ということではなくても、ときどき教室にいられなくなって、廊下を徘徊したり、相談室でクールダウンしたりする子はほかにもいたから、そういう子も含めて中田は見守りをしてくれていた。

しかし、やはり良太にとっては、気に障る存在だったらしく、ときには反発して、悪態《あくたい》をつくことも少なくなかった。そんなある日、良太は、中田の脚に蹴りを入れたらしい。小学生の蹴りだから、元警察官の中田にとっては痛みを感じるほどのものではなく、中田も「こら」と笑いながら良太の頭を押さえようとしたらしい。ところが、良太がその手をよけて逃げようとしたため、中田の指が良太の襟に掛かって、結果的に首が締まり着ていたポロシャツのボタンが取れてしまうという事故が起きた。

良太は職員室に来て、中田に首を絞められたと教頭に泣いて訴えた。その一方で、自分が中田にしたことは、徹底的に否定した。私は、良太の話を聞いた丸山教頭と中田から、それぞれに報告を受けて、一応母親に電話をして事情を説明した。母親は特に中田のしたことを問題にしなかったし、中田も良太の蹴りを問題にする気持ちはなかった。そして、当の良太も、すぐに別のことに興味を移して機嫌を直してしまった。どう考えても大きな事件になるようなことではなかった。

ところが、その日の夕方、中田の上司である教育委員会の生徒指導担当の課長から電話が入った。自分の部下が受けた暴力行為に対して、真相を明らかにしろというのである。

「暴力行為？」

何を言っているんだと思った。

「良太は蹴ったことを認めていません。中田さんも蹴られたことを問題にするつもりはないと言っていましたよ。なんでそれが事件になるのですか？」

「しかし、校長先生。中田さんの業務報告には、児童に蹴られたと書いてありました。また、児童のシャツのボタンが取れてしまったことも書かれていました。これはきちんと詳細を確認しなければならないでしょう」

「それは意味がありませんよ。蹴った、蹴ってないは水掛け論で解決するはずがないし、ボタンのことは保護者も問題にしていませんよ。私はこのことをこれ以上問題にする気はありませんねえ」

「校長先生が学校として調べる意思がないとおっしゃるのなら、私の部下の事件ですから、私が上司として直接子どもさんと保護者の方にお話を伺います。それでもよろしいですか」

ずいぶん課長は強硬だった。おそらくその上の誰かが、中田の業務報告を受けて、それを問題視したのだろう。それが誰かはさすがに分からなかった。

「課長さんがそこまでおっしゃるのなら、どなたかよこしていただければ、子どもと話す場は提供しますが、たぶん無駄ですよ」

内心忸怩《じくじ》たる思いがあったが、私も宮仕えの身で、突っぱねてばかりはいられなかったので、そう返事してしまった。

良太とお母さんに再度学校に来てもらい、課長の命を受けた指導主事の赤木《あかぎ》が良太と面談した。良太は当然のことながら、蹴っていないの一点張りだ。一方、指導主事はなんとか蹴ったことを認めさせようとする。物証もなく目撃者もいない二人だけの出来事を決着する手段などあるはずもなく、どこまでも水掛け論が続いた。最後は良太の母親の「自白の強要だ」という涙の抗議に指導主事が屈するしかなかった。

「だから無駄だと言ったでしょう。やった・やらない、言った・言わないが解決するはずがないでしょう。帰って課長に報告してください。それがはっきりしなくても、何も問題はありませんとね」

そう言って指導主事を送り帰した。指導主事も本音で言えば無駄なことは分かっているが、課長の命でやむなく聞きに来たのだろうから、ここまでやれば十分だと思ったのだろう。素直に引き上げていった。今度こそ一件落着と思った。

ところがである。翌日、今度は課長の上司に当たる月岡《つきおか》副参事という生徒指導担当の幹部職員が突然課長を連れて学校を訪ねてきた。どうやら、話をややこしくしている張本人はこの男らしい。生徒指導訪問で五年生の状況がよくないという報告がいったことも関わっているようだった。

月岡はいかにも上司という顔をして、話し始めた。

「校長先生、よく聞いてください。生徒指導相談員は本市が他市に先駆けて取り組んでいる事業です。その相談員が児童に体罰をしたということになると、これは校長先生が謝罪するくらいでは収まらない政治問題になります」

「なるほど」と思った。子どもの教育より保身の意識のほうがはるかに高い、行政職員の言いそうなことだと、この一言で、バカにした気分になっていた。

「ですから、この問題をうやむやに終わらせることはできないのです。校長先生がその場できちんと指導せずに帰してしまったことは、非常にまずい対応でした。今となっては、事実を認めさせることはとても難しいと思いますが、そのことは、十分理解していただきたい。お分かりになりますか」

「良太が蹴ったことを認めるかどうかで、何が変わるのですか」

「ですから、これは、市の重要施策なのです。もし体罰だということになったら……」

「同じことは結構です。中田さんが体罰をしたかどうかが問題なので、良太が蹴ったかどうかが問題なのではないと思うんですが、どうしてそこを問題にするのですか」

「ですから。事実をですね。事実を明確にしなければならないと申し上げているのです」

「ですから副参事、良太が蹴ったと認めるか否かで、中田さんの体罰の有無が変わるのですかと質問しているのです」

「それは……」

「もっとはっきり言えば、良太が蹴ったと認めれば、中田さんの体罰が、正当防衛にでもなるというのですか。――なりませんよ。小学生の蹴りに大の大人が暴力で相手したら、どんなに子どもが暴力を認めても体罰は体罰ですよ」

「そんなことはもちろんです。正当防衛などと言っているのではなく、お子さんの指導の問題としてですね」

「ああ、指導上の問題なのですか。先ほどは政治問題だとおっしゃったように聞こえましたが」

「それは、その、……つまり……事の重大さをご理解いただきたいと思っただけでして、大切なことは子どもの教育であることは言うまでもないことです。ですから、こういうときは、きちんとやったことはやったと認めさせて、謝らせて、同じようなことはしないように努力させるということが、通常の生徒指導であり、今回も、校長先生、そこをきちんとしていただきたかったと言っているんですよ」

「通常はね。彼は通常じゃありません。特別な配慮が必要な児童です。副参事のおっしゃるような方法で指導ができるのなら、相談室にも通わないいし、特別支援教育もいらないんですよ。そういう手段ではうまくいかないからこそ、我々も知恵を絞っているわけです。副参事、これだけははっきり申し上げますけど、副参事は良太をご覧になったことがありません。おそらく私などよりいろいろな子どもを指導した十分な経験がおありなのだと推察いたしますが、こと良太に関しては、私のほうがよく分かっています。子どもを見ないで、一般論で批判するのはやめていただきたい。それだけはご理解ください」

どこかで言ったことと同じことを言っているなあと、心の中で呟いていた。どうしてこの人たちは、実態を見ないで、自分の思い込みだけで人を批判するのだろうか。この種の人間の思考回路が、私にはいくら考えても理解できないのだった。

「分かりました。では、このことは校長先生にお任せします。しかし、この件は教育長まで上がっています。そのおつもりでいてください。この施策は本市の重要施策ですから、教育長も非常に心配しておられます。ぜひ、その点をご理解いただいて、しっかり対応してください。よろしくお願いします」

「政治的なご心配はよく分かりました。たぶん大丈夫だと思いますよ。前田さんは学校を信頼してくださっていますから。中田さんのことはなんとも思っていないと思います。ただ、赤木さんのことは、猛烈に怒っていました。体罰の問題より、そっちのほうが心配ですけど、それは責任を負いかねますからよろしく。本日はお忙しい中、ありがとうございました」

月岡は苦虫を噛み潰したような顔で引き上げていった。

やっちまったなあと、ちょっとだけ後悔した。自分は定年まで一年ちょっとの身だから、今更怖いものなどないが、部下の教頭やこれから伸びていく教職員が不利益を被るようなら申し訳ない。そのためにも、良太たちをあと一年しっかり面倒をみて、立派に卒業させて、見返してやらなければならない。そう決意を新たにした。

その良太も、今回の件でさすがに懲りたのか、あるいは相談室でのカウンセリングがじわじわと効果を現してきたということなのか、五年生が終わりに近づくにつれて、言うことや態度が変わってきた。

「良太くん、『オレは六年生になった、今までみたいな悪さはやめる。絶対真面目になる』って、最近そう言うんですよ」

と大塚は、面白そうに語ってくれた。

良太の跡を追うように悠斗の教育相談も行われた。彼は知的な発達にも課題があるので、本来なら特別支援学級が望ましいというのが、相談室の見立てだった。しかし、もうすぐ六年生なので、あと一年通常学級で生活して、中学校から、特別支援学級への措置変更をしましょうという話で落ち着いていた。そこで、あと一年を落ち着いて過ごすために、小児精神科に診てもらいましょうというところまで話は進んできた。予約がいっぱいで、二〜三カ月待ちだったようだが、そこで、適切な措置をしてもらって、悠斗が残りの一年を友だちと楽しく過ごしていけるようにしようと、家族と共に気持ちを新たにしていた。

由紀子の定期的なスリップは、相変わらず続いていた。それは裏返して言えば、スリップとスリップの間の三週間前後は、快適な生活ができているということだった。長年苦しんだ、更年期障害による不定愁訴《ふていしゅうそ》もすっかりなくなっていた。ここ数年を振り返ってみれば、初期の体調不良は更年期障害だったのだろう。それが遠因となってアルコール依存症を発症し、更年期障害の不定愁訴と酷似した離脱症状による体調不良を訴えるようになった。いつしか、更年期障害のほうは峠を越えて、体調不良の原因は主にアルコールになっていった。だから、初めてシアナマイドでお酒をやめたときは、すこぶる調子がよかったのだ。そして一年。すさまじい闘いを経て、多くのものを失ったが、なんとか病魔を制圧し、いや、まだ制圧し切れてはいないが、相当に後退させ、由紀子は平安を取り戻しつつあった。

三月の末、由紀子を誘って、結婚記念日のお祝いに温泉旅行に出た。甲府の北、帯那山《おびなやま》の中腹にある積翠寺《せきすいじ》温泉は、すれ違いも困難な細い山道を、車で登れる終点まで登り詰めたところにあった。夜、部屋の露天風呂から眺めると、狭い山と山の間から見える甲府盆地の夜景が美しかった。宝石を鏤《ちりば》めたような夜景とよく形容されるが、ここから見る夜景は、宝石箱の蓋《ふた》をそっと開けて、中を覗《のぞ》き込むように、狭い空間に収まり切れないほどの輝きが閉じ込められている。

由紀子の体は、三人の子どもを産んだ上に、病がちで運動不足がたたって、手足がやけに細く胴体だけにとっぷりとお肉が付いていて、とても褒められたスタイルではなかったが、白くきめの細かいしっとりとした肌は、五十路の半ばを過ぎても十分に魅力的だった。

「いい宿だね」

「うん」

多くの言葉はいらなかった。あと一年で教員生活をリタイヤする。今年こそ由紀子の健康を取り戻し、相続の問題もさっさと片付けて、一年後の定年退職のあかつきには由紀子と二人、穏やかな老後の幸せを手に入れよう。そう心に決めていた。由紀子もまた、今年こそ病魔を制圧して、二度と再び酒に惑わされる生活には戻らないと、固く決意していたに違いなかった。

その相続の問題については、何度となく妙子や義姉たちに手紙を書き、話し合いを要望してきたが、貴子からは一言の回答もなく、妙子や麗子からわずかに伝わってくるのは、「困るのは康介のほうなのだから、私はハンコは押さない」と言っているという話だけだった。もはや貴子に誠意ある対応を求めることは不可能に思われた。そこで、私はやむなく調停の手続きに入った。一樹からは、まともに戦ったら勝てないと忠告されていたが、どう転んでも、家を金に換えて分け合えば、自分の取り分がマイナスになることはない。あとは退職金と併せて細々と暮らしていくことぐらいはできるだろう。こんな中途半端な状態で、由紀子に心労をかけていることを思えば、家屋敷などどうでもいい。この一年でなんとしてでもけりをつけてやる。すべてを失う覚悟を決めれば、怖いものなどなかった。それぞれが、それぞれの決意を秘めて、年度末を迎えていた。

四　前進

四月、校長としての最後の一年が始まった。四月の人事異動で、石上教頭が二年の任期を終えて他校へ異動し、新たに教育委員会から糸井正志《いといまさし》が新任教頭として着任した。この異動は、良太に劇的な変化をもたらすのだが、それはもう少し先の話である。

六年生になっても良太は相変わらずみんなと一緒に学習することはできなかった。しかし、もう悠斗を手駒のように使って悪質ないたずらをたくらむようなことはしなくなった。一つには、自然な精神発達によって悠斗では物足りなくなっていたのだろう。かといって、他の友だちは良太の挑発にはのらない。ルールに則った方法でなければ、友だちは関わってはくれなかった。そうした関わりの中で、休み時間にサッカーやドッジボールを一緒にすることができるようになっていった。休み時間にこうして十分にエネルギーを発散すれば、授業中は一人で本を読んだり、校舎内を気まぐれにうろうろしたりするだけで、何か事件を起こさなくても時を過ごすことができるようになっていたのだ。

休み時間に友だちと思いきり遊べるようになった背景には、良太が負けを認めることができるようになったということがある。良太はもともと運動は得意だし、外遊びも好きであった。ただ、友だちと外でドッジボールなどをして、自分が勝っていれば楽しく遊べるのだが、負けると途端に機嫌が悪くなり、遊びを継続することができずにいたのだった。ゲームとは勝ったり負けたりするからこそ面白いものであって、負けるということも楽しさの一部なのだが、それが良太には理解できなかった。

しかし、六年生になって、それが理解できてきたのだろう。それさえ分かれば、休み時間の友だちとの運動遊びは、良太にとって最高に楽しい時間なのだ。この変化は、ひとえに教育相談室の働きによるものだった。相談室では、面談やゲームなどを通して、様々な場面ごとの望ましい態度を身につける適応訓練が繰り返し繰り返しなされてきた。それがいよいよ実を結び始めたということだったのである。

良太の悪質な誘いがなければ、悠斗はそれほど悪いことをする子ではない。もともと知的な遅れがあり、六年生の授業をそのまま受けたり、同年代の友だちと一緒に活動したりすることは難しかったから、担任もいろいろと工夫はしていたが、どうしても授業中にちょろちょろと動き回ることは、致し方なかった。だが、六年生の友だちは、それを上手にあしらってくれた。大まかに言えば、悠斗は三年生ではそのまま受け入れられ、四年生では拒絶され、五年生では見放されてしまった。それは、悠斗の変化というよりは、周囲の子どもたちの成長に伴う変化だった。今、精神的にはほぼ大人になりつつある六年生は、悠斗をいわば幼子をあやすように、少し高い位置から上手に受け入れてくれている。だから、悠斗の周りでトラブルは起きない。しかし、悠斗自身は煮え切らない思いはあったのだろう。ときどきイライラを募らせて、職員室に助けを求めに来た。そんな悠斗を上手に慰めてくれたのが、二年目の教頭丸山だった。丸山は、母親としての経験か、風貌《ふうぼう》のとおりのおおらかさか、駄々っ子のような悠斗を、本人の自尊心を傷つけることなく上手に受け止め、彼にできる課題を与えて、彼なりの充実感を得られるようにリードしていた。

そして、二人が落ち着いて生活できるようになったもう一つの理由は、医師の処方による薬の服用だった。二人とも毎朝、薬を飲んで学校に来る。その薬が効いている間は、彼らの行動は自然に抑制されていたのだ。子どもによっては、薬が効き過ぎて、人格が変わってしまったり、見るからに生気を失ってしまったりすることもあり、薬の処方は難しさを伴うもののようだが、二人にはちょうどよく効いていたようだった。

良太は自律的に薬を飲めるが、悠斗はそのあたりの力が弱い。親が朝忙しかったりすると、薬を飲み忘れて学校に来る日があった。そういう日は、やはり行動が定まらず、暴力的になることもあった。しかし、そういうときは早退させてもかまわないと保護者との約束ができていたので、大きな事件事故に発展することなく、対処することができた。

病気や障害を本人や周囲がきちんと認識すれば、それに応じた適切な治療や対応が取れる。そうなれば、本人も徒《いたず》らに苦しむ必要がなくなるし、周囲も困らなくなる。たとえ対応の難しさがあったとしても、理由が分かっていれば精神的にはずいぶん楽だ。だから正しい診断やカミングアウトが重要なのだ。

由紀子も同じであった。アルコール依存症という病名が確定して一年。やっと、本人がそれを認識し、きちんと治療しようという気持ちになっていた。だから、まだまだ病気の力は強く、スリップを防ぐことはできなかったが、長期に亘《わた》る連続飲酒になる前に、自制することができるようになってきていた。

周りの人たちも由紀子のことはよく理解してくれていた。包み隠さず話すことで、職場の部下たちも、私がしばしば休暇を取ることを温かく見守ってくれたし、それ以上に、彼ら自身が、家族の介護や自分の体調不良を隠さずに済む職場の雰囲気を、大いに歓迎してくれていた。友だちにしても同様だった。折に触れて正直に話すことで、私自身が楽になった。誰もが、「奥さん、どう？」と心配してくれたし、少し回復してきたことを伝えると、心から喜んでくれた。その友だちの態度に元気づけられ、私が元気でいることが、由紀子の回復にもよい影響を与えているように思えた。

そういう意味で、理解から最も遠いところにいたのが、由紀子の義姉たちではなかっただろうか。彼らは、由紀子の病気を、恥ずかしい病気と認識していた。そして、その恥ずかしい病気の元凶は私であった。私が酒飲みだから由紀子はこんな病気になったというのである。母が家を出たのも、私が家の中で暴君のように振る舞っていたからだということになっていた。「すべては康介が悪い」そう決めつけることで彼らは身内に起こった不幸な出来事に理由をつけ、心を安んじようとしていたのだと思う。自分たちの描く構図が歪んでいることにまったく気づかないわけではなかっただろう。しかし、病気への偏見は病人への憎しみに転嫁され、思いやりをもって一つ一つの出来事を見る力を削《そ》いでいた。彼らは、肉親であるがゆえに、恥ずかしい病気になった由紀子を許すことができず、その元凶である私を憎むしかなかったのである。「家族のほうが難しい」その典型がここにあると私には思えた。

新学期が始まるとともに、調停も始まった。月に一回程度のペースで話し合いが行われた。調停が始まり、それまで聞く耳を持たずに自分たちの思い込みだけで事を判断していた彼らの耳に、少しずつ正しい情報が入るようになった。話し合いの中で、母の言っていることが真実でないことも次第に分かってきたのだろう。彼らは、自分たちの考えが間違った事実に基づいていることに気づき始めたようだった。しかし、思い違いでしたと謝って済む段階は疾うに過ぎてしまっていた。そして、彼らの中で最も弁が立つ貴子は、辛酸な経歴の中で――それ自体彼女の性格が招いたものではあったが――深く傷つき、自分の過ちを素直に認めることができなくなってしまっていたようだ。彼女は、自分の過ちに気づけば気づくほど、相手を攻撃することで、自分の存在価値を保とうとしているように見えた。それが捺印拒否や、話し合い拒否や、調停に入ってからは、法律を盾にとっての金銭の要求という形で表現されているのだと私には思えた。その貴子の激しい物言いに引きずられて、麗子は「あたしはお金は要らないよ」と言うのが精一杯で、義母は「あたしゃ、なんにも分かんないから……」と逃げの一手であった。

貴子の非を認めない態度は、良太のそれと同質のものだ。発達障害のある良太は、幼いころから叱られてばかりいた。彼にとって、自分の過ちを認めることは、自己否定そのものだったのだ。だから、彼は誰が見ても分かることであっても、オレはやってないと言い通した。

二度の結婚に失敗し、生活保護でかろうじて生きてきた貴子は、一流企業の重鎮を夫に持つ麗子や校長夫人の由紀子の前で、知識や行動力だけは姉らしくあろうとしたのだろう。その結果、自分の早とちりで思わぬ勇み足をしてしまった。それを認めることは、自分の存在を否定することに等しいと感じたのだろう。彼女は、プライドをかけて、私に戦いを挑んだのだ。

貴子は、一樹が予想した最悪の要求を突きつけてきた。「腹黒い奴が法律を盾に金を要求してきたら、それを拒むのは難しい」という一樹の言葉どおり、法定相続分の満額を要求してきた。調停はあくまでも話し合いである。貴子が家族にかけた迷惑や何一つ貢献しなかった事実を鑑みて、自分で譲歩しない限り、誰も貴子の破廉恥な要求を抑えることはできなかった。

しかし、調停の席では貴子の暴走を諫《いさ》めることもできない麗子ではあったが、調停でどのような結果が出たとしても、自分は現金を受け取るつもりはないと言ってくれた。裁判所は貴子と自分とに大きな差をつけた結論は出せないから、同額の分配で話をまとめようとするだろう。しかし、調停の成立後に金銭を受け取るか否かは、本人の自由であり、自分はお金は要らないから、早く話をまとめてほしいと言うのだった。夫の壮一《そういち》が助言してくれたのだという。麗子も壮一も謝罪こそしていないが、自分たちの判断が誤っていたことは、認識しているからこその態度だったのだろう。私はそう理解し、心からありがたいと思った。

麗子が降りてくれれば、母はすでに預貯金全額を相続することで話はついているから、実際に支払う相手は貴子だけということになる。それなら、言い値で払ってやって、そのかわり今後一切関わりはもたないというほうが、長い目で見れば得策だろうと思った。調停の席で、先方の要求を受け入れる旨を伝えると、調停官は

「そうですか。それならすぐにでも成立しますすね」

と嬉しそうに言った。こうして、一つ一つの問題が、解決や改善に向けて少しずつ動きを加速するころ、季節は春から初夏へと移り変わっていった。

六年生になって、良太を巡る環境に一つの大きな変化が起きていた。それは、子どもたちの間

で将棋がはやりだしたことだ。良太はもともと将棋に興味を持っていた。五年生のころ一度校長室で相手をしてあげたことがある。校長室に置いてあった将棋盤と駒を見て、良太がやろうと言いだしたのだ。私は結構将棋が強く、たぶんアマチュア三段ぐらいの実力はあると思っているから、

「先生はすごく強いから、駒落ちでやろう」

と言ったら、

「嫌だ。オレもそんなに弱くない」

と言って、平手でやろうと主張してきた。

そこで、一度コテンパンに負かしてやれば納得するだろうと思い、とりあえず平手で相手をしてあげたのだ。当然のことながら、手も足も出ないくらいに負かしてしまった。ところが良太はそれっきりやってくれなくなってしまったのだ。考えてみれば当たり前のことだ。負けを認めることができない良太が、負かされて素直に駒落ちを認めるはずもなかった。しかし、だからといってわざと手抜きをして、負けてやるのも、相手に対する侮辱だと思う。やるからには全力でやることが、ゲームをするときの紳士的な振る舞いだ。これは体育科教育をライフワークとする私のポリシーである。実力が違う者が対戦するときは、適切なハンディをつけて、お互いが全力で戦えるようにすることが、あるべき姿なのだ。たとえ良太が相手であっても、そこを揺るがす気

にはなれなかった。

それ以来、良太は将棋から遠ざかっていたが、六年生になって一学期も半ばを過ぎるころ、学年全体で将棋ブームが起きた。校長先生は強いという評判が立ち、何人もの子どもが休み時間に対局を求めてきた。一番強い子でも、飛車角抜きで負けることはなかったが、全力で向かってくる子どもたちとの対局はとても楽しかった。こうなると良太も黙って見てはいられない。過去の苦い経験から、校長室には来にくかったようだが、そのかわりに今年来た糸井教頭が良太のちょうどいい相手で、職員室に勝負を挑みにやってきた。三回やれば良太が二回勝って一回負けるくらいだろうか、この程度の勝ち負けなら、良太も受け入れることができるくらいに成長していた。二人は、長い休み時間に定期的に対局するようになり、それが良太の生活に素晴らしいリズムをもたらした。

二時間目の終わりの長い休み時間に対局を始め、打ち掛けにして続きを昼休みにやる。そこをアクセントにして、授業時間はきちんと教室で過ごすことができるようになった。糸井が出張などで相手ができないときは、丸山教頭が相手をし、丸山もできないときは良太は校長室にもやってくるようになった。丸山は弱すぎたが、良太が駒を落として、教えながら対局した。そして、私とやるときは、私が駒を落とすことを良太も受け入れた。素晴らしい進歩だった。こうやってお互いの妥協点を探ることこそ、コミュニケーションそのものであり、彼のような障害のある子の最も苦手とするところだった。こうして六年生の一学期が終わるころ、良太はほとんど健常児と区別がつかないくらい穏やかな生活を手に入れていた。

悠斗は、教室での活動に飽きれば、職員室で丸山と過ごしたり、相談室で補助員と過ごしたりして、あまり友だちに迷惑をかけず、マイペースで生活していた。薬を飲み忘れて、どうにも落ち着かないときは、早めに家に帰ったり、空き部屋で段ボール箱を破壊してストレスを解消したりして、友だちとのトラブルを避けるようにしていた。一日の生活の中で、穏やかな気持ちでいられる時間が多くなると、仮にイライラしてきても、イライラの原因がある程度推測できるから、それに応じた対応ができ、落ち着きを取り戻すことができる。逆に気持ちが高ぶっている時間が多くなると、何にいらだっているのかも分からなくなって、手の打ちようがないまま、いらだちが増幅されていくことになる。今、悠斗はその好循環のプロセスにいた。このまま卒業を迎えることができれば、中学では特別支援学級で、より適切なケアが望めるだろう。困難を極めた子どもたちの未来に明るい希望が見えてきたことが、心から嬉しかった。由紀子もそうありたいと思った。

しかし、由紀子のスリップは、そう簡単には改善されなかった。むしろ新学期になってからは、少し断酒を継続できる期間が短くなっているような気がしていた。中央クリニックのデイケアは、完全にアルコールが抜けないと参加できないから、スリップした日の翌日は欠席せざるを得ないときもあった。そんなとき、正直に飲酒を報告して欠席していると思っていたが、実は適当な理由をつけて、飲酒を隠して欠席することもあったようだ。そういう嘘は、結局その次の通院のとき離脱症状が出て発覚する。離脱症状が出ていれば、ミーティングではなく、別の治療が必要になるのだから、ごまかしきれるものではなかったのだ。

そうしたことが断続的にあったため、クリニックのスタッフさんも心配してくれていた矢先のことだった。由紀子はとんでもないことをしでかしてくれた。

その日は六月中旬の蒸し暑い土曜日だった。いつもなら送り迎えをしてあげるのだが、その日は地域の社会福祉協議会の総会があり、来賓《らいひん》として出席しなければならなかった。

「別にいいよ。電車で行くから。いつも行っているんだもん」

と、由紀子は明るく言ってくれた。私も平日のことを考えれば特別なことではないので、さほど心配せずに送り出し、自分は総会に出席した。

総会を終えて、帰り道に昼食を摂って、一時ごろ家に戻ってきた。当然、由紀子はまだ戻っていない。遥香も仕事でいなかったから、私は一人家で音楽を聴きながら、本を読んでいた。やがて、時計の針が三時を回り、もうそろそろ由紀子が帰ってくるころになった。本を読むのにも飽きたし、庭の草取りでもしながら待とうと思った。

紫陽花が柿の木の下でひっそりと咲いていた。たくさんの花房をつけた立派な紫陽花だが、たまたま植えられた場所が悪く、あとから大きくなった柿の木に覆いかぶされてしまったのだった。養父から受け継いだ庭には、たくさんの木々が夏を前に青葉を力強く伸ばしていた。この庭の木々はすべて私が自分で手入れしている。

「この紫陽花も、もう少しいい場所にあればみんなから見てもらえるのにな」とは思ったが、場所を変えるには、ほかの木も動かさなければならず、なかなか難しいなあと思った。こうして、一つ一つのことに思いを込めて、この家を守ってきた人間と、何もせずに世話になってきただけの人間との権利を区別できない、法というものの不完全さを思わずにはいられなかった。

しかし、少し客観的な視点に立てばそれは当然なのだ。なぜなら、法は人間関係を調整する道具なのだから。人と人がより良い関係性を求め合い、互いに譲り合えば法を持ち出す必要はない。その中で互いの正義が競合するとき、初めて法はその機能を発揮するのだ。法は心ある人間を対象に作られている。法の抜け道を探るような悪意ある人間の行為をすべてなくそうとすれば、社会は果てしなく管理的にならざるを得ない。そんなぎすぎすした社会より、緩やかな秩序の社会がいいと誰でも思うだろう。しかし、そういう社会は貴子のような人間の行いを阻止できないのだ。それは選択の問題なのだ。

「それなら、たとえ貴子に何百万円かのお金を支払うことになったとしても、私はがんじがらめの社会より、緩やかな秩序の社会のほうがいいなあ」と、庭の草をむしりながら、そんなことを考えていた。草取りとは、こうしてものを考えるには、なかなかいい仕事だった。

そこへ由紀子が帰ってきた。見るからに様子がおかしかった。目はとろんと据わっていて、足元はふらついている。帰り道に一杯やって、ちょうど酔いが回ってきたところということが、見え見えの状況だった。

「お帰り」

あえて何も言わなかった。少し待ってみようと思ったのだ。

「横になれば」

そう声をかけると、由紀子は素直に頷いた。

「その前に、トイレに行っておいで」

言われるままに由紀子はトイレに入った。二階に寝かすと面倒だから、居間に毛布を用意してあげた。

「さあ、ここでお休み」

由紀子を居間のいつもの席に寝かせて、毛布を腰までかけて、そっと背中に添い寝した。トントンと肩を叩きながら、

「あとで話《はなし》しよう」

そう言葉をかけた。由紀子が小さく頷いた。泣いているようだった。こんな飲み方は初めてだった。「何かあったんだな」とは思ったが、その何かは想像できなかった。「まあいいや。酔いが醒めたら、ゆっくりと話を聞いてあげよう」そう思ってしばらくそっとしておいた。

三時間ほど寝かせて、夜八時ごろ、夕飯のしたくもすっかり終えてから由紀子を起こした。すでに目は醒めていたらしく、由紀子はぽつりぽつりと語り出した。

「馬鹿なことしちゃったの。どうしたらいいんだろう」

あえて何も言わずに由紀子の言葉を待った。

「中井《なかい》さんっていう人がいるのね。土曜日ぐらいしか来ない人なんだけど。ちょっと変わった人で、看護師さんなんかともよく揉めている人なんだけどさ。

あたしのことが好きなんだかよく分からないけど、すぐ隣に座りたがるのよ。ちょっと嫌なんだけどね……。

たいていあたしはあたしで気の合う人がいるから、その人たちと座っているから、隣が空いていればなんだけどさ。今日はたまたま、隣が空いていて、一日一緒だったの。それでね、ミーティングが終わって帰るときに、今日は電車だから、一緒に駅まで歩いたのよ。

それで、暑かったからさあ、駅前のコンビニで冷たいものでも飲もうってことになったのね。それで、あたし、バカだからさ、『こういう日は冷たい氷角がおいしいのよねえ』って言っちゃったのよね。そしたら、『買ってきてあげるよ』って言って、氷角持ってレジに行っちゃったのよ。『えっ』て言っている間に『ほら』って持ってきてくれちゃったわけ」

「飲んじゃったの？」

由紀子は黙って頷いた。

「ふうん。困った人だねえ。その人だって、同じ病気の治療で来ているんだろう」

「うん」

「ふうん。まあ、でも、飲むほうが悪いわな」

「そうだよね」

「ダメ！　ゼッタイ！　って知ってるかい？」

「覚せい剤防止のあれでしょう」

「そう、その啓発プログラムにさ、断り方の訓練っていうのがあるんだよね。別に特別なうまい言い方とかがあるわけじゃないんだけどさ、とにかく、きっぱり、はっきり断ることなんだよね。君も練習が必要だね。それにしても、このことはクーちゃんにも報告しておいたほうがいいんじゃないの。その中井さんって人のことも含めてさ」

クーちゃんというのは、幸川邦彦《さちがわくにひこ》という由紀子の面倒をみてくれている中央クリニックのカウンセラーのことだ。少し年下の優男《やさおとこ》で、由紀子は私に話すときだけ、クーちゃんと呼んでいた。

クリニックでは、ちゃんと幸川先生と呼んでいるらしかった。

「そうだね。告げ口するみたいで嫌だけど、言わなきゃいけないよね」

「そうだね」

これもまた、回復に向かう試練なのかなと思った。翌日の日曜日は学校もデイケアも休みで一緒にいてあげられたから、何事もなく過ぎた。問題は月曜日だった。


月曜日、由紀子は気を取り直して、いつものようにデイケアに出かけたらしい。私はもちろん仕事で先に家を出ていたから、見てはいないが、まず間違いはないだろう。中央クリニックに着くと早速クーちゃんこと幸川先生から声をかけられ、「土曜日に何かありましたか?」と問われたそうだ。誰からバレたのだろうと思ったが、正直に話したそうだ。そうしたら、ミーティングへの参加を止められ、別室で待たされた。そして、そこに院長が来て、金曜日まで五日間の通院禁止を言い渡されたそうだ。

ここまで聞き出すのに大変な労力を要した。というのも、由紀子はこの日、この一年で最悪と言っていいほどに酔っぱらってしまったからだった。仕事から戻ると、家はどこも明かりが点いていなかった。六月の中旬、夏至も間近で一年で一番日の長い時期だから、外は十分明るかったが、それにしても、家の中ではもう明かりが欲しかった。

「ただいま。由紀子」

呼びかけても返事がなかった。嫌な予感がした。二階に上がって愕然《がくぜん》とした。由紀子は下半身はショーツ一枚、上ははだけたブラウス姿で、たたんだ布団に寄りかかるように、ひっくり返っていた。手には三分の一ほど残ったウィスキーの瓶を握り締めていた。

「なんじゃこりゃ！」

思わず声をあげ、それから、苦笑いした。ホントに笑うしかなかった。

「病気だねえ。オレはいっくら飲んでもこうはならんもんなあ」

と、声に出して言ってみた。もとより返事はなかった。ふと思いついて、写真を撮った。いつかこの写真を笑い話のネタとして話せる日が来ることを願って。

通院禁止がよっぽど堪《こた》えたのだろう。泣いたり怒ったり、とにかく取り乱してしまって、断片的に話す酔っぱらいの証言から、事の経緯を大筋で理解したのは、日付が変わるころだった。翌日も、由紀子は飲酒を止められなかった。午前中は昨日の酒が残っていて飲むどころではなかったようだが、午後、独りぼっちに耐えかねて、また酒に逃げてしまったのだ。週の始まりの月曜日からやってしまったのは、非常にまずかった。週の後半なら、すぐに土日が来て、張り付いて飲ませないように見張っていてやれるのだが、今、仕事を休んで見張りをするのは、いささか厳しかった。

その夜、遥香がいつものように十時すぎに仕事から帰って、夕食を食べながら言いだした。

「おかん、また始まっちゃったの？」

「うん」

　この四日間のいきさつを話した。

「ふうん。でも、確かに飲んだのがいけないことはいけないんだろうけど、そのクリニックもさ、病人を治療するという立場から考えたら、あまりいい方法じゃないねえ」

「おとんも、ちょっと釈然としないところがある。東都だったらガッチャン部屋なんだろうけど、あれは少なくとも飲めないようにはなっていたからね。こっちは、謹慎中は結局飲んじゃうもんなあ」

「おかんも一回（ガッチャン部屋に）入れられたよね」

「うん。懲りない面々だよ」

「なにそれ？」

「ああ、古い映画だからな、知らないか。『塀の中の懲りない面々』っていってさ、何回でも刑務所を出たり入ったりしているどうしようもない奴らの話さ。そんなに悪い人間じゃないんだけど、ついやっちゃうんだよ。で、すうぐ捕まるわけさ。愛すべき間抜けな犯罪者だよな」

「ふうん。おんなじだね。……分かった！」

遥香がちょっと意を決したように声をあげた。

「明日は休みだから寝ようと思ったけど、いいや、一日張り付いててやる。絶対飲めないように」

「おお。ほんとかよ。そりゃ助かる。一日抜けばなんとかなるんじゃないかな。ありがとう」

遥香が母親の醜態を嫌って家を出ると言いださないだけでも偉いと思っていたから、それ以上の負担をかけるつもりはなかったのだが、遥香のほうからそう言ってくれたのは望外の喜びだった。

その言葉どおり、遥香は一日居間でパソコンをやりながら、由紀子を見ていてくれた。由紀子も本当は飲みたくないという気持ちはあるのだから、なるべく遥香の目の届く範囲にいるようにして、自ら病魔の攻撃を防ごうとしていたようだ。遥香が何か厳しいことを言ったわけでもなんでもない。ただ、側にいてくれただけだ。それだけで由紀子は一日しっかりと断酒できた。ほんのわずかな心の隙に病魔が入り込むと、もう心を乗っ取られてしまうのだ。由紀子はそのことを、「ブラックが舞い降りてくる」と表現した。ブラックに心を支配されたとき、いろいろな自制の念が心をよぎるようだが、それは行動を抑制する力にはならないらしい。店でお酒の缶を手にするとき、「なんで私はお酒を飲もうとしているのだろう」と思うのだという。レジでお金を払うときも、「なんで買うの？」と思いつつお金を払い、それを口にするときも「なんで飲むの？」

と思いながら飲むのだという。少しもおいしくないそうだ。でも、飲んでしまう。その自分の行動を説明するすべはないのだという。それが、病気なのだろう。家族や友人、同じ病気に苦しむ仲間の助けを借りながら、ブラックに心を乗っ取られないように、日々注意深く生きていくしかないのだ。遥香の存在は、そういう由紀子の大きな助け舟だった。ほんの少しの助力で断酒できるくらいに、自覚ができてきている今、由紀子はきっと立ち直ってくれる。私はそう固く信じることができた。

遥香のサポートで一日断酒に成功すると、翌日は自力で断酒した。そして三日目には、定番の離脱症状が出て、飲む気力さえなかった。翌土曜日は、通院禁止が明ける日だった。由紀子は行きたがらなかった。それはそうだろう。離脱症状で気持ちが悪かったのも事実だと思うが、それ以上に、バカな悪さをして停学をくらった高校生みたいなものだ。みっともなくて顔が出せないというのが本音だったのだろう。しかし、これこそ乗り越えなければならない試練だと思った。

「ちゃんと謝って、離脱（症状）も出ているから今日は診察を受けて、点滴してもらおう。一緒に行ってあげるから」

そう言って慰めて、なんとか由紀子を中央クリニックまで連れていった。

その日は院長直々の診察だった。院長の言葉はなかなか厳しかった。

「ご主人もおいでくださいましたので、はじめに申し上げておきます。通院禁止は患者さんの治療という観点からは、望ましい措置ではありません。そのことに関しては、ご主人様にもご不満があろうかと思います。しかし、クリニックとして、ここは譲れないところなのです。ここは、アルコールの問題を抱える人ばかり集まっているところです。ですから、その人たちがお互いの飲酒に拍車をかけるような関わり方をすることは、どうしても避けなければならないのです。中央クリニックに行って飲み友だちを見つけてしまったなどということになったら、これはクリニックの存続に関わる問題であるばかりでなく、ここに来てやっと回復の兆しを見せ始めた患者さんにとっては、生死に関わる問題です。もし、今後も同様のことが繰り返されるようであれば、本院ではお引き受けしかねることもありますので、その点はご理解ください」

院長は、少し怒ったような顔で、きっぱりと言い切った。少なからず不満を覚えていた私も、この言葉に自分を恥じた。確かに、これはあってはならない最悪の非行なのだと思った。もし、自分が校長として、この決断を迫られたとき、心を鬼にして決断できないようなら、校長失格だとも思った。

「院長先生のご指摘は、よく分かります。あまりにも軽率な行動だと思います。本当に申し訳ありませんでした」

素直に頭を下げた。

「すみませんでした」

由紀子もそれに倣《なら》った。

「ところで、通院禁止の間にずいぶん飲んでしまったとか？」

院長の質問に、私は由紀子に、自分で答えるように促した。

「はい。月曜日は、ちょっとショックで、思い切りスリップしてしまいました」

「このところ、スリップの頻度も上がってきていたし、それを自分で認められないこともあったようですね。飲むのは症状なんだから、仕方がないんだけれど、それを素直に認めないで、ずるずるといってしまえば、終いには取り返しのつかないことになります。家族だって崩壊しますよ」

「もう、とっくに崩壊しているよ」と、心の中で呟いた。「逆に言えば、今残っている家族は、そんなことで壊れるほど、やわじゃないですよ」とも、思った。

「ここは、一度入院して、少ししっかり断酒するのも、一つの方法かなとも思うのですが、いかがですか？」

「入院はいいです」

由紀子は、即答だった。取り付く島もないという感じで、院長も苦笑いした。

「ご主人のお考えはいかがですか？」

「はい。妻の気持ちに沿いたいと思います。確かにこのところスリップが増えてはいますが、今、入院という段階ではないと思います。これで、入院していたら、社会復帰などできないのではないかと。ここは妻の頑張りどころだと思います」

「そうですか。分かりました。お二人がそういうお考えでしたら、やむを得ないですね。引き続きデイケアにいらしてください」

少し不機嫌になっていると思われる院長の言葉に、私もちょっとだけ反撃したくなってしまった。

「ところで院長先生、こういうことを聞くのはいかがかとも思いますが、中井さんはどうなったのでしょうか？　今回の件は、もちろん飲んでしまった妻が悪いのは当然なのですが、やはり、中井さんの行動にも問題はあると思うのですが……」

「彼女は、当院をやめました。今回のことの責任をとってということではありません。いろいろと事情があったものですから」

「そうですか。失礼しました。では、引き続きよろしくお願いします」

余計なことを聞いたと、ちょっと後悔したが、由紀子はこれで納得がいったようだった。

「それでは、今日は、点滴をしましょう。離脱症状が出ているんでしょう。それで、体調がいいようだったら、午後のショートミーティングだけ参加してください。じゃ、いいですよ」

由紀子の顔色で分かるのだろうか。院長はずばりそう言い当てて、診察を打ち切った。結局その日、由紀子は午後のショートミーティングもキャンセルして帰宅した。
　中学生が隠れてタバコを吸うような、つまらないいたずらで一週間を棒に振った感はあったが、この事件をきっかけに由紀子は一皮剝《む》けたように、スリップをしなくなった。災い転じて福となすというか、一つ一つのマイナスの出来事を糧として、由紀子は学んでいくのだろう。その歩みは、ゆっくりでも確実によい方へと進んでいるように思えた。そして夏休みまで、由紀子はデイケアを休むこともなく、今までにない規則正しい生活を営んでいった。

　大筋でまとまりかけていた調停は、裁判官からの指摘で若干軌道修正された。というのは、妙子が受け取る昭の遺産が、全額は残っていないのではないかということだった。亡くなってからずいぶんと時が経っており、その間に法事などで消費した分があるなら、それは家族のための消費であり、妙子の取り分にはならないというのである。確かに父の年忌法要を何度か営んでいるが、妙子は、この間に海外旅行をしたり、習い事の名取りを取得したりして、相当の額を使っている。それは妙子自身のための出費だ。しかし、それを言いだしたら、またどこまでが家族のための出費かを確定しなければならない。それよりも今残っている金額を妙子の取得とするほうが簡便だという指摘に私は同意した。もう、ごちゃごちゃ揉めるより、少しばかり損をしてもさっさと決着をつけるほうを選んだのだ。

貴子たちもここでは異議をはさまなかった。こうして、私が不動産を取得し、代償として母と義姉と由紀子を含めて四人に金銭を支払う案が示された。麗子は要らないと言ってくれている。妻の由紀子には払う必要がない。結局、私の支払い義務が発生する相手は、母と貴子だが、母はいずれは家に帰りたいと泣きついてくるのは見えていたから、実際は貴子だけだ。そう思って提案には同意した。ただし、実際の支払いは退職金が出るまで待ってほしいとお願いした。

係争中の当事者が直接顔を合わせないように、別室に控えていて、調停官のいる部屋に交互に入って話を進めていくのだが、私の同意を受けて、これですべてが解決すると、調停官も安堵の表情を浮かべ、その話を相手方に伝えるために、私たちを一度控室に戻した。

ところが、すぐにまた呼び戻された。貴子が、今すぐ現金を支払ってくれなければ、同意しないと言っているというのだった。どこまで悪意に満ちた人間なのだろうか。これには、さすがの調停官もあきれてしまっていた。

「今日、何百万もの大金を持ってきているはずがないでしょうと申し上げたのですが、だったら今日は、同意しないというのです」

困り果てた顔でそう話した。

「へえー、バカな女ですねえ。いいんじゃないですか。じゃあ、もう一度やりましょう。次回は現金を用意してきますよ。貴子一人分なら手持ちのお金で払えますから。ほかの人の分もと言われたら、借金しなけりゃなりませんけどね。一番交通費がかかるのは貴子なのに、物好きなことですね」

私は鼻で笑いながら言った。もう軽蔑の二字しかなかった。

結局もう一回だけ話し合いを持つことになった。ところが、その最終回のとき、今度は妙子が、退職金が出るまでは待てないと言いだした。校長とはいえ、一介の公務員にそんなに貯金があるわけがない。しかも、妙子には父の遺産の預貯金の部分が渡されるわけで、私が支払うお金は当分使う機会すらない。誰の差し金だか知らないが、こんな無意味な主張があるだろうか。

「斎藤さんがおっしゃるのが道理だと思います。意味がないですもんね。でも、お年寄りを説得するのは難しいですから、どうでしょう、分割ということで、少しだけでも早めに支払うことができませんか。残りは退職金でということで、それで、なんとか説得してみますから」

「そりゃ、五十や百なら何とでもなりますよ。でも、それこそ意味がないでしょう」

ほんの手付金程度払って後は退職金でというのなら、初めから退職金待ちでいいではないか。調停官もそこは同じ気持ちだと言ったが、それでも、あるとないとでは印象が違うから、なんとかそれで説得を試みると頑張った。

実にばかばかしいことだが、近々に五十万——十分の一にも満たないが——払ってくれれば、残りは退職金でということで、妙子は納得したという。何のための抵抗だったのか。下衆《げす》のかんぐりだが、貴子の意地悪だと確信していた。それをそのまま口にする妙子や、やめなさいと言えない麗子の主体性の弱さがほとほと悲しかった。

こうして、最後の最後につまらないいざこざがあったが、相続の問題は夏休みを待たず、一件落着した。由紀子の断酒も好調だった。良太も悠斗も順調に日々を過ごしている。校長として、最後の夏休みを私は久々に晴れやかな気分で迎えていた。

五　螺旋

「久々に、古都奈良に行ってみないか？」

夏休み、恒例の由紀子との温泉旅行に、今年はそう提案した。

由紀子は基本的には私の行こうというところについてくる人だった。もともと出無精で一日家にいろと言われれば、喜んでいるタイプだ。だから、旅行に行くにしても、自分でプランを立てたことはほとんどなく、誰かについていくのがよかったのだ。この病気になる背景には、そんな由紀子の性格的特性もあるのだと思われた。

「へえ、奈良ねえ。いいよ。奈良のどの辺に行くか、お目当てはあるの？」

「一つはね、山の辺の道《やまのべのみち》を歩いてみたいんだ」

「山の辺の道？」

「そう。奈良盆地の東の縁を巡る古い道で、古墳がたくさんあるところだよ。三輪山《みわやま》をご神体にした大神神社《おおみわじんじゃ》もお参りしたいけど、今回は、道の途中にある崇神天皇陵《すじんてんのうりょう》をどうしても見たいんだ」

「すじん天皇？　全然分かんないんだけど」

「日本の天皇の系譜っていうのは神武天皇《じんむてんのう》から始まるだろう。だけど、初めのほうの天皇はたぶん架空の人物だ。元ネタになるような人物はいるのかもしれないけれど、少なくとも神武天皇が即位したとされる時代に大和朝廷は成立していない。そうした中で、実在する最古の天皇と言われるのが、第十代の崇神天皇なんだ。つまり、山の辺の道は古代日本の成立に関わった人々が駆け巡った道だということだよ。ロマンがあるだろう」

「最近、古事記だの邪馬台国《やまたいこく》だの、よく読んでるもんね」

「そうなんだよ。最近マイブームなんだよね。去年も出雲に行ったたし、なんて言ったたって佐藤家は、神道の家柄だからね」

前年の十二月に父（実父）を見送った。亡くなる半年ぐらい前から体調を崩し、眠るような最期だった。九十一歳と高齢だったたし、苦しまないで亡くなってくれたから、大往生と言ってよかった。斎藤家に養子に出て、佐藤の姓は三人の兄が継いでいるが、斎藤家のように守るべき家も財産もなかったから、近くに住んでいるというだけの理由で、葬儀は私の采配で営んだ。母のときもそうだった。私はそういう手配がほかの兄たちより手慣れていたし、そういう巡りあわせなのだと自分自身も納得していた。葬儀は神式だった。佐藤家は代々そういう家だったのである。

「いいわよ。付き合うよ」

そう答えることは、聞く前から分かっていた。

「それにね。この時期は、東大寺の燈花会《とうかえ》の時期だから、それも素敵だと思うよ」

「それは何？」

「東大寺はさすがに知っているだろう」

「大仏さんのところだっけ」

「そう。その東大寺で、八月の上旬に数万本ものロウソクを並べて、奈良公園一帯を飾るお祭りがあるんだよ。それがとうかえ――燈《ともしび》の花《はな》の会《かい》って書くんだけどね――幻想的できれいらしいよ」

「へえ。何でもよく知ってるねえ。分かった。行きましょう。いいホテル見つけてね」

「分かりました。じゃあ早速、小洒落《こじゃれ》た温泉旅館を見つけましょう」

「そうだ！　奈良公園なら鹿がいるよね。鹿せんべい、売ってるかな。楽しみー」

「そこかい。まあ、いいけど」

三人の子どもがまだ小さいころ、両親も交えて家族旅行に行くと、一番子どもっぽくはしゃぐのが由紀子で、父や母から、「まるで、お父さん一人に子ども四人だね」と笑われた由紀子の本領発揮だった。

初日、人力車で市内観光をして、宿は若草山《わかくさやま》の中腹、奈良盆地の夜景のきれいな旅館だった。その夜、宿のマイクロバスで、燈花会を見に、東大寺に向かった。三月堂の近くでバスから降ろされたときは、すでに八時半を過ぎて、あたりは真っ暗だった。約一時間半の自由時間で、十時にこの場所に集合という約束で、乗客はバスを後にした。ライトアップされた南大門《なんだいもん》の明かりを目指して、暗い桜並木を抜けていくと参道に出た。道の両側には、夜店が並び、大勢の観光客に交じって、鹿たちが悠々と歩いていた。奈良の鹿というと、私はブッダが悟りを開いて最初に説教をした鹿野苑《ろくやおん》を連想するのだが、むしろ春日大社に祀《まつ》られる武甕槌命《たけみかづちのみこと》に由来するというのが定説らしかった。

南大門の参道から、春日野国際フォーラムに向かう途中の、奈良公園一帯の広い芝生の庭のあちらこちらが、燈火を飾る会場になっている。小さなガラスの瓶に入れられたロウソクが、数十センチの間隔で数限りなく並んでいる。足元の燈火は小さく、結構な隙間をあけて並んでいるから、その光と光の間に、うずくまった鹿の影が黒くにじんで見える。しかし、少し遠くに目をやると、燈火と燈火が重なり合って隙間を埋め尽くし、ちらちらと揺れる光の絨毯《じゅうたん》がどこまでもどこまでも連なっている。その数、数千数万にも上るロウソクの明かりは、果てしなく続き、遥か彼方でライトアップされた建物の明かりと溶け合って区別できなくなっていた。

「いやあ、見事なものだねえ。いったい何万本あるんだろう」

「きれい。幻想的ね」

月並みな感想だが、それくらい言葉にならない景色だった。寄り添ってゆっくりと歩きながら、いつまでもその光の園を眺めていた。

今年も、ホテルには一切お酒が飲めない夫婦ということで、話を通してあった。今までなら、宿に着いてひと風呂浴びたら、早速ビールをあおって、この時刻には相当に出来上がっていただろう。お酒を飲まないということは、時間を大いに有効に使えることだと、このごろしみじみ思うようになっていた。

春日野国際フォーラムの前は、夜店が出ていた。

「何か飲もうか？」

「うん。買ってくるよ。何がいい？」

若いころから、斎藤家の会計は由紀子が握っていて、私は小遣いをもらう立場だったから、そのかわり、こういうときにお金を出すのも由紀子だった。

「ウーロン茶とかそういうのなら何でもいいよ」

「うん。じゃ適当に買ってくる」

「ビール買うなよ」

「もうー！　分かってる」

由紀子が小走りにお店に向かった。ちょうどそのとき携帯電話が鳴った。画面の表示は「ばあちゃん」だった。

「はい」

ぶっきらぼうに答えた。

「もしもし、康介さん？　妙子です。今少しお話ししてもよろしいでしょうか」

例によって、他人行儀な物言いである。

「はい。どうしたの？」

「由紀子は元気ですか」

「おかげさまで、元気ですよ。今、二人で奈良の東大寺に来ているの」

「ええ？　東大寺？　いいわねえ」

「ところで、五十万振り込んだの、確認してくれた？」

「ああ、そうなの。まだ、確かめてないんだけど」

「へえ、すぐに金払えって言い張った割にはのんびりしているんですね」

「お金なんか要らなかったんだよ。どうしてこんなことになっちゃったのかねえ」

「お金要らない人が、どうして、退職金まで待てないから、すぐによこせって言いだすの？　言ってることがおかしいよ」

「あたしが言ったわけじゃないんだよ」

「じゃあ、誰が言ったの？」

「よく分かんないんだよ。ごめんなさいね」

「いいよねえ。都合の悪いことは何でも分かんないで済ませられるんだからねえ。こっちはおかげで文無しですよ。で、用事は何ですか」

「いえ、あのね。由紀子のことが気になったものだから、それに……」

「それに……？」

「でも、いいわ。やっぱり無理よね」

「そう言われても、さっぱり分かりません」

「いいえね。ここにいても、いっつも家のことや由紀子のことばっかり考えているのよ。みんなよくしてくれるけど、知らない人ばかりだしね。だからさあ。帰りたいなあって思っちゃってね」

「へえ、だって、オレが怖くて逃げていったんでしょう。うちに帰ってきたら、また同じ目にあいますよ」

「康介さんのこと、怖いなんて思ったことないよ。そんなこと分かるでしょう。康介さんいつだって優しくしてくれたもの」

「あのさあ、貴子や壮一さんから、オレがなんて言われたか、ホームの話し合いで聞いていたでしょう。オレは斎藤家で君臨していて、二十年おばあちゃんはオレのために苦しんできたんです。そう言っていたじゃない。だから貴子たちにかわいがってもらえばいいじゃないですか」

「貴子とは、あれっきり一度も電話もしてないよ。どうしてこういうことになっちゃったのかねえ」

「どうしてって、あなたがそう言ったからでしょう」

「あたしゃ、そんなこと言ってないんだけどねえ」

「あのさあ、こんなところで電話で話していても、せっかくの旅行がつまんなくなっちゃうからさ。とにかく、あなたは私に金よこせと言って、調停で私はあなたにお金を払うことになったわけだから、きちんと払いますから、それを受け取ってから、次のことを話しましょう。来年の五月までにはきっちり払うから。ね。そうしましょう」

「お金なんか要らないんだよお」

「だったら、受け取ったお金を返してくれればいいじゃない。とにかく一度は払わなくちゃ、また、踏み倒したなんて言われたらかなわないからねえ」

「そんなこと言うはずないじゃないか」

「貴子は遺産なんか要らないって言ってなかったっけ？」

「そう言ってたんだよ。ホントだよ」

「でもオレから金とってったよ」

「どうしてそうなっちゃったんだろうねえ」

「だから、あんたたちの言うことなんて、その場その場でコロコロ変わっちゃうってことですよ。信じたオレがバカでした。もう信じません。とにかく、こんな話、したくないから、切ります。しっかり金を確認してから、話があるならまた連絡してください。じゃあね」

一方的に電話を切った。すでに、家の名義も書き換えたし、あとは退職金が出たら代償金の残りを支払うだけだ。もう、相手の顔色を窺《うかが》う必要もなかった。だから冷たい態度を取るというのはあまり紳士的ではないなと思ったが、せっかくの楽しい旅行をじゃまされたくはなかった。

そこへ由紀子が紙コップに入った、ウーロン茶を両手に持って戻ってきた。

「お待たせ。結構混んでた」

「おお、サンキュー。今、ばあさんから電話があったよ」

「ええ？　何だって」

「寂しいから帰りたいんだってさ」

「よく言うよね。あれだけ人をぼろくそに言っておいて。寂しかったら貴子に面倒みてもらえってんだよね」

「貴子からはあれっきり電話もないんだってさ」

受け取ったウーロン茶を一口すすって言った。

「まあ、あいつはそんな奴だよね。金さえもらえば、もう用はないってことでしょう。だけどさ、そんな奴のことを、ばあさんはかばうんだよね。それが不思議よね。

で、なんて答えたの？」

「いや、まだ払うべき金も払ってないから、とにかくその支払いが終わってから考えましょうって。金なんか要らないって言ってるんだけどさ。そんな言葉信用したら、またぞろ債務不履行で追徴金なんて言いだしかねない奴がいるからさ」

「そうだよ。絶対信じちゃダメだよ。嘘ばっかりなんだから」

「まあ、ばあさんの嘘つきは今に始まったことじゃないから、しょうがないよ。死ななきゃ直らないよ。オレは別にあの人のことは、なんとも思ってないから、帰ってきたいのならかまわないと思っているんだよ」

「ええ！　家の代償金払った上に面倒みるの？」

「もちろんそのときは、金は返してもらうさ。そうでなきゃ、家賃取ればいいんだよ。もうオレの家なんだから」

「そうか。そうだね。くれてやった額よりがっぽり取ればいいんだよね」

「おまえ、がめついなあ」

「あいつに対してだけだよ。そうでもしなきゃ気が済まないじゃん」

「ははは」と笑ったが、実の親子がこういうことになってしまうということ自体、幸せなことではないと思った。時間をかけて修復していくべきことなのだろう。しかし、今は、この燈花会の美しさを楽しむことのほうが大切だった。つらいことから逃げたい思いがアルコール依存症の背景にあるのなら、美しいものに心和ませることは、それを癒す力があるはずだ。美しいもの、楽しいこと、そういうことにたくさん出会うことが、病気のもとを絶つことになるし、病気をコントロールすれば、より多くのそういういいものに出会えることになる。いじめも非行も発達障害もすべて同じことだ。幸せであれば、悪いことをしようとは思わない。悪いことをしなければ幸せになれる。物事に誠実に取り組んでいけば、歯車は自然とよい方向に回り始める。たくさんの祈りを込めた光に包まれて、由紀子とともに誠実に生きていこうと静かに誓っていた。

翌日の山の辺の道は、猛暑の中の六時間あまりのハイキングで、見たいものがある私はまだしも、あくまで付き合いで来ている由紀子にはいささかハードだったようだ。だが、由紀子の口からは愚痴よりも前向きな発言が飛び出した。

「あたしも、おとんみたいに本とか読んで、目的をもって旅をしなきゃダメだよね」

こういう気持ちになれるだけでも、相当の回復なのだと嬉しくなった。部屋の露天風呂に一緒に浸かって、歩き疲れた脚をお互いにマッサージしながらこう言ってみた。

「次は、君がプランを立ててみれば。電車の乗り継ぎはやったことがないと大変だろうから、車でいいよ。行き先だけ決めてくれれば、どこへでも運転していくよ」

「そうだね。やってみようかな。どこ行きたい？」

「だからさあ、それを君が決めなさいって言ってるの」

「あっそうか！　テヘ」

三十年かけて築いてきた関係をそっくり作り変えることはできないだろう。しかし、少しずつでも、由紀子の主体性を引き出していくことも、病を克服する手掛かりになるのかもしれない。今、思考のすべてが由紀子の病の克服に結びついていた。それがこれからの人生の目的になるのなら、それでもいいと思った。

二学期に入っても、良太も悠斗も生活のリズムを崩すことなく、相談室や医療機関を定期的に活用し、落ち着いた生活を送っていた。良太と糸井の対局も、相変わらず続いていた。夏休み中の出勤日は、通常の授業がある日に比べて、職員も余裕があるから、私も糸井と何局か将棋を指してみた。その間に糸井も結構上達したように見えたのだが、子どもの良太の上達はそれ以上のものがあるらしく、二学期になっても二人の力の差は縮まるどころか、さらに広がっているようだった。だが、将棋の勝ち負け以上に、良太にとっては学校に心から信じることのできる教員がいるということが大きかったようだ。友だちや他の教員と少々のトラブルがあっても、糸井が話を聞いてやれば、良太はそれほど荒れることなく問題解決に向かうことができた。

悠斗にとっては、丸山がその役を果たしていた。悠斗は教室にいられなくなると、丸山を訪ねた。丸山は、悠斗に小学三年生程度の算数の問題や、迷路、パズルなどを与え、悠斗の達成感を大切にしながら、上手に気分転換をさせていた。そんな悠斗には、ほかの児童にはない素晴らしい一面があった。

花園小では、年に数回、学区に住んではいるが、障害があって別の特別支援学校に通っている子どもを招いて、一緒に活動している。花園小の子どもたちは、そういうハンディキャップのある子どもに総じて優しく、とても親切に迎えていたのだが、その中でも、悠斗は抜群であった。

あるとき、訪問を終えて、児童と保護者が学校を後にする際、保護者がこんな話をしてくれたことがあった。

「皆さんとても親切で、楽しい時間を過ごさせていただきました。ありがとうございました。特に六年生の田中悠斗っていうお子さんは、うちの子の気持ちがとてもよく分かるみたいで、本当によく面倒をみてくださいました。春樹《はるき》も悠斗くんにとてもなついていて、いいお友だちができて嬉しかったみたいです。本当に優しいお子さんですね」

春樹は、耳が不自由で知的にも障害があり、言葉が出ないから意思の疎通の難しい子どもだった。おそらく、彼の表情や仕草から悠斗にだけは我々には分からない何かが分かるのだろう。これは予想もしなかった発見であった。

「そうですか！　それはよかった。勉強とか、どちらかといえば苦手な子なのですが、それは彼の特別な能力かもしれませんねえ。春樹くんが来てくださったおかげで、うちとしても、日ごろ見えない子どもの一面に気づかせていただきました。ありがとうございました」

悠斗が、医療の力を借り、丸山というよき理解者を得て、自分のよさを発揮できるようになってきたと思うと、心から嬉しかった。これからも、もっともっと彼のよさを伸ばしてあげたいと思った。

このことはぜひとも教職員に伝えなければいけないと思った。

「お母さんのお話を伺って、この取り組みをやってきて本当によかったなと思いました。これから話すことは、あちこちで同じ話をしていますから、耳タコになっている人もいるかもしれませんが……」

私は、悠斗のエピソードを紹介しつつ、こんな言葉を継いだ。

「教育とは、十年二十年のスパンの中で、子どもを大人へと育てていく営みです。不登校にしても発達障害の問題にしても、目先の数カ月で学校に来させようとか、上手に生活できるように躾《しつ》けようとか思っても、それは無理なのです。まして、政治問題にしないために、子どもに非を認めさせようなどということはもってのほかです。例えば不登校のお子さんの保護者には、私は必ずこう言います。『お母さん。あわてなくていいですよ。子どものゴールは学校に来ることじゃありません。本当のゴールは、大人になって、社会の一員として幸せに生きていくことです。それができるのなら、学校に来なくてもいいですよ。学校だけが学習の場じゃないんだからね』って。先生方も、あわてないで、おうちの方と、その子の一番生きやすい道を、一緒に探してあげてください。

よく、『学校できちんとできない子が、社会で通用するはずがないだろう』などと言う大人がいますけど、そんなの大間違いですよ。この世の中にね、四十人もの人が一つ部屋に押し込まれて、同じことをする環境なんて、学校にしかないんです。社会に出れば、ほんの数人のスタッフで仕事を進めていく職場がほとんどですよ。その数人とさえうまく人間関係を結べれば、何の問題もなく生きていくことができるのです。学校のほうがはるかに難しいですよ。だからこそ、学校でうまくやれれば、社会に出て、どんな環境でも概ねうまくやっていけますよ、って言うことができるんです。それは裏を返せばね、仮に学校でうまくできなくても、社会に出ればなんとかなる子は大勢いるということでもあるんですよ。目先のルールじゃなくて、長い目で見て子どものよさを伸ばし、幸せを考えていく。先生方も、そういう目で子どもたちを見てあげてください」

今、良太と悠斗に対する取り組みや教頭たちの対応の仕方は、彼ら以外の発達に課題のある児童の指導にも大いに役立っていた。その子たちは、良太と悠斗ほど症状は重くないが、原理は同じである。それぞれの児童とその担任や補助員などが信頼関係を醸成して、ただルールに従うのではなく、長い目で見て、みんなが快適に生活できるようお互いに知恵を出し合っていくことが、教育という営みなのである。

不思議なもので、こういうふうにおおらかに子どもを見ることができるようになると、学校に来られなかった子が来られるようになったり、いたずらばかりしていた子が、落ち着いて生活できるようになったり、目先の利益を求めるよりもむしろ成果が上がってくるものなのだ。こうしたことを私や花園小の教職員は、良太や悠斗に教わったということになる。彼らを育てることは、教師として、人として、彼らに育てられるということなのだ。「教育」とは、共に育つ「共育」なのだと、改めて教えられたような気がしていた。

着任以来積み重ねてきた努力は、様々な形で実を結びつつあるように見えた。しかし、そうした中でもやはり事件は起きた。物事は、一本調子に良くなったり悪くなったりはしないものだ。由紀子の病気の回復と同じで、必ず行きつ戻りつして、螺旋状《らせんじょう》に変化していくものなのだと改めて確認させられる出来事だった。それは、修学旅行の夜のことだった。

六年生の卒業まで残り半年というところで、小学校の集大成となるこの一泊二日の旅行行事は、多くの子どもたちが小学校の最高の思い出として記憶するものである。

日ごろ私はバイク通勤していたが、この日は荷物が大きいため、由紀子と一緒に車で学校に来た。学校までは私が運転し、帰りは由紀子が自分で運転して帰るのだ。翌日の夕方、今度は由紀子が学校まで迎えに来てくれることになっていた。

良太も悠斗も気持ちよく旅行に参加していた。友だちとのトラブルもなく、予定の行程を終えて、夕方、宿に入った。そこまでは、何事もなかった。しかし、夕食が終わったころから、悠斗の様子がおかしくなってきた。どうにも落ち着かない。ちょっとしたことに大声で笑い、怒り、何やら意味の分からない言葉を発した。そして、子どもたちがロビーに出てお土産を買うところになると、館内を走り回り、エントランスホールのソファに飛び乗り、テーブルを飛び越えて、そのはしゃぎぶりは明らかに異常であった。

理由はすぐに分かった。薬が切れてきたのだ。悠斗は朝一錠薬を飲んで学校に来る。この日も同じようにしてきたはずだ。その薬がおよそ十二時間後、夕食のころに切れ始めるのだ。いつもなら、この時刻には、住み慣れた自分の家で見慣れたものに囲まれて過ごしているから、さほどの刺激は受けない。しかし、今日は見るもの聞くもの何もかもが目新しい。薬が切れてわずかな刺激にも反応するようになった悠斗に、この環境でおとなしくしろと要求することが、そもそも無理であった。

お土産売り場で、子どもたちが品物を選んでいるとき、悠斗は品物を見ている友だちにじゃれかかっていた。友だちは怒りもせず、半ばあきらめて、「やめなよ。危ないよ」と優しく声をかけていた。誰もが、しょうがないなあと思っていた。喧嘩になりそうな状況でもなかったから、私もその様子を少し離れたソファに座って見るとはなしに眺めていた。

そのときだった。ガシャーンと大きな音を立てて、キーホルダーなどの小物が一面に散らばった。「キャー」と黄色い声があちこちであがった。友だちをつついて逃げようとした悠斗の洋服の袖か何かが引っかかったのだろう。商品がたくさんぶら下がっている回転式のディスプレイが倒れたのだ。悠斗はその側で呆然と立ち尽くしていた。

「しまった！」と思った。急いで悠斗の側に行って、抱きかかえるようにしてその場から離すとともに、怪我人がいないかを目で確認した。幸い誰も怪我はしていないようだった。「油断した！　不安定なディスプレイから遠ざけるぐらいの配慮はすべきだった」と思った。

すぐに店の人が駆けつけてきた。

「大丈夫ですか。固定が悪くてすいません。お子様にお怪我はありませんか」

怒るのではなく、そう言われたことにかえって恐縮してしまった。

「おかげさまで大丈夫なようです。こちらこそ申し訳……」

謝罪しかけたとき、

「ごめんなさい」

小さな声だったが、はっきりと悠斗がそう言った。

「悠斗⁉」

「ごめんなさい」

「うん。うん。分かった。わざとじゃないんだよな」

私は思わず悠斗を背後から抱きしめた。

「本当にすみませんでした。危ないなあと思いながら見ていたのですから、もうちょっと早く、指導していればよかったのですが。これは私の責任です。本当に申し訳ありません。商品は大丈夫でしょうか」

「いいえ、こちらこそ。たぶん大丈夫だと思います。あそこにはガラスなどの壊れ物は飾ってありませんから。おーい、どうだ？」

駆けつけてきた店員は、散らばった商品を拾い集めている別の店員に声をかけた。

「はい。大丈夫ですよ。ディスプレイも問題ありません」

しゃがんで商品を集めていた店員が返事をした。

「よかった。本当に申し訳ありませんでした」

「あの刀、ゾロ*のだよね」

店先の刀を見て、悠斗が突然言いだした。店員がちょっと変な顔をした。

「そうなの？　……悠斗、ちょっと校長先生と湖を見に行こうか」

「湖？　うん、行こう」

良太や悠斗のことは、ホテルの支配人には話してあったから、店員もある程度は聞いていたのだろう。不思議そうな顔をしたが、不快感を示すような態度は見せなかった。

「校長先生。いいんですか」

担任が小声でささやいた。

「うん。ここにいると、またテンション上がっちゃうから少し静かなところに連れていってみるよ。その間に買い物は終わるだろう。みんなが部屋で落ち着いたら、戻せるかどうか様子を見て、場合によっては職員室で寝かそう」

「分かりました」

夜の湖畔は暗く静かだった。周囲のホテルの窓明かりで、ぼんやりと波打ち際が見えるくらいだった。

「迷子になると危ないから、手を繋《つな》いでいよう」

悠斗は素直に手を繋いだ。静けさが悠斗の心に落ち着きを蘇らせたようだ。湖畔の砂をサクッ、サクッ、と踏みながら、しばらく手を繋いで歩いた。幼い我が子の手を引いて歩いたころの気分が蘇った。

「校長先生の奥さん、病気なの？」

悠斗が突然聞いてきた。きっとお父さんかお母さんに聞いたのだろう。

「うん。もうだいぶよくなってきたんだけどね。よく知っているね」

「治るといいね」

＊注：ゾロ…人気漫画・アニメ『ONE PIECE』（ワンピース）に登場する剣士の名前。

「そうだね。でもね悠斗、残念ながら治ることのない病気なんだ」

「死んじゃうの？」

「ううん。死なないよ。治らないけど、うまく付き合っていけばそんなに困らないよ」

「へえ、そうなんだ」

「うん。先生もメガネかけているだろう。これは、先生の目が遠くを見ることができないからなんだよ。これは、治らない。どんなことをしても、遠くを見えるようにはならないんだ。でも、メガネさえかければ、みんなと同じように生活できる。それでいいじゃない」

「ふうん」

悠斗の表情は暗くて分からなかったが、声の調子は何か深いことを考えているように響いた。

「そんなはずはないか」と、心の中でクスクスと笑いながら、でも、案外そうでもないのかもしれないな、などと思ったりもしていた。

「さあ、帰ろうか」

ホテルのエントランスは、すっかり静かになっていた。部屋からはぼそぼそと話し声が聞こえていたが、もうそれほど大騒ぎしている様子ではなかった。

「自分の部屋に行くか。それとも先生と寝るか？」

「部屋に行く」

「うん。じゃ、また落ち着かなくなったら、先生に言うんだよ」

「大丈夫だよ」

悠斗は小走りに戻っていった。どこまで自分を理解しているのか、危なっかしいところはあったが、もし、うまく仲間と寝られれば、それも大きな自信につながる。そう思って、悠斗に任せることにした。

「校長先生、お世話様でした」

担任が出てきて、そう言った。

「あいつ、謝ったよね。聞いてた？」

私は、言いたくてうずうずしていた言葉を吐いた。

「はい。びっくりしました」

「これは、大変なことだよ」

担任と目と目を合わせてガッツポーズした。


不安な夜を乗り切って、翌朝薬を飲めば、悠斗はもう大丈夫だった。二日目の行程を、悠斗も良太も何事もなく終え、無事学校へと戻ってきた。担任からの報告に悠斗の両親も恐縮していたが、でも、きちんと自分から謝れたという話に、心から喜んでくれた。良太の母親も何事もなく帰ってきた我が子に、ちょっと目頭を押さえていた。卒業を控えた子どもたちに、この旅行はやはり格別な意味のあるものだと、改めて思った。

反省会を終えて、帰れる時間がおおよそ見えてきたところで、由紀子に電話した。少し長めのコールで由紀子が出た。電話に出てから話し始めるまでにまた、奇妙な間があった。

「もしもし、大丈夫か？」

「あ、ああ……ごめん。寝こけてた。もう、帰れるの？」

「ああ、いつでも帰れるから、迎えに来られる？」

「うん。行くよ。じゃあ、すぐ出るね」

「なんだか声が眠そうだけど、大丈夫かい」

「うん。今ウトウトしてたからね。大丈夫だよ」

家から学校までは、朝なら十五分、今ごろの時間は混んでいるからもう少しかかるだろうと思い、電話を切ってから、帰り支度を整えて、二十分ほど経ったところで、校門の前に出た。ところが、それから十分経っても二十分経っても、車は来なかった。

「まさか」

ハッと、頭の中に恐ろしいイメージが浮かび上がった。「飲酒運転！」そういえば確かに受け答えがおかしかった。携帯電話を取り出し、発信しようとしてやめた。もし、運転中なら、かえって危険なことになる。試しに自宅のほうに電話を入れた。だが、当然のことながら誰も出ない。時間はどんどん過ぎていく。もう、電話を切ってから一時間近くになろうとしていた。

じっと待っているのがもどかしくて、近くの広い通りまで出た。そうしたところで、いくらも近づきはしないが、矢も盾もたまらず、右を見て、左を見て、地団駄を踏んだ。

「杞憂《きゆう》であってくれ！」

そう祈らずにはいられなかった。それからさらに十分、十五分、どうすることもできなかった。そこへ、我が家とは反対方向から、のろのろと由紀子の車が近づいてきた。車の前に立ちはだかるようにして、大きく手を振った。車が停まった。由紀子はすでに目はうつろで、酔っぱらっているのは、明らかだった。

「バカやろう！　どういうつもりだ！」

荒々しくドアを開けて怒鳴った。由紀子は、その罵声も耳に入らないようなとぼけた声で、

「道に迷っちゃった」

そう言って笑いかけてきた。

「何を寝ぼけたことを言っているんだ。降りろ！」

その声を聞いて、やっと由紀子は私が烈火のごとく怒っていることに気がついたようだった。ふらふらと車から降りて、言った。

「なにおおってるの？（なに怒ってるの？）」

「見るからに酔っぱらって、何を言っているんだ。人を轢《ひ》いてからじゃ取り返しはつかないんだぞ」

「おはけなんか、ろんでらいよ（お酒なんか、飲んでないよ）」

「全然呂律も回らないじゃないか。いいから助手席に乗れ！」

由紀子を助手席に乗せて、そそくさと車を発進させた。心のどこかに、この光景を職員に見られたくないという、姑息な思いもあったのかもしれない。車が走り出すと、由紀子はすぐに眠ってしまった。よくここまで事故を起こさずにたどり着いたものだ。私は改めて背筋が凍る思いがしていた。

家に帰り着くころになって、少し落ち着きを取り戻した私は由紀子の思いを考えていた。独りぼっちの寂しい夜を、遥香の帰りを待つことで病魔と闘い、翌朝、遥香を送り出すと、再び孤独な闘いが始まる。ついに闘いに敗れて飲んでしまっても、夫を迎えに行くという約束だけは果たしたい。夫への愛が無謀な飲酒運転に自分を駆り立てる。そんな妻の切ない思いを非難できるか。私は自問した。

もちろん飲まなければいいに決まっている。もし、飲んでしまったら、飲んじゃったから迎えに行けないと正直に言えばいい。そんなことは分かっている。しかし、そんなふうに理屈でものが片付くのなら、誰も苦労はしないではないか。だからといって、飲酒運転を看過することはできない。それはもっと大きな不幸を生みかねないのだから。

車は家に着いた。私はしばらくそのまま車の中で、由紀子の寝顔を見ていた。それから、優しく由紀子を揺り起こして、

「さあ、着いたよ。家に入って横になろう」

そう言って、由紀子の手を取って、車から降ろして玄関に連れていき、靴を脱がせて、居間のいつもの場所に横にならせた。それから、荷物を車から降ろして、ざっくりと片付けると、由紀子の背中に添い寝した。

「由紀子。怒鳴って悪かった。ごめんね。寂しかったんだね。おとんと約束したから、迎えにきたかったんだよね。でもさ、やっぱり飲酒運転はダメだよ。もしも、誰かの命を奪ってしまったら、それこそ申し訳が立たないもん。『飲んじゃったから行けないよ』でいいんだよ。怒らないから。ね。もう飲酒運転だけはしないでね」

由紀子の肩を、子どもをあやすようにぽんぽんと優しく叩きながら、諭すように話した。横向きに寝ている由紀子の目から、涙が一筋、眉間の方に流れた。

悠斗も由紀子もそれが最後の事件だった。良太はもうずっと大きなトラブルは起こしていなか

った。そしていつしか、季節は冬を迎えていた。

暮れの三十日に悟司からメールがあった。


〈明日、家に帰る。三が日はそっちにいるつもり。大丈夫？〉

〈了解。もちろん大丈夫だけど、こっちは大晦日の夜から、鎌倉に行こうと思っている〉

〈分かった。一緒に行こう！〉


悟司は、由紀子の病を気遣うと同時に、その由紀子の面倒をみる私のことをとても気遣ってくれていた。忙しく働いていて、めったに連絡もないが、何かの折にかかってくる電話やメールで、その思いがひしひしと伝わってきた。

大晦日、以前は家族で紅白歌合戦をなんとなく見ていたが、最近は質が落ちて見る気になれず、私は第九の演奏会の番組を見ていた。夜の十時ごろになって、悟司が現れた。中学時代の友だちと会っていて、そろそろかなと思って帰ってきたのだという。

「じゃあ、出かけるか」

そう言って、三人連れ立って家を出た。スマホで動画を楽しんでいた遥香は、元日も仕事だからといって家に残った。彼女はまったくテレビには興味がないようだった。

横須賀線の中で新年を迎えた。目的地に選んだ長谷寺《はせでら》は、鎌倉駅から江ノ電で三つ目、長谷駅の近くだが、歩いても二キロあまりだし、私たちは静かな古都鎌倉の夜をのんびりと歩くことにした。鎌倉といえば、鶴岡八幡宮《つるがおかはちまんぐう》が初詣の人気スポットだから、鎌倉から長谷に向かう道は、人の流れと逆方向である。途中小さなスナックがぽつりぽつりと営業しているほかは、何もない道を三人で他愛のないことを話しながら、のんびりと歩いた。以前だったら、スナックに寄って、軽く一杯飲んでから行くところだが、今はそういう習慣はすっかり抜け落ちていた。

長谷寺の新年は、万灯会《まんとうえ》で知られる。小さな器に入れられたロウソクの火が、何重もの円形に並べられて、静かに揺れている。東大寺の燈火会を何十分の一かにしたようなささやかな光のオブジェだが、それでも五千本はあるのだという。小さな寺の狭い境内に静かに揺れる光の輪は、それはそれで心洗われる美しさだった。境内の細い散策路を巡ると、いくつものお地蔵さまに出会う。その中でもちょっと大きめの、それはそれはかわいい笑顔をした和み地蔵のお顔がなんとも嬉しかった。仏教の「無財《むざい》の七施《しちせ》」に「和顔悦色施《わげんえつじきせ》」というのがある。字のごとく和みのあるお顔で人に接する、お金によらないお布施の一つである。確かに笑顔には、人の心を蕩《とろ》けさせる力がある。このお地蔵さまのお顔を見ていると、無益な争いをやめて、笑顔で生きたいと心からそう思えた。

長谷寺から程近い、高徳院《こうとくいん》の大仏を拝み、鎌倉駅に戻るついでに、鶴岡八幡宮を参拝して、家路に着くころ、元旦の朝日が昇ってきた。穏やかな年明けであった。今日のこの朝日のように、明るい一年であってほしいと、心から祈らずにはいられなかった。

妙子からは、八月に奈良で、帰りたいという電話を受けて以来、半月に一回ぐらいのペースで電話が掛かっていた。内容は、由紀子が元気にしているかという問いにかこつけて、要は帰りたいという話だった。独りぼっちで老人ホームにいるのは、寂しいのだろう。おまけに、貴子も麗子もまったく顔を出さなくなってしまったようであった。それはそうだろう。「康介が怖くて一緒に暮らせない」という妙子の訴えによって、貴子も麗子もなんとか自分の母親を救い出そうと、私を非難して老人ホームに入れたのである。

途中から、貴子は目的が歪んでしまったし、麗子はどうも母親の言うことが全部真実ではないということに気づいたようではあったが、当初二人が母親のことを心配して行動したことは、疑う余地のない真実だった。その肝心の母親が、あろうことか康介のもとに帰りたいと言いだしてしまったのだ。二人にしてみれば、面目丸つぶれである。梯子《はしご》を外されるとはまさにこのことであった。私や妹の由紀子に対する後ろめたさも手伝って、母親への気持ちが憎しみに変わったとしても不思議ではなかった。

だが、私に言わせれば、妙子の無責任さは今に始まったことではない。この年寄りに腹を立てて、無益な争いをするほど、つまらないことはないという気持ちだった。幼子が母親を頼って生きてきた時代は別にして、いっぱしの大人としてこの母と付き合った時間は、義姉たちより私たちのほうが遥かに長い。その差が、義姉たちとの心のゆとりの差になっているのかもしれなかった。

「帰ってきたければ、帰ってきたっていいですよ。もともと、私たちから出ていってくれって言った話じゃないんだから。ただささ、調停で決まった代償金の支払いは、きちんと済ませたいと思っているんです。そうしないと、またぞろ貴子がなんて言ってくるか分からないからね。だから、とりあえず五月にはその支払いをしますから、それが済んだら、改めて、仕切り直ししましょう」

年明けに掛かってきた電話にそう答えた。八月の電話と基本的には同じことの繰り返しだったが、支払いが済んだ後で、帰ってきたかったら、それは受け入れるという意思表示だけはしていた。その違いが、妙子にどこまで理解できたかは分からなかったが。

代償金を払った上に、家に居座られたのでは、それはさすがに不愉快だった。だからといって支払わないまま家に引き取れば、貴子にクレームの口実を与えかねない。そうすると、五月に代償金の支払いを済ませた上で、妙子がどうしても戻りたいと言うのなら、それを返金してもらってから家に引き取るというのが、一つの辻褄《つじつま》の合うストーリーではないかと考えた。そんな含みもあって、私は「代償金の支払いが済んだら、仕切り直して考えましょう」と電話のたびに答えていたのだった。

そんな話をしてひと月ほど経ったころ、書斎のパソコンに一通のメールが届いた。壮一からのメッセージだった。このパソコンを開くのは、たいてい夜遅くだったから、この日も先に仕事の用を済ませて、メールを読んだのは深夜零時に近かった。

〈康介さん、過日の老人ホームでの話し合いでは、お母さんの言葉に翻弄されたとはいえ、貴兄に大変失礼な発言をし、申し訳ありませんでした。その僕がこんなことを言うのもおかしなことですが、実はお願いがあります。

お母さんから、麗子のところに再三電話があって、家に帰りたいとお願いしているのだが、康介さんは許してくれない。隆哉《たかや》にとりなしてもらおうと電話したが、おばあちゃんが悪いとばっさり切り捨てられてしまったと言って泣きついてきます。麗子も困ってしまって、麗子のほうがおかしくなりそうです。お母さんがどうして家を出たのか、その本当の理由はもはや僕には分からないのですが、麗子が相続を放棄したのは、康介さんが両親の面倒をみてくださってきたからという意味もあるわけで、その意味では、康介さんには、お母さんを受け入れる義務もあるのではないかと思います。

　またしても、口幅ったいことを言ってしまって申し訳ないのですが、なんとか、お母さんを許していただくわけにはいかないでしょうか。

　貴兄の寛大なご配慮を願っています。

　　　　　　　　　　　　　　　　　　　　　　壮一〉

　慇懃無礼《いんぎんぶれい》と言うのだろうか。過失を認め謝罪しているようでありながら、肝心なことは何も改善されず、どこか兄貴風を吹かせたい気持ちが見え隠れするメールだと思った。今更壮一とバトルをする気はなかったが、ひとこと言ってやりたかったから、やんわりと苦言を呈する返信を打った。


〈メール拝読しました。ご要望の件にお答えする前に三つほど申し上げておきたいと思います。

　まず、老人ホームでの壮一さんの発言に関しましては、もう過去のことですので、お気遣いなさらなくて結構です。

　次に、気遣い不要と言っておきながら矛盾していますが、またしても妙子さん（うちではおばあちゃんなので、混乱を避けるためこう呼びます。ちなみにお母さんというと由紀子になってしまいます）の言葉を鵜呑《うの》みになさっていませんか。私は許さないなどと言っておりません。隆哉からその話は聞いています。彼曰く「オレは親父に謝れば？　一緒に謝ってやろうか？　って言ったんだぜ。そうしたら、何であたしが謝らなきゃいけないのって言うから、じゃあオレにはどうしようもないよって言ったんだ」だそうです。

三点目として、麗ちゃんのところに繰り返し電話が来るのなら、麗ちゃんが私に連絡してくるべきではないでしょうか？

とりあえず、この三点について、お考えをお聞かせください。

康〉

すでに、午前零時を大きく回っていた。真夜中に文を書くと、感情移入が強すぎて、翌朝読んで恥ずかしくなることがよくある。だから打ち終わったメールをすぐには送信せず、翌朝、もう一度確認し、まあよかろうと思ってから送信した。

送信したまま、仕事に出かけ、その日の夜パソコンを起動すると、はたして、壮一から第二信が入っていた。

〈老人ホームでの発言、気遣い不要と言っていただいて感謝します。

今回の件、ご指摘のとおりまた鵜呑みにしそうになっていました。少し言い方を変えます。妙子さん（康介さんの呼び方にあわせます）が、帰りたいけれど康介さんが許してくれないと言っています。事の真偽は分かりませんが、僕としては許してあげるべきだと思います。ご高配ください。

麗子が連絡するべきというご指摘もそのとおりだと思いますが、実は麗子は康介さんに敵意を抱いてしまっています。というのも、一昨年の秋から冬にかけて、断続的に由紀ちゃんから麗子にかなり激しい口調で、なんていうのか、相続の書類を返せとか、判子押せとか、罵声を浴びせるような感じの電話が掛かってきていて、あまりに酷いので電話を切ると、今度は、子どもたちにまで電話が掛かってきてしまって、とても困ったことがあるのです。麗子は、そのすべてが康介さんのせいだと考えてしまっています。康介さんが由紀子に言わせているとか、そもそも斎藤家はお酒を飲まない家庭で、そこにお酒を持ち込んだ康介さんが悪いんだとか、そういう考えに固執してしまっているのです。世界中にお酒を飲む人は無数にいるのだから、病気を康介さんのせいにするのは間違っていると言って聞かせるのですが、聞き入れようとしないのです。血を分けた妹の奇行を誰かのせいにしなければ、心の置き場がないのだと思います。理論的に考えれば間違っているのは、よく分かっています。でも、理屈どおりいかないのも人間です。そこをご理解ください。
繰り返しになりますが、寛大なご判断を願っています。

壮一〉

由紀子の行動を「奇行」と言い切られてしまうことには、少なからず不快感を覚えたが、それを誰かのせいにするべきではないという、壮一の判断は正しかったし、それを理解できない麗子の態度に彼が困惑している様子は、よく理解できた。論理より感情が先にあって、感情にフィットする理屈や事実を無理やり探し出そうとする態度は、由紀子にも見られる、いかにも斎藤一族——というよりは、妙子の実家、神崎《かんざき》一族——のＤＮＡだと思った。自分は婿養子だから、麗子が自分に敵意を持つことは、それほど実害を生まない。少なくとも金銭的には紳士的な対応をしてくれているのだから、腹を立てるべきところではないと思った。その点では、もはや守銭奴《しゅせんど》と化してしまった貴子とは大違いである。

ただ、そのために由紀子と麗子が疎遠になることは、悲しいと思った。二人は血を分けた姉妹である。妹への思いが私への敵意になっているのだとすれば、自分のことはどう思ってもいいから、由紀子とはうまくやってほしいと願わずにはいられなかった。そんな思いも込めて、私は壮一への返信を認《したた》めた。

〈早速のお返事ありがとうございます。

まず妙子さんのことをお話しします。妙子さんからは繰り返し帰りたいという話が来ており、私としても好きにしてよいと返事しています。ただし、先の調停で、私には妙子さんへの支払い義務がありますので、それだけは、済ませたいのです。それが済むまで、結論は待ってほしいと伝えています。それが済む前に帰ってきて、結果的に支払いをしないで済ませたりすると、ご立派なお義姉さまが何を言いだすか分かりませんので。

一度金銭を支払った上で、それを返してもらって、家に帰ってきてもらうというのも一つの方法だし、そうでなければ、きちんと家賃をもらって、この家に住んでもらうというのも一つの方法だと思っています。

相続の問題を綺麗に片付けて、貴子とは金輪際《こんりんざい》縁を切って、それから、妙子さんとは、今後どうするかを話し合っていきたいと思っています。

もともとこの話は、妙子さんが私を非難して始まったことで、私が妙子さんを許す許さないという問題ではないのです。金銭面で納得のいく取り決めができれば、私はいつでも受け入れる用意があります。

次に麗子さんのことですが、由紀子がそのような電話をしていたということについては、知らぬこととはいえ、大変ご迷惑をおかけしました。お詫び申し上げます。

ただ、それは病気がさせているということを理解してほしいと思います。病気というのは、本人も含めて、誰のせいでもありません。由紀子の行動に腹を立てることは、発達障害の子どもの行動や認知症のお年寄りの行動に腹を立てるのと同じように、無意味なことです。私はもともと縁もゆかりもない人間ですからまだしも、麗子さんと由紀子は実の姉妹ですから、ぜひ、関係を修復してほしいと願います。

以上のように考えています。最初のご要望のお答えになったでしょうか。

私のほうからは、壮一さんにも麗子さんにも、遺恨は一切ありません。そのことをご理解いただき、よろしくお取り計らいください。

康〉

その翌日、壮一から三通目のメールが届いていた。

〈妙子さんを受け入れる用意があるというお話、麗子にも伝えました。ほっとしていました。貴子とは縁を切るというお考え、僕個人としても大いに賛成です。

康介さんのお気持ちは、ありがたく受け取りました。麗子にも話しましたが、関係修復という話は、分かった、じゃあこれでというようにはいかないようです。もう少しそっとしておいてあげてください。

ありがとうございました。

壮一〉

短いメールだったが、十分に心通う内容だった。最後の謝辞にこめられた、壮一の万感の思いを嬉しく受け止めた。深く降り積もった雪は、たとえ雪がやんでもすぐに融《と》けはしない。しかし、いつか春の日差しに、根雪が融けるように、笑顔を絶やさずに生きていれば、麗子の心を融かすことができる日も来るのではないかと思った。そう信じて日々を送ることが、和み地蔵の教えなのだろう。瞼《まぶた》の裏に鎌倉の夜が蘇っていた。


三月、いよいよ子どもたちの卒業式が近づいてきた。それは、三十七年に及ぶ私の教員人生の卒業でもあった。私は良太と悠斗の卒業式当日のことについて相談するために、校長室に二人の保護者を招いた。

厳格な式に、二人がどれだけ耐えられるか、未知数であった。昨年五年生のときは、途中退席して、保護者と控え室でクールダウンして、始めと終わりだけ式に参加した。我慢できなくなって、式を混乱させないための配慮だった。しかし、今年は卒業生である。できれば全部参加させてあげたかったが、パニックを起こして、式場で暴れてしまったりすれば、他の子どもたちもかわいそうだが、それ以上に本人たちの生涯の汚点になってしまう。ここは、本人と親御さんの気持ちを丁寧に聞き取る必要があった。

親御さんは、もちろん参加させたいと願った。本人たちははじめから出る気だった。そこで、万一のときはどうするかということで、座席の位置、一緒に式に参列する保護者の席、万一のときにカバーする補助員の位置など、綿密に打ち合わせて、最初から最後まで参加させることに決めた。何があっても、責任を取る覚悟はできていたが、どう転んでも定年退職してしまうのだから、責任の取りようもないというのが本当のところだった。

なんと教育委員会からの列席者は、あの月岡副参事だった。良太の暴力問題でやっつけてしまった男である。誰の采配で、監視なのか、罪滅ぼしなのかも分からなかったが、よく見ておけよと思った。

卒業式の式辞の文面を推敲しているとき、携帯電話の呼び出し音が響いた。中央クリニックだった。嫌な予感がした。

「はい。斎藤です」

「斎藤由紀子さんのご主人様の携帯電話《ケータイ》でよろしかったでしょうか」

「はい」

「実は、今日奥様がミーティングにいらっしゃっているのですが、どうも、飲んできてしまったようで、恐れ入りますが、お迎えをお願いできますでしょうか」

「あらあ、そうですか。このところずっと調子がよかったのですけれど。分かりました。すぐ迎えに行きます」

以前はよくあったが、ここしばらくなかった緊急呼び出しであった。私はバイクでいったん家に帰り、由紀子を乗せるために車に乗り換えてクリニックに向かった。

クリニックに着くと、由紀子は待合室で不満そうに待っていた。

「よ。どうした？」

由紀子の腰かけていたベンチシートの隣に座りながら聞いた。

「あたし、飲んでないよ。なのにどうしても飲んでいるって決めつけるのよ。あったま来ちゃう」

こんなにあからさまに怒るのもここしばらくなかったことだった。そこに、林《はやし》という看護師が現れた。

「斎藤さんですね。お世話様です。奥様は飲んでないとおっしゃるんですが、明らかにアルコールのにおいがして、簡易検査でも陽性が出てしまいましたので、今日は連れて帰ってあげていただけますか」

「そうですか。見た感じ飲んだようには見えませんけど」

「さっきまで、もう少しぼんやりなさっていたのですよ」

「いつ飲んだ可能性があるとお考えですか？」

「さあ、昨夜でしょうか。そのアルコールが残っているということかもしれません」

「それはないです。朝までは私と一緒ですから、飲んでいないことは私が保証します」

「とすれば、ご主人様が出勤した後ということですね」

「それって、おかしくないですか。午前中はミーティングに出ていたのでしょう」

「その辺ははっきりとは分かりませんが、検査が陽性ですので」

「だから、それは昨日行った歯医者さんで詰めたアルコール綿のせいだって、説明したじゃありませんか」

由紀子は泣きそうな声で、抗議した。

「それはありえません」

「どうしてですか？」

林がやけに断定的な言い方をしたので、今度は私がちょっと咎めるように疑問を呈した。

「いえ、それは……、とにかく、検査で陽性が出た以上、ミーティングに参加させるわけにはいきませんから」

「だって……」

「分かりました。もう結構です。由紀子。帰ろう。この人はダメだ」

由紀子を制して、席を立った。私の冷淡な物言いと鋭い視線に、看護師の林がたじろいだ。会計を済ます間、出入り口の近くで待っていたが、事務職員や他の看護師が申し訳なさそうにしている様子が見られて、あの看護師の立ち位置がいっそう鮮明に見て取れた。

車に乗ると、堰《せき》を切ったように由紀子がしゃべり出した。

「あの人、いつもそうなのよ。なんていうのか、冷たいのよねえ。だからみんなあの看護師のこと嫌いなのよ。ちょっと書類の出し方を間違えたりしてもさ、それはこっちじゃありませんとか言って突っ返すのよね。他の看護師なら、ああ、それこっちねとか言って、自分で入れなおしてくれるじゃない。それで、おじいちゃんとかがさ、『それぐらい入れなおしてくれよ』とか言うと、『私がやったら覚えてくれないでしょう』とか言うのよ。そんなの覚えてるわよ。覚えてたって間違えることはあるでしょうっていうの」

「うん。よく分かる。そういう奴っているんだよ。自分の役割が分かってないんだよ。看護師の仕事はさ、患者を看護することなんだよ。つまり、ルールを守ることも、患者にとってプラスになってこそ意味があるわけだし、逆にいえば、患者を救うためなら、ルールを曲げることだってあっていいのさ。ところが彼女は、飲んだかどうかを裁くことしか考えてない。それは、裁判官の仕事だよ。彼女には患者よりルールが大事なんだ」

私は車を発進させながらいつも考えている持論を展開した。

「そう。それ！　おとん、すごい。ひと目で分かるんだ」

「バカな日本人の典型さ。この国は、自分の力で政治を勝ち取ったことがないからね。お上から授けられた制度の中で生活しているから、ルールに対する主体性が弱いんだよ。ルールは人のためにある。ルールを守ることより、人を守ることのほうが当然大切なんだ。だからルールは守るより使うという感覚が必要なんだ。守るという感覚でいくと、違反でなければ何をしてもいいんでしょうという発想が出てくる。そうじゃなくて、みんなが幸せになるために、ルールを上手に使う。必要なときは守るし、ときには破ることも無視することもある。ルールに書いてなくても、みんなの幸せにつながることをして、つながらないことはしない。それが本当のコンプライアンスなんだよ。今度クーちゃんに相談してごらん。夫がこう言ってましたってさ」

「ははは、その説明は、あたしにゃ無理だ。できないなあ」

やっと由紀子が笑ってくれた。私も一緒に笑った。

「あたしさあ。デイケアやめようかと思っているの」

唐突に由紀子が言いだした。だが、私も今が潮時かなとは思っていた。

「どうして？」

「うん。もういいかなって。別にデイケアが嫌じゃないのよ。行けば行ったで楽しいし、みんないい人ばかりだし。だから前みたいに、あたしはこんなところに来る人間じゃないとか思っているわけじゃないのね。でもさ、もうわざわざ行かなくても大丈夫かなって。結構お金もかかるし、第一、時間を取られて、他のことができないしね」

「他のことって？」

「まだ、分からないけど、何か趣味を持ちたいなって」

由紀子の言葉からは、逃避的なにおいを感じなかった。何か、まだはっきりとは見えていないが、前向きな希望のようなものを嗅《か》ぎ取ることができた。そこには、いつだったか東都アルコールセンターの家族会で感じた、この病を治すことの本当の意味が隠れているように思えた。アルコール依存症とは、麗子の言うようなお酒の問題でないことは確かだった。酒がギャンブルになっても、薬物になっても同じことで、問題の核心は「依存」する心、つまり生き方のほうにあるのだ。

「いいんじゃないの。オレも、前みたいに心配はしないよ」

「ホント！」

由紀子の声が弾んだ。

「うん。趣味を持つなり、仕事を持つなりして、君が命の輝きを取り戻すことが、本当の意味の回復になるんだと思うよ。ただ、五月になると、ばあさん帰ってくるよ」

「帰ってくるのかなあ」

「たぶん。帰ってきたいって本当に言いだしたら、ダメとは言えないよ。ずっと戻ってきなさいって言ってたわけだし、第一お金がもったいないよ。元は全部おじいちゃんの財産で、死ねばおれたちのものになるんだから。全部じゃないけど」

「全部でいいんじゃないの」

「また、貴子が分けろって言ってくるよ。金の亡者だもん」

「そうだね」

「かわいそうな人さ。『金色夜叉《こんじきやしゃ》』じゃないけど、小金に目がくらんで、家族も何もかも捨てたわけだからね。心入れ替えれば許してやってもオレはかまわないんだけどさ」

「やめてよ。心入れ替えるわけがないじゃない」

「まあね。でもまあ、ばあさんはしょうがないよ。今や何もできないぼけ老人だからさ。最期は看取ってやらなきゃね」

「やだけどなあ。しょうがないか。でもさあ、どうしておとんは、そんなに優しくなれるの？」

「ううん……、そのほうが楽だからじゃないかな。何か立派な考えがあってそうしているつもりはないんだよ。そうしたほうが心が穏やかでいられるっていうか、結局自分が気持ちのいいことをしているだけだよ」

「でも、悔しくはないの？　大金払わされて」

「悔しがって、なんとかなるのならまだしも、どうにもならないなら、悔しがるだけ損だよ。許してしまったほうが結局自分が得だと思うよ」

「ふうん。私にはなれないなあ」

「君のことだってそうだよ。友だちは、よく頑張ったねとか言ってくれるけどさ、別に自分を犠牲にして、君をサポートしているわけじゃない。そうしたいからしているだけで、何ていうのかな、確かに君は相当ひどいときがあったけど、だからって君と別れたいと思ったことはない。結局君と一緒にいたい、元気な君を見ていたい、という思いが、胸の奥底から湧き上がってくるから、その衝動に従って生きているだけで、特別立派なことをしているつもりなんかないんだよ」

「ありがとう」

少しの沈黙があった。カーラジオのＢＧＭがその沈黙を一層際立たせていた。

「それはそれとして、やっぱり三月いっぱいで中央クリニックやめる。いいでしょう」

気を取り直すように、由紀子が強い意志のある口調で言った。

「うん。オレも定年して、暇になるし、一緒に何か始めるか」

「そうだね。じゃあ、クーちゃんに相談してみるね」

結果的に林看護師が由紀子の次の一歩の背中を押してくれたことになる。人生とはかくも分からないものだ。すべては、受け止める側の生きる力の問題なのだ。依存症からの回復とは、その生きる力を取り戻すことなのだ。何かの理由で、生きる力が弱まったとき、その心の狭間にブラックが舞い降りてくる。ブラックは酒とは限らない。それは死の誘い――自死――かもしれない。由紀子が酒に逃げてくれたことは、ある意味幸いだったのかもしれない。生きてさえいれば、回復の可能性は残されるのだから。その生きる力を子どものときから育てることが教育なのだと強く思った。もうそれを実践に移す時間は自分には残されていなかったが。


三月二十三日、卒業式当日。月岡を何食わぬ顔で出迎えた。月岡は他の来賓に向かって、この学年には大変な子が何人もいて、校長がいかに頑張ってくれたかを盛んにアピールしていた。どうやら誰かに命じられて罪滅ぼしに来たらしかった。いささか傲慢だが、市の上層部にもまっとうな者はいるのだと、少しほっとした気分にもなった。

万全の態勢で式は進行した。しかし、教職員の心配はすべて杞憂に終わった。良太も悠斗も実に立派な態度で、最後まで式に臨むことができた。子どもたちが、一人ひとことずつ語り継ぐ、「卒業の言葉」を、私は壇上で受け止めていた。校長になって四回目の「卒業の言葉」であった。

涙もろい私は、管理職になる前、卒業生の担任をしていたときはもちろん、他学年を受け持っているときも、このくだりではいつも涙を流した。管理職になってから、来賓として中学校の卒業式に参列するときも、中学生の送辞、答辞に、思わず涙した。しかし、校長として壇上に立ったときは、緊張感からか責任感からか、涙は出なかった。

だが、この日、最後の最後で、良太が叫んだ、「さようなら。花園小学校」の言葉に、涙腺が崩壊した。まっすぐに子どもたちを見つめながら、溢《あふ》れる涙は頬を伝い、演壇に落ちた。私はその涙を自分に許した。喜びでも悲しみでもない。もちろん寂しさではない。ひとことでは言い尽くせない、ありとあらゆる意味で、何かを成し遂げた者だけに許される涙だった。

涙でかすんだ視線の先に、共に泣いてくれる、教職員がいた。子どもたちがいた。良太の母親がいた。悠斗の両親がいた。来賓席には、地元の人たちに混じって、月岡の顔もあった。誰もが、涙と笑顔で、子どもたちを見つめていた。

六　大団円

卒業式が終わり、その翌々日には修了式も終わり、次年度の校内人事もすべて終えた。残すは、三月二十九日に教育委員会から退職辞令を受領することと、三十一日に次の校長に校務を引き継ぎ、この学校に別れを告げることだけだった。

由紀子も三月二十六日の土曜日をもって、中央クリニックのデイケアを卒業した。幸川カウンセラーと相談し、「ご主人が了解しているのなら大丈夫でしょう」とお許しをいただいた。ただし、二週間に一度、面談にだけは通院するという約束つきだった。

三月三十一日には、三十二回目の結婚記念日が訪れる。それをちょっと前倒しして、二十七、二十八日の一泊二日で、恒例の記念旅行に出た。目的地は、以前校長会の帰りに寄って、小さな籐のかごに鈴の入ったキーホルダーを買った、笛吹川フルーツ公園だ。丘の斜面に広がる公園を見下ろすように、頂上に建てられた、薄いピンクの外壁がいかにもおしゃれな、西洋のお城を思わせる建物がその夜のホテルだった。去年の春、積翠寺温泉に行ったとき、ほんの少しフルーツ公園に立ち寄って、今度は必ずここに泊まろうと話していたホテルだった。

私が夏に来たときは、花はあまりなかったが、今回は春の花が、今を盛りに咲き乱れていた。花壇には色とりどりのパンジーやビオラ、チューリップ。樹木では梅が終わって、桃が満開、桜はほころびかけたところだった。特に目を引いたのは、アーモンドの花だ。桜を少し大ぶりにしたような、あのアーモンドの実からは想像もできないような、淡いピンクの美しい花房が枝を覆っていた。

春分を少し過ぎて、一時期に比べるとだいぶ日の長くなった夕暮れ、ホテルにチェックインした。部屋の窓から、甲府盆地が一望できる。山梨の温泉宿はどこも夜景が美しい。中でも、このホテルは一、二を争う夜景の美しさが売りのホテルだった。

「由紀子。来てごらん」

窓辺に立って外を見ながら呼び寄せた。

「ほら、富士が綺麗だよ」

「うわあ、ホントだ」

薄暮の甲府盆地に、ちらちらと街の灯《ひ》がともりはじめたその先に、夕日を浴びて夏みかん色に輝く富士山があった。

「なんだか形が違わない？」

由紀子が呟いた。

「うん。いつも見ている富士山とは、逆向きだからね。いつもオレたちは南、静岡側から見ることが多いから」

「ああそうか、裏富士とかいうやつね」

「裏とか表とか言うな。昔のドラマで今川《いまがわ》、北条《ほうじょう》、武田《たけだ》の三国同盟が成立する場面でさ、今川義《よし》元《もと》が武田晴信《はるのぶ》に、裏富士もなかなかいいものですなって言うんだよな。そうするとさ、晴信が、いやいや、甲斐《かい》の者にはここから見る富士を裏などと言う者はおりませぬって答えるわけさ。裏だの表だのは、自分でそう思うのはかまわないけど、人もそう思っているとは限らないってことだよね。そういう他者の立場を想像する力を、思いやりっていうんだよ」

「なるほどねえ。おとんの話は深いねえ。それにしてもよく知っているねえ。そういう話はどこで仕入れてくるの？」

「ああ、この富士山をめぐる会話は、ＮＨＫの大河ドラマだよ。だから誰かの創作さ。古文書にあるわけじゃないだろう」

「そのセリフを覚えてるっていうところが、変なんだよ」

「はは、印象に残ったことは忘れない。人の顔と名前はすぐ忘れちゃうけどな」

窓辺に並んで話しているうちに、景色は暗さを増していった。いつしか甲府盆地は闇に融けて、街の灯がきらきらと宝石のように輝き始めていた。

「明日は、山梨美術館に行こう。ミレーはいいぞ。ちょっと暗いけど、ミレーの絵には、生きる力があるよ」

「音楽とか、絵画とか、おとんはホントに幅広いよね。あたしももう少し勉強しなくちゃ」

「一緒にいろいろ行こうよ。これから平日に休めるし。そうそう、五月になったらさ、連休明けに伊豆に行こう。新緑の季節とか紅葉の季節とか、連休はどこもいっぱいだし、平日は休めないから、全然行けなかったじゃない。これからは、そういういいときに行ける身分になるんだからさ。

『伊豆の踊り子』の道を巡ってみたいんだよ。まあ、車でだけどな」

「今度は文学？」

「何でも聞いてよ。雑学の天才だもん」

どうしても私が由紀子を連れ回す形になってしまう。それが、由紀子をこの病気にした遠因であると分かってはいるのだが、三十二年連れ添った今、その関係を変えるのは難しかった。もう、とことん由紀子の思いを想像して、由紀子自身が心豊かな人生を歩めるよう心を砕いていくしかないと思った。そうやって、由紀子の笑顔を見続けることが、自分の幸せなのだと、私は心から思っていた。

「いいよ。思う存分授業しなさい。もう教える相手はいないんだから。これからは、あたしがとんの教え子になってあげる。授業料はただだけどね」

「ずいぶん陳《ひ》ねた教え子だな」

由紀子を背中から抱きしめた。窓に映る由紀子の笑顔が嬉しかった。

三月三十一日、住み慣れた花園小学校を去るときが来た。丸山教頭も隣の学校に異動であった。

そのほかにも、何人か年度末異動の職員がいた。勤務終了時刻の少し前、糸井教頭が校長室に来た。

「校長先生。突然ですが、お別れ会をやります。職員室においでください」

「ええ、いいよ。また、うるうるしちゃうからさあ」

「ダメです。みんな待ってます」

糸井に先導されて職員室に行くと、いつの間に集まったのか、大勢の教職員が待ち構えていた。職員室の校長の席に立つと、つい先日卒業させた六年生の学年主任をしていた今井美佐子《いまいみさこ》が、大きな花束を持って進み出た。

「校長先生、本当にお疲れ様でした。そして、ありがとうございました。校長先生から教えていただいたこと、絶対に、絶対に忘れません」

花束を胸に抱いて、固い握手を交わした。大きな拍手と歓声が沸いた。喜びと誇りが胸を満たしていた。わが教員人生に悔いなし。心からそう思えた。

校長室に蓄えた荷物を持ち帰るため、今日は車で来ていた。いくつものダンボール箱や手提げ袋を、職員の手を借りて玄関に運び出していると、数人の男の子が近づいてきた。

「校長先生、お手伝いさせてください」

つい先だって卒業させた六年生だった。よく校長室に将棋を指しに来ていた子が中心のようだ。

良太も悠斗もいた。手に手に箱や手提げを持って、周りにまとわりつくように車まで歩いていった。車の近くまで行くと、正門の坂を上ったところに数人の保護者がたたずんでいた。子どもたちを送ってきてくれたらしい。子どもたちのおかげで、荷物運びは一度で済んでしまった。丸山や糸井や何人もの職員が見送りに出てきてくれた。職員や子どもたち、そして保護者に見送られて花園小を後にした。本当に、教師冥利に尽きる終焉《しゅうえん》だった。

家に帰って、車を車庫に入れ、持てるだけの荷物を持って玄関に向かった。途中いつもの習慣で郵便受けを覗くと、数枚のチラシやＤＭに混じって手書きの薄い緑色の封書が入っていた。宛名は由紀子、差出人は天野《あまの》麗子と書かれていた。

「ただいま。麗ちゃんから手紙来てるよ」

玄関に出迎えに出てきた由紀子に封書を手渡した。

「お帰り。麗ちゃんから？　何だろう」

少し嫌なものを受け取ったような顔をして、由紀子は手紙を持ってダイニングテーブルについた。

「麗ちゃん、何だって？」

書斎に荷物を置くと、ダイニングの方に向かって声をかけた。返事はなかった。ダイニングに戻ると、由紀子は心なしか涙ぐんでいるようだった。

「どうした？」

そう問いかけると、由紀子は黙って手紙を差し出した。その手が小さく震えていた。

由紀子。

もう毎日病院に通わなくてよくなったんだってね。よかったね。

康介さんも、無事定年、おめでとうございます。

まだ、面と向かっておしゃべりする勇気はないけれど、二人の結婚記念日のお祝いと、康介さんの退職のお祝いです。何かおいしいものでも食べてきてください。

麗子

走り書きのような、簡単な文面の一筆箋に、ペアのお食事券が添えられていた。

「由紀子。よかったね。いつか仲直りしような」

そっと肩を抱くと、由紀子は私の腰のあたりに頬をうずめてきた。

薄緑色の封筒からは、早春の雪解けを予感させる、若草の香りがするような気がした。

エピローグ

あれから一年。由紀子は相変わらず、数カ月に一回程度スリップをしているが、深酒に陥ることはなく、元気にしている。私は校長を退職して週三日程度の博物館勤めを始め、由紀子も秋からは学校の支援員になって、やはり週三日私がみてきたような手のかかる子の面倒をみている。

この一年、平日に休める特権を生かして、いろいろなところに行った。伊豆、伊勢、北海道。旅行ばかりでなく、クラシックのコンサート、オペラ、演劇にも行った。何か一緒に始めようと言った約束どおり乗馬を始めた。

そうそう、たくさん花見にも行った。桜、藤、バラ、ポピー、彼岸花、花の便りが届くたびに、車に乗って、時にはバイクで、すぐに出かけて行った。人生を楽しむことこそ、最善の治療法とばかりに、大いに遊んでいる。退職金の残りと、もうすぐもらえる年金で、生活費はなんとか賄《まかな》えるから、私の給料はそっくりレジャーの財源にし、由紀子の給料は万一のためにストックしている。

妙子は、五月末に家に帰ってきた。あれほどお金なんか要らないと言っていたが、実際に代償金が振り込まれた通帳を見た途端に、返すのが惜しくなったらしく、家賃を払うほうを選んだ。いつお迎えが来るかは分からないが、五年も生きれば、代償金より値が張ってしまうのだが、どこまで理解しているのやら。

麗子とは賀状のやり取り程度はするが、なかなか根雪が融けるところまではいかないようだ。貴子のことは風のうわさにも聞かなかった。

私には、後輩や先輩、大学時代の友人などから、ときどき飲み会の誘いが掛かる。これまでは、由紀子から目が離せなかったから、ほとんど欠礼していたものにも出られるようになった。相変わらず家ではお酒は飲まなかったが、そういうときだけは少し飲んでも、もう大丈夫だった。

長男の隆哉のところでは、孫が保育園に入ったそうだ。次男も長女も、若くして支店長などという役職をもらって、なかなか大変だが、充実した仕事をしている。その子どもたちが、退職を祝ってパーティーを開いてくれた。隆哉が中心になってスケジュールを調整し、悟司が支店長をしている店の一室でその会は開かれた。最高級の比内地鶏《ひないじどり》の薬膳料理に舌鼓を打ち、デザートは桜の花びらを散らしたディッシュにチョコレートで「祝退職」の文字が描かれた、手を付けたくないような美しい豆乳プリンのアラモードだった。

話が私の新しく就いた博物館の仕事のことになったとき、遥香が羨ましそうに言った。

「いいよねえ。黙って座っているだけで日給一万円だもんねえ」

「でもまあ、三十七年かけて手に入れた地位だから、文句も言えないさ」

悟司がしみじみと言って、隆哉も静かに頷いた。


私は暇に飽かして、ユーチューブ（YouTube）の動画を見るのが一つの楽しみになった。私が休みで、由紀子も遥香も仕事、母も老人ホームのデイサービスなどという日には、家に一人残ってのんびりと眺めている。

居間のテレビの前にドカッと腰を下ろして、コーヒーとおやつを用意して、ケーブルテレビのアプリケーションからユーチューブを起動する。お気に入りは、和洋のポップスやフラッシュ・モブなのだが、自動再生で短い動画を次々見ていくと、結婚披露宴の最後に流されるエンドロールに出くわすことがある。式や披露宴の素敵な場面を、味わい深い音楽とともにまとめ、宴の最後に流される五分ほどのＶＴＲである。どこの誰の結婚式かは分からないが、多くの仲間たちの祝福を受けて、父母や友人、知人に感謝の気持ちを伝え、永遠の愛を誓い合う新郎新婦の姿を見ていると、ひとりでに涙が頬を伝ってくる。

「健やかなるときも病めるときも、これを愛し、これを慰め、……」

由紀子と私も三十二年前に同じように誓いを立てて夫婦という道を歩き始めた。家事、育児、仕事……、振り返ってみれば、必ずしも平坦ではなかったが、幸せな日々が多かったように思う。しかし、近年は筆舌に尽くし難い苦しい道のりだった。

「酒を取るか、俺を取るか、どちらかを選べ！」

心を鬼にして、そう迫ったこともある。でもそれは、必ず私を選んでくれると信じていればこその言葉だ。ただの一度も本気で「やめちゃおうかな」と思ったことはなかった。三十二年前の誓いを胸に、病める妻を慰め、かすかな回復の兆しに慰められて、ともに歩んできた道のりだ。

そして今、少し落ち着いた時間を取り戻して、これからその道を歩き出す若者を見ていると、がんばれ、負けるなよ、何があってもくじけるんじゃないぞ、その道の果てにきっとすばらしい世界が待っているから、と祈るような気持ちで語りかけたくなる。

でも、もっと長い歳月を歩んできた人生の先輩たちからは、たかが三十年で分かったようなことを言うな、と叱られてしまうのだろう。そうなのだ。道はまだ半ばなのだ。歩いていこう、これからも。気の遠くなるような長い道のりの果てで、誓いは真実へと育っていくのだ。

完

■著者

鈴木康介（すずき　こうすけ）

1955（昭和30）年，埼玉県大宮市生まれ。教育委員会指導主事，公立小学校長を経て，現在，さいたま市立博物館指導員。
2016（平成28）年，公立小学校長を退職後，本格的に執筆を始める。

アルコール依存症の妻と共に生きる
小学校長奮闘記

2018年5月28日　初版第1刷発行

著　者　鈴木康介
発行者　石澤雄司
発行所　株式会社星和書店
〒168-0074　東京都杉並区上高井戸1-2-5
電話　03（3329）0031（営業部）／03（3329）0033（編集部）
FAX　03（5374）7186（営業部）／03（5374）7185（編集部）
http://www.seiwa-pb.co.jp
印刷所　株式会社 光邦
製本所　株式会社 松岳社

ISBN978-4-7911-0981-4